문학의 즐거움

문학의 즐거움

The Pleasures of Literature

정제원 지음

베이직북스

우리의 정신에 양식이 되는 수많은 쾌락 수단 중 하나가 바로 문학이다. 다른 쾌락 수단이 아닌 문학을 특별히 택하고 싶은 독자들을 위해 이 책을 썼다.

이러한 목적으로 쓴 책이라 문학을 다소 과대평가하지나 않았을까 조금은 걱정된다. 하지만 문학이 다른 쾌락 수단에 비해 유구한 역사를 가지고 있고, 교육적으로도 장려되고 있는 점을 생각하면, 조금은 안심이 된다. 문학은 좀 과대평가 받을 가치가 있다.

중고등학생들이 지금 접하고 있는 문학은 대부분 시험을 대비한 학습 차원에서의 문학이다. 정말 안타까운 일이다. 이 책이 일종의 대안 문학참고서쯤으로 가치를 누리기를 희망한다. 그리고 그런 중고등학생 시절을 보낸 탓에 문학에 영 흥미를 느끼지 못하고 살아온 성인들에게도 이 책이 읽히기를 희망한다.

알고 있는 문학을 가르치려 들지 않고, 몰랐던 문학을 배우는 자세를 잃지 않으려고 애썼다. 재주도 없고, 아는 것도 별반 없어서이기도 했지만, 이 책을 쓰는 목적에도 그런 자세가 필요하다고 생각했기 때문이다.

명색이 '문학의 즐거움'이라는 제목의 책인데, 책을 쓰는 내내 수많은 문학 작품을 아주 즐겁지 않게 읽었다. 남에게 즐거움을 준다는 일은 이렇게 즐겁지 않은 것이구나 하고 느끼며 인생 공부도 했다. 보람으로 여긴다.

글 쓰는 일은 가도 가도 낭떠러지 같다. 이 보잘것없는 책 한 권을 쓰기 위해서도 참 많은 밤을 새웠다. 도서관으로 책방으로 발품도 많이 팔았다. 책이 책을 부른다고, 원고를 탈고하고 나니 이제부터 읽어야 할 책이 더 많아졌음을 새삼스레 느껴본다.

문학도 문학을 부른다. 문학의 초심자라고 두려워할 필요는 없다. 시험 보기 위해 재미없게 읽긴 했겠지만, 우리 근현대 문학의 명작들은 세상 어디에다 내 놓아도 손색이 없다. 그런 작품들을 당당히 읽었지 않은가? 부디 이 책이 필요한 독자에게 도움을 줄 수 있기를 바라며 이만 문학에 대한 열망을 잠시 내려놓으련다.

2010년 초겨울,
경기도 여주 '귀담재歸淡齋' 에서

차례

제2부 문학의 힘겨움

제3부 작가는 누구인가

제4부 문학이 가야할 길

제1부

문학의 즐거움

**문학의
초상**

문학을 읽는 이유 중 으뜸은 당연히 즐거움을 얻기 위해서다. 흔히 말하는 문학의 기능이니 문학의 효용이니 하며 내세우는 이유들은 즐거움에서 파생되었거나 즐거움을 전제로 한 것들이다. "아는 것은 좋아하는 것만 못하고, 좋아하는 것은 즐기는 것만 못하다"는 공자의 가르침은 문학을 읽고 공부하는 데도 유효한 것이다.

그렇다면 그 즐거움에는 어떤 것들이 있을까? 우선 문학을 통해 우리는 생존이 아닌 생활의 인간으로 복귀한다. 사소한 일상에서도 인생의 깊은 뜻을 알아보는 혜안을 얻기도 하고, 거친 삶을 살아가며 메말랐던 정서의 흐름이 다시 냇물을 이루며 감동시키고 감동받을 수 있는 우리 마음의 물레방아가 돌아간다. 그리하여 마침내 우리는 쉽게 좌절하고 포기하는 인간에서 세상에 대한 희망과 사랑을 잃지 않는 긍정의 인간이 된다.

또한 문학을 통해 우리는 내면에 도사리고 있던 방랑혼을 찾아낸다. '여기까지'라고 금 그어 놓았던 우리의 꿈과 상상력이 확장되고, 단조로웠던 삶은 다채로운 빛깔을 갖게 된다. 내일을 기다리기보다는 내일을 찾아내는 적극적인 인간이 되는 것이다. 어김없이 내일은 오고, 내일은 오늘과 다른 삶을 살아갈 것이라는 기대와 모험심, 이러한 생기를 가진 사람에서 우리는 얼마나 멀어졌는가?

물론 재미있는 TV 드라마, 영화, 혹은 여행을 통해서도 이러한 즐거움을 느낄 수 있을 것이다. 하지만 드라마도 영화도 문학으로부터 동떨어진 장르가 아니요, 여행가방 속에 문학 작품 하나 들어 있지 않다면 세상이 제 모습을 드러내 줄 리 없다. 우리 발길 닫는 그 어떤 곳에도 문학이 똬리를 틀고 있기 때문이다. 분명 문학의 즐거움은 다른 모든 즐거움에 깊이를 더해 주는 힘을 가지고 있는 것이다.

문학은 생활의 재발견이다

'생활生活', 이 얼마나 생기발랄하고 갓 잡은 생선처럼 팔딱거리는 어휘인가? 하지만 생활 속에서 정말 살아 있는 것들은 우리 이성의 포착 망에 유익하게 잡히지 않는다는 이유로 사색의 대상에서 제외된다. 우리의 차갑게 식은 이성은 어이없게도 창백하게 죽어 있는, 하지만 탐욕스러운 자랑거리가 될 만한 것들만을 우리 곁에 잔뜩 쌓아두고 있다. 생활 속에 그야말로 살아 있는 사물들이 우리 눈높이 저 아래로 가라앉아 해저의 유물처럼 발굴을 기다리고 있다. 그 유물을 발굴하라고, 그리하여 진정한 생활을 재발견하라고, 작가들은 각별한 필치로 이야기하고 그려낸다. 우리에게 정말 살아 있는 것들을.

버리지 못하는 사람

닳고 닳아 더는 신을 수 없어

신발장 구석이나 차지하고 있는

한갓 쓰레기에 불과한 것들이지만

함부로 버리지 못했다

나를 데리고 걸어온 숱한 길을 생각하면

살아온 날들조차 폐기처분되는 것 같아

함부로 버리지 못했다

가야할 길만을 걸어온 것도 아닌데

가고 싶지 않은 길도 가고

가서는 안 될 길을 간 적도 많은데

그래도 나를 데리고 온 길이

한순간에 지워질 것 같아

여태껏 버리지 못했다

어쩌다 술자리에서 바꿔 신었을지라도

그 사람이 걸어온 당당함 혹은 비틀거림이

나로 하여 사라질 것만 같아

함부로 버리지 못했다

신발장을 열 때마다 아내는

신지도 않는 걸 왜 모셔 두냐며 핀잔이지만

때가 되면 버린다 얼버무릴 뿐

언제 버려야 하는지

꼭 버려야만 하는지

나는 지금도 알지 못한다

김수열, 「오늘도 버리지 못했다」 전문

(김수열, 《바람의 목례》, 애지, 2006, 수록)

시인이 버리지 못한 것은 '신발'이 아니라 '신발의 생활사'였다. '신발'은 브랜드 마케팅의 수마水魔에 쓸려가도, '신발의 생활사'는 잊혀질 수 없는 것. 시인은 "버리지 못하는" 것들이 많은 사람이다. 그리고 그들의 고집 덕분에 우리의 잃어버린 기억들이 새로운 생명의 옷을 입는다. 절대로 "버리지 못하는" 정말 우리 것들이 우리에게 "내가 바로 당신의 전부"라고 말해준다. 홍해가 모세의 지팡이에 갈라지며 바닥을 보이듯, 생활이 마치 기적처럼 우리 눈앞에서 재발견된다. 우리는 그 기적 앞에서 부르르 떨며 '나의 전부'를 읽는다. 시를 읽는다.

시인은 사소한 생활, 시시콜콜한 세상사 속에서 "버리지 못하는" 것들이 많은 사람이고, 그 "버리지 못하는" 것들의 기적을 쓰는 사람이다.

숟가락

오늘은 내 책상에 숟가락 하나를 초대하기로 한다.

《김선우의 사물들》의 첫 꼭지 〈숟가락, 날마다 어머니를 낳는〉은 이렇게 작가가 책상에 펜 대신 숟가락을 얹으며 시작된다. 그가 무엇인가 숟가락질할 것이다. 그 무엇은 무엇인가? 힌트는 얻을 수 있다. '숟가락'과 '어머니', 이 둘의 조합이 만들어내는 수많은 이미지들을 말이다.

우리 전통 사회에서는 첫돌을 맞은 아이에게 밥그릇과 숟가락 한 벌을 마련해, 숟가락을 손에 바로 쥐어 주는 풍습이 있었다. 유아 사망이 많았던 당시에는 첫돌이 지나야 비로소 생명체로 인정되었기에 그리했을 테다. 그리고 보면 숟가락은 삶의 시작을 뜻하는 것이라 볼 수 있다.(한국문화상징사전편찬위원회, 《한국문화상징사전 2》, 1995, 442쪽)

잭 첼로너가 책임편집한 《죽기 전에 꼭 알아야 할 세상을 바꾼 발명품 1001》(마로니에북스, 2010)을 뒤져보니 '숟가락'은 없다. 숟가락이 기술적 발명품으로서 세상에 기여한 바가 없다고 판단됐는가 보다. 하기야 숟가락은 '발명품'이라는 세속의 냄새 물씬 나는 단어와는 애초에 궁합이 맞지 않는다. 숟가락은 세상을 바꾸는 발명품이라기보다는 신비한 영혼의 세계를 열어 보이는, 일종의 영물靈物에 속한다고 보는 편이 낫겠다.

우묵하게 패인 숟가락 안쪽이 순간 반짝, 빛난다. 저 우묵한 패임에는 마력이 있다. (…) 숟가락을 뒤집어본다. 우묵하게 패인 것들의 이면엔 볼록한 융기가 있다. 우묵하게 패인 숟가락 안쪽에 얼굴을 비춰본다. 오목하게 찌그러진 내 얼굴이 거꾸로 들어서 있다. 안쪽에 들어서 있는 영혼은 위험하다. 볼록하게 융기한 숟가락 뒷면에 얼굴을 비춰본다. 볼록하게 팽창한 얼굴의 내가 바로 들어서 있다. 뒷면에, 밑바닥에 닿아 있는 것들은 유목을 두려워하지 않는다. 숟가락의 볼록한 뒷면은 오목한 안쪽보다 언제나 흠이 많고 더 많이 닳아 있다. 볼록한 뒷면의 용기가 우묵한 패임의 마력을 완성한다.

간혹 책을 보다 말고, 밤참으로 라면을 끓여와 먹을 때 젓가락을 가져온 적은 있었지만, 시인 김선우 씨처럼 숟가락을 책상에 초대한 적은 없었다. 물론 매일 세 번씩 숟가락을 들면서 거룩한 공양을 하는 생존의 동물임에도 불구하고, 숟가락을 안쪽 바깥쪽을 번갈아 가며 거울처럼 들여다 본 적도 없었다. 작가와 작가로서 자격이 없거나 작가가 아닌 사람은 이렇게 다른 것이다.

프랑스의 소설가 마르셀 프루스트가 말했다. "진정한 탐험이란 새로운 풍경을 찾는 것이 아니라 새로운 눈으로 보는 것이다." 과연 프루스트와 동족인 사람만이 작가가 되는가 보다! 김선우 씨의 눈은 우리들의 눈과는 달리 "새롭다." 《김선우의 사물들》의 첫 꼭지를 읽는 순간, 우리는 이제 김선우 씨의 새로운 눈이 바라보는, 숟가락의 세계를 보게 되는 셈이다. 도대체 볼록한 뒷면의 용기가 완성한 우묵한 패임의 마력은 무엇일까?

숟가락은 뜬다. 젓가락은 집는다. 숟가락으로는 물을 떠먹을 수 있다. 젓가락으로는 물을 집을 수 없다. 뜬다는 것은 모신다는 것이다. 양손 혹은 한 손을 동글게 오므려 샘물이나 약수를 떠 마실 때, 그 행위는 단순한 '먹기/마시기'를 넘어선다. 물 한 잔을 벌컥벌컥 들이켤 때와 행위의 결과는 같다 하더라도 과정은 다르다. 찰나일지라도 그 순간에는 어떤 경건함이 스며 있다. 무엇인가 숟가락으로 떠서 입속에 넣을 때 우리는 반드시 고개를 숙이게 된다. 무엇인가 젓가락으로 집어서 입속에 넣을 때 반드시 고개를 숙여야 할 필요는 없다. 손을 오므려 약수를 떠먹을 때처럼, 숟가락은 공경을 내포한다.

'생활의 관찰자' 김선우 씨는 과학자 파브르가 곤충들의 움직임을 세밀하게 바라보듯 숟가락과 관련된 생활의 세계를 바라보고, 시인 파브르가 곤충들의 행동 하나하나를 시처럼 적듯 숟가락을 뜨는 행동의 면면을 시처럼 적고 있다. 그리고 숟가락이라는 인간 세상에서 가장 작은 용기容器의 은밀한 질료를 알아낸다. 그것은 바로 '공경'이다.

숟가락의 생활사

시인 김수열 씨가 「오늘도 버리지 못했다」에서 신발의 생활사生活史를 버리지 못했다면, 김선우 씨는 숟가락이 자극하는 향수를 떠올리며 결코 버릴 수 없는 숟가락의 생활사를 탐색한다.

홀로 밥상을 놓고 앉았을 때 반듯하게 놓인 숟가락을 바라보는 일도 그렇거니와 허름한 시골 국밥집이나 포장마차에서 만나는 숟가락도 그러하다. 많은 사람들이 무언가 먹기 위해 드나드는 곳에서 만나게 되는 숟가락을 향해 나는 종종 묻는다. 이 숟가락은 몇 살일까. 숟가락으로 태어난 순간부터 지금까지 얼마나 많은 사람들의 입술을 스쳐 지금 내 앞에 놓이게 된 것일까. 얼마나 많은 사람들이 이 숟가락으로 따순 국둘을 떠먹었을까.

김선우 씨는 숟가락의 나이를 묻고 있다. 생활용기 공장의 주물 틀에서 만들어진 날, 즉 제조연월일을 따져 보겠다는 뜻은 아닐 것이다. 숟가락이 따순 국물을 떠먹인 이들의 수를 묻자는 뜻도 아닐 것이다. 김선우 씨의 물음은 숟가락의 은밀한 질료, 즉 거룩한 '공경'의 깊이와 넓이에 경의를 표하는 겸손한 마음일 것이다.

그리고 그 겸손은 이내 부끄러움이 되고 만다. 구부러지거나 닳아 빠지면 새 제품으로 교체하면 그만인 인심 사나운 세상 속에서 부대끼고 사는 김선우 씨도, 여지없이 공범이 되어 부끄러운 인간으로 돌아간다.

숟가락 하나가 떠올렸던 무수한 국물들, 숟가락 하나 속에 담겼던 낱낱의 알곡들은 우리의 몸을 섬기고 대지로 돌아간다. 숟가락 하나가 묻는다. 당신의 몸은 어떻게 대지를 섬길 것인가, 라고.

"성찰하지 않는 삶은 가치가 없다. 삶에 관해 누가 가르쳐주기를 기다리는 것보다는 당장 성찰해보는 게 낫지 않을까? 그렇잖아도 우리 삶의 99퍼센트는 별로 곰곰이 생각하지 않는 일상이라는 점을 감안하면 성찰할 시간도 그리 넉넉하지는 않은 셈이다. 자신의 삶을 성찰하면, 옷을 입거나 잠을 자는 것처럼 무의식적이고 사소해 보이는 행동의 배후에서 중요한 것을 깨닫게 되며 새로운 면모를 보게 된다."《소크라테스와 아침을》의 저자 로버트 롤런드 스미스는 이렇게 적고 있다.(로버트 롤런드 스미스, 남경태 옮김, 《소크라테스와 아침을》, 마젤란, 2010, 9쪽) 이 글이 담고 있는 참회의 마음을 김선우 씨도 숟가락으로부터 받는 물음에 묵묵부답하며 절감하고 있는 것이 아닐까?

어머니 그리고 대지

볼록하게 융기한 숟가락의 부드러운 뒷면은 어머니의 젖가슴을 닮아 있고 수유가 끝날 무렵부터 아이가 숟가락 쥐는 법을 배우게 되기까지 어머니는 숟가락으로 미음이나 죽 같은 이유식을 아이에게 떠먹인다. (…) 태어나면서부터 우리가 거의 매일 일상적으로 접하는 숟가락이 환기하는 기묘한 향수의 근원에는 '먹이는 어머니'가 있다. 먹이는 어머니는 대지의 기억에 밀접하고 섬김의 표상으로 구체화된다.

"숟가락의 볼록한 뒷면은 오목한 안쪽보다 언제나 흠이 많고 더 많이 닳아 있고, 볼록한 뒷면의 용기가 우묵한 패임의 마력을 완성한다"고 앞서 적었던 김선우 씨는 그 완성된 마력의 정체를 비로소 드러낸다. 그것은 바로 '먹이는 어머니'요, '먹이는 대지'다. 참회하는 자, 묵직한 삶의 물음에 묵묵부답일 수밖에 없는 가여운 영혼이 숨을 곳은 어머니요 대지밖에 없는 법이다. 어머니와 대지가 숨겨주지 못하는 부끄러움이 어디 있단 말인가?

우리나라에선 '여자보다 강한 어머니'로 상징되는 허위에 찬 어머니 이데올로기가 판치고 있지만, 김선우 씨의 어머니는 그런 이데올로기로부터 멀찌감치 떨어져 우뚝 솟아 있는 '먹이는 어머니'다. 먹는다는 일은 모든 살아 있는 존재들에게 선택의 여지가 없는, 그래서 치명적으로 약한 생존의 고리다. 그리하여 먹는 일과 먹이는 일은 도덕적 혹은 미학적 가치를 갖기 이전에 위엄과 순결의 상징이 된다.

이제 김선우 씨는 '숟가락'이 아니라 '숟가락의 생활사' 속에서 "함부로 버리지 못할" 것들의 정수精髓를 깨닫는다. 그리하여 기어코 한 사람의 당당한 작가로서 "문학은 생활의 재발견"임을 웅변한다.

숟가락 하나 위에 둥근 열매 한 알을 올려놓는다. 숟가락 하나 위에 푸르고 정갈한 지구를 올려놓는다. 수굿이 고개를 수그리고 숟가락 하나 속에 오롯하게 앉은 어머니를 정성을 다해 삼킨다. 그리고 우리는 날마다 어머니를 낳아야 하리라.

남은 열아홉 가지 '생활의 재발견'

《김선우의 사물들》은 총 스무 개의 꼭지로 이루어진 산문집이다. 우리는 고작 첫 꼭지 〈숟가락, 날마다 어머니를 낳는〉을 살펴보았을 뿐이다. 나머지 꼭지의 제목들을 나열해 보자.

2. 거울의 비밀, 당신의 뒤편

3. 의자, 꿈꾸기를 즐기는 종족

4. 반지, 우주의 탁자

5. 촛불, 마음이 가난한 자의 노래

6. 못, 황홀한 통증의 뿌리

7. 시계들, 꽃 피는 모든 심장 속의

8. 바늘, 숨은 자의 글썽이는 꿈

9. 소라 껍데기, 몽유의 문

10. 부채, 집 속에 든 날개

11. 손톱깎이, 송곳니의 기억

12. 걸레, 저물고 뜨는 것들의 경계를 흐르는 입김

13. 생리대, 깃발, 심연의 꽃자리

14. 잔, 속의 꽃과 술과 차와……

15. 쓰레기통, 부정된 것들을 긍정하는 자의 힘

16. 화장대, 아름다운 꿈

17. 지도, 시간과 공간이 함께 잠드는 뜨락

18. 수의, 어둠과 빛 사이의 찬란한 배내옷

19. 사진기, 빛의 방을 떠도는 헛것들을 위하여

20. 휴대폰, 잃어버린 시간을 찾아서

《김선우의 사물들》은 요약이 필요 없다. 단 한 꼭지로도 나머지 열아홉 꼭지의 '생활의 재발견'의 원리와 가치, 그리고 그것을 활자로 적어내는 작가의 문학적 감수성을 이해할 수 있다. 다만 중요한 것은 나머지 열아홉이 아니라 이 산문집에서 거론되지 않은 아흔아홉의 '생활의 재발견'으로 나아가는 우리의 의지다.

우리의 차갑게 식은 이성은 어이없게도 창백하게 죽어 있는, 하지만 탐욕스러운 자랑거리가 될 만한 것들만을 우리 곁에 잔뜩 쌓아두고 있다. 정말 그렇다. 우리는 입버릇처럼 "사소한 것에 목숨 걸지 말라"고 하면서, 사소한 것의 가치, 일상 속에서 우리의 이목을 집중시키지 못하는 것들의 생활사를 과소평가하기 일쑤다. 그리하여 기어코는 정말 우리에게 살아 숨 쉬는 것들에 대해, 한없이 다감한 마음도 갖지 못하고, 경건한 참회의 시간도 갖지 못한다.

'김선우의 사물들'은 《김선우의 사물들》이라는 책의 제목이기도 하지만 그보다는 '문학의 진정한 대상'이다. 김선우 씨의 몫은 스무 가지 꼭지의 글을 우리에게 펼쳐 보이는 데까지다. 나머지 몫, 김선우 씨가 독자에게 남겨둔 일들이 많을 줄 안다. 서두에 소개한 「오늘도 버리지 못했다」의 김수열 시인, 그리고 산문가이기 이전에 시인인 김선우 씨, 이 두 사람이 "버리지 못하는" 것들을 그저 읽기만 하는 수동적 독자에 머물지 말자.

　시인뿐 아니라 독자도 사소한 생활, 시시콜콜한 세상사 속에서 "버리지 못하는" 것들이 많은 사람이고, 그 "버리지 못하는" 것들의 기적을 발견하는 사람이어야 한다.

**문학
공감
1**

"버리지 못하는" 사람으로 치면 우리의 어머니들이 대장이 아닐까? 2년 전 어머니가 세상을 떠나시고, 1년 동안은 주변 사람들의 충고를 듣지 않고, 어머니 유품에 손끝하나 대지 않았다. 1년 정도는 "버리지 못하는" 자식 도리를 하고 싶었기 때문이다. 1주기가 지나고 얼마 안 됐을 때, 어머니의 장롱이며 서랍장들을 모두 뒤져 절에서 태워드릴 것과 평생 고이 간직해야 할 것을 가려내는 일을 시작했다.

예상대로 어머니는 "버리지 못하기" 대장다웠다. 배냇저고리를 비롯해 어릴 적 입었던 다 낡아빠진 속옷들, 초등학교 때부터 받았던 성적표며 갖가지 상장들, 어머니날(당시는 어버이날이 아니라 어머니날이었을) 드렸던 것으로 기억나는 10원 20원짜리 조악한 반지와 브로우치들, 크리스마스 카드와 편지들, 대학 때 알아 두시라고 적어 드렸던 수업시간표까지 아들의 총체적 역사를 가득 지니고 계셨다.

사진들이야 앨범에 따로 보관되어 있어 발견할 수 없었는데, 딱 한 장 어머니와 내가 단 둘이서 찍은 흑백 사진을 아주 은밀하게 보관하고 계셨다. 뒷면에 1967년이라고 적혀 있으니 내가 4살 때 찍은 사진이다. 어머니는 밝은 색 한복을 곱게 차려입으셨고, 나는 어머니가 짜 주신 것으로 보이는 털옷을 입고 있는 이 사진은 왜 이리도 친히 지니고 계셨을까?

산동네에 다닥다닥 붙은 집들이 뒷면 저 멀리 바라보이는 것으로 봐서 어딘지 모르지만 분명 높은 곳임에 틀림없다. 노변에 거나리인지 쥐똥나무인지가 심어진 잘 조경된 길을 돌아들어, 어느 건물 입구의 반석盤石 위에 모자는 다정하게 앉아 있다. 남산동물원에 자주 갔던 기억을 더듬어 보면, 남산 길 어디쯤인 것으로 추측된다.

당시 함께 살던 한참 손위의 사촌 누이들한테 물어봐도 어디인지 기억할 수 없다 한다. 그리고 수많은 사진들 중, 왜 이 사진만은 손수건으로 소중히 싸서 지니고 계셨는지도 짐작조차 가지 않는다 한다. 다만 그때쯤이 동소문동 산동네 무허가 집에서 내려

문학의 즐거움 ● 27

와 산허리에 진짜 번지수를 가진 우리 집을 장만했던 때였다고만 일러줬다.

하기야, 이 사진의 내력에 대해 굳이 알아서 무엇 하겠는가. 어머니 속사연을 모르는 것이 어디 이 사진 한 장뿐이겠는가. 막내아들과의 45년 생활사 중 어머니가 간직하신 것이 어디 이 사진 한 장뿐이겠는가. 버리지 못하고 간직해 두셨던 것들을 1/100이라도 살펴 이해할 수나 있겠는가.

다른 어머니 사진을 보면 아직도 가슴이 아픈데, 이상하게 이 사진을 보면 기분이 좋아진다. 사진 속 어머니가, 어머니와 내가 걸어왔을 저 길이, 저 멀리 우리를 내다보고 있는 산동네 집 사람들이, 이 모든 우리의 삶을 넉넉히 허락해 주었던 세상이, 내가 모르는 나의 역사를 들려주는 것 같다. 돌이켜 생각해 보면, 어머니와 세상은 언제나 우리를 버리지 못했다. 우리는 마구 버렸던 그 어머니와 세상은 우리를 앞으로도 버리지 못할 것이다.

김선우 시인이 숟가락에서 '먹이는 어미'와 '먹이는 대지'를 보았다면, 나는 이 사진 한 장에서 '나를 버리지 못하는 어미'와 '나를 버리지 못하는 세상'을 본다.

김선우 씨가 산문을 쓰는 일은 그냥 재미 삼아 하는 일이 아닌 것 같다. 그저 딜레탕트(애호가)로서 산문을 쓰는 것이 아니라는 말이다. 도대체 어떻게 시와 산문의 문체가 서로 충돌하지 않고, 마음먹은 대로 시면 시, 산문이면 산문으로 갈라져 나오는지 신기하기만 하다.

물론 시 속에도 이야기는 있고, 이야기 속에도 시정詩情이 흐른다. 하지만 이는 다만 글을 쓰는 과정상의 일이다. 문체는 활자화되는 결과물이기 때문에, 과정상에 놓여 있던 이야기와 시정은 활자에 뉘앙스 이상으로 남기 힘들다. 결국 김선우 씨는 이야기를 위해 이야기를 쓰고, 시정을 위해 시정을 운율에 담는다는 얘기다. 가슴 속에 두 가지 글밭을 가꾸고 있는 것이다.

다만 역사가 굽이굽이 흐르고, 철학이 날카로운 시선을 던지는 맛이 떨어진다는 것이 흠이라면 흠이다. 하지만 좋은 문체란 흠이 없는 문체가 아니라 흠이 아름다운 무늬를 가진 문체다. 김선우 씨의 시나 산문에는 그런 무늬를 가진 흠이 보인다. 그래서 도리어 멋스럽고 완전하다. 더 아름다운 흠의 무늬를 가지며 중년을 지나 노년에 이를 김선우 씨의 문체가 기대된다.

2

문학은 수정처럼 맑은 눈물을 준다

정말로 인간에게 주어진 축복은 웃을 수 있다는 것이라기보다는 도리어 울 수 있다는 점이다. 골방에 갇혀 아무도 보는 이 없을 때 사랑하는 이와의 이별이 가져오는 통한痛恨에 사로잡혀 봄비 내리듯 흐르는 눈물 때문에, 그 누군가 은혜로운 이를 위한 축도의 시간에 저절로 꿇어진 무릎 위에 뚝뚝 떨어뜨릴 수 있는 눈물 때문에, 그리고 그 무엇보다 수 세기에 걸친 천재적 창조자들이 인간의 진정한 승리와 명예를 위해 적어 내려 간 문학을 읽으면서, 소낙비처럼 흘리는 눈물 때문에, 인간은 비로소 축복의 종족이 된다.

우리 설렁탕이나 먹으러 갑시다

내가 당신을 왜 사랑하는지
그리고 왜 꼭 당신이어야만 하는지
그리고 또 사랑한다면 얼마나 사랑하는지
그 이유와 근거와 깊이를
왕년의 시인이었으니 꼭 시로 표현해 달라고 하면
이렇게 하지요

"당신이 있고
나는 당신을 사랑합니다
그뿐이니 우리 설렁탕이나 먹으러 갑시다"

이 세 줄이 내 시라면
이 이상을 내가 창조해내지 못한다는 사실이
내 영혼을 까뒤집어 보아도 진정이라면
당신은 왕년의 시인에 실망하겠지요

하지만 나는
나를 제외한 이 지구상의 모든 천재들이 힘을 합쳐
자신들의 남은 생을 모두 다 바쳐도
단 한 줄도 쓰지 못할 시를 세 줄이나 쓴 것입니다

난 당신을 사랑하는 일밖에 할 줄 아는 것이 없고
그 일에 너무 열중하는 사람이라
'당신에 대한 나의 불멸의 사랑' 이라는
당신에겐 그야말로 불멸인 주제로 시를 쓰는 시간이
당신과 설렁탕을 먹는 시간보다 아깝군요

기왕이면 멋진 레스토랑에서 파는
프렌치 스테이크나 이탈리안 파스타였으면 좋을 텐데
하필 그 품위 없는 설렁탕인 것도 맘에 안 들겠죠
낡은 셔츠에 떡진 머리, 한 벌밖에 없는 자켓 걸치고
설렁탕이나 먹으러 가자니, 넌덜머리도 나겠죠

하지만 들어 보시오
수십억 년의 시간, 수백억 제곱킬로미터의 공간의 비밀쯤을
우습게 이야기하는 천문학자들도 결코 닿지 못하는,
오직 당신과 내가 다정히 찍은 사진으로 도배된
작은 나의 방에서
오직 당신이 만들어 준 십자수 시계만이 허락하는
짧은 나의 시간이 빚어낸,
당신이 아니면 안 되는 절대고독을 아시오?

이 세 줄짜리 시가 타이핑되기 위해

비록 소쩍새는 울지 않았지만,

비록 천둥이 먹구름 속에서 울지는 않았지만,

그 절대고독이

영원히 당신의 손만을 잡을 수 있는

내 열 손가락을 움직였다는 것을 아시오?

이제 그만 오염된 각성을 잠재워야겠소

이 세 줄짜리 시도 너무 사치스러워 닭살이 돋는

내 설렁탕처럼 소박한 꿈, 당신의 품에서 잠들어야 할 시간이오

꿈에서도 당신과 설렁탕이나 먹어야 제격인

별 볼 일 없는 사람, 왕년의 삼류 시인, 세 줄짜리 싸구려 시이어서

미안하오

"당신이 있고

나는 당신을 사랑합니다

그뿐이니 우리 설렁탕이나 먹으러 갑시다."

「우리 설렁탕이나 먹으러 갑시다」 전문, 미발표된 필자의 시

눈물이 많은 편은 아니지만, 비 내리는 어느 봄 밤, 특정한 이유도 없이 특정한 사람을 떠올리는 일도 없이 막연한 그리움에 사로잡혀 눈시울이 뜨거워지면서 썼던 시다. 이 시를 다 쓰고 난 후 깜짝 놀랄 만큼 왈칵 눈물을 쏟았던 기억이 난다. 도대체 어떻게 그렇게 과잉 감정 상태에 빠져 이유도 없이 시를 쓰고 눈물이 날 수 있는지 궁금해서 인터넷 포털 사이트에서 자료를 검색하다 보니 아주 친절한 답을 얻을 수 있었다. 참 고마운 답이 아닐 수 없다. 눈물은 과학적이면서 동시에 문학적인 이유로 흐르는 사실에 깜짝 놀랐다.

눈물의 성분은 염소와 나트륨이 대부분이고, 나머지는 단백질, 칼슘, 칼륨 등입니다. 물론 주체는 수분이지요. 우리는 울지 않아도 먼지나 티 같은 것으로부터 안구를 보호하기 위해 하루 0.6cc의 눈물을 분비하고 있습니다. 울 때에는 교감신경이나 부교감신경이 자극을 받아 눈물을 흘리라는 명령이 전달됩니다.

그런데 이 두 가지 신경은 문자 그대로 감정에 크게 좌우되는 것이지만 각각 업무를 분담하고 있습니다. 평정 시와 분노하고 있을 때는 교감신경이, 기쁠 때와 슬플 때는 부교감신경이 작용합니다. 또 한 가지 차이는 교감신경이 작용했을 때의 눈물은 칼륨 이온과 수분이 적고, 부교감신경이 작용했을 때에는 그것들이 많아집니다. 즉, 교감신경에 의한 분노의 눈물, 억울한 눈물은 수분이 적으므로 맛이 진하고 짠맛도 많다는 것입니다. 한편 부교감신경에 의한 슬픈 눈물이나 기쁜 눈물은 약간 싱겁습니다. 그러니까 눈물은 언제나 짭짤하다고 생각했을지 모르지만, 눈물도 짜거나 싱거운 것이 있다는 것 아시겠죠?

참 왜 눈물샘이 존재하고 눈물이 존재하는지에 대해서도 말씀을 드리지요. 우선 눈물에는 세 종류가 있습니다. '기초 눈물'은 언제나 안정적으로 분비되어 안구를 부드럽게 하는 작용을 합니다. '반사성 눈물'은 눈을 찔렸을 때라든가 양파를 썰 때 갑자기 눈이 찡하면서 나오는 눈물입니다. 마지막으로 '감정성 눈물'은 사람에게 있어서 감정의 지령 센터인 뇌간에서의 신호에 의해 야기됩니다. 앞의 두 가지는 분명하게 예방이나 치료의 역할을 가지고 있는데 비해 세 번째의 눈물은 다릅니다. 세 번째의 눈물의 본체는 아직 수수께끼입니다.

어쨌든 이러한 눈물을 만들어 내는 곳이 바로 눈물샘입니다. 평상시 눈물이 많은 사람은 세 번째의 경우처럼 감정이 풍부하다고 합니다만 아직 정확히 감정과 뇌의 관계에 대해서 알려져 있는 것이 없다고 합니다. 눈물샘의 크기와는 상관이 없구요.

눈물이란 참으로 오묘한 감정의 산물이라는 생각이 든다. 아무튼 「우리 설렁탕이나 먹으러 갑시다」를 쓴 이후에는, 우연히 다정한 사람과 만나면, 왈칵 눈물을 쏟았던 기억을 떠올리며, 언제라도 이렇게 말하고 싶어진다. "우리 설렁탕이나 먹으러 갑시다."

눈물, 인간에게 주어진 축복

특별히 인간을 우월한 동물이라고 생각해 본 적은 없지만, 그래도 인간만이 웃을 수 있다는 사실에는 왠지 어깨가 으쓱해진다. 하지만 이런 생각에 미치면 그 으쓱한 어깨가 바싹 오그라드는 느낌이 든다. 얼마나 슬픈 사연이 많은 동물이면, 얼마나 눈물 나는 사연들로 휘몰아쳐졌으면 신이 인간에게만, 아주 특별히 인간이라는 종족에게만, '웃음'이라는 치료약을 처방해줬을까?

따지고 보면 우리 인간은 눈물밖에는 가진 것이 없는 종족이다. 그래서 슬프고 또 아름다운 종족이다. 영화 〈터미네이터 2〉에서 미래의 그 대단한 기계 인간도 결코 흘릴 줄 모르는 눈물이 아닌가. 세상이 개변하고 또 개변해서 기계가 인간을 지배하게 되는 날, 우리가 매트릭스에 단지 이미지로 갇히게 된다 해도, 그 매트릭스의 설계자도 '진짜 눈물'을 흘리는 인간의 이미지는 만들지 못할 것이다. 왜? "많은 사람들은 단지 보여주기 위해 눈물을 흘리고, 주위에 보는 사람이 없으면 눈물을 거둔다"는 세네카의 말이 정답을 암시해 준다. 그 이미지 인간은 "보여주기 위해" 눈물을 흘리기 때문이다.

인간에게 주어진 정말 축복은 도리어 울 수 있다는 점이다. 그 축복의 눈물 중 가장 숭고한, 수정처럼 맑은 눈물을 우리에게 주기 위해 수십 세기에 걸친 천재적 창조자들은 인간의 진정한 승리와 명예를 담은 문학 작품을 쓰고 또 썼다.

수북한 우동 한 그릇

섣달 그믐날 밤, 10시가 넘자 우동집 북해정北海亭의 마음씨 착한 주인 부부는 슬슬 문 앞의 옥호屋號막을 거둘 준비를 하고 있었다. 하지만 아직 마지막 손님이 남아 있었다. 그리고 동화 작가 구리 료헤이栗良平가 《우동 한 그릇》에서 만들어 낸, 세 모자와 마음씨 착한 우동집 주인 부부의 아름다운 섣달 그믐날의 전설이 시작된다. '삿포로 북해정 2번 테이블'의 전설이.

어린 사내 아이 둘과 함께 한 여인이 우동 일인분을 주문한다. 마음씨 착한 주인은 눈치도 빨랐다. 김이 모락모락 나는 먹음직스러운 우동 한 그릇을 아주 특별히 '수북히' 만들어 2번 테이블에 앉은 가난한 손님들을 배려했다. 세 모자는 세상에서 가장 수북한 우동 한 그릇을 세상에서 가장 행복하게 덜고, 150엔의 값을 지불했다. "맛있게 먹었습니다." 하고 인사하는 세 모자에게 주인 내외도 목청을 돋워 인사했다. "고맙습니다. 새해엔 복 많이 받으세요!"

다음 해 섣달 그믐날 밤에도 세 모자는 10시를 막 넘긴 참에 북해정에 와 2번 테이블에서 우동 일인분을 시켜 맛있게 먹고 갔다. 그리고 그 다음 해 섣달 그믐날 밤에는 아예 주인 내외는 10시가 가까워지자 안절부절 못했다. 세 모자를 맞이할 마음의 준비를 하는 일이 왜 이리 가슴 벅찬지 말이다. 2번 테이블에는 이미 30분 전에 〈예약석〉이란 팻말을 놓았고, 금년 여름에 값을 올려 '우동 200엔'이라고 적혀 있던 메뉴표도 '우동 150엔'으로 바꿔 놓았다.

　10시를 막 넘긴 참에 세 모자는 어김없이 찾아와 2번 테이블에 앉았지만, 그날은 우동을 이인분 시켰다. 우동 이인분을 나눠 먹으며, 어머니는 아버지가 교통사고로 돌아가시며 남긴 많은 빚을 얼마 전 모두 갚았다는 기쁜 사연을 두 아들에게 전했다. 그리고 큰아들은 막내 준이가 〈우동 한 그릇〉이라는 감동적인 글로 북해도의 대표로 전국 콩쿠르에 출품하게 된 사연을 어머니께 고백했다. 그 글은 세상에서 가장 맛있는 우동 한 그릇을 북해정에서 세 모자가 맛있게 나눠 먹는 이야기였다.

　카운터에 깊숙이 웅크린 채 북해정 주인 내외는 한 장의 수건 끝을 서로 잡아당기며 붙잡고 참을 수 없이 흘러나오는 눈물을 연신 닦았다.

　북해정 주인 내외는 배려하는 사람이요 기다리는 사람이요, 그래서 눈물을 흘릴 자격이 있는 사람이다. 이 자격 있는 사람이 눈물을 연신 흘리는 장면을 읽으며, 눈물의 진정한 가치가 무엇인지 우리는 알 수 있다. 동화 작가 구리 료헤이는 일본 삿포로의 수정처럼 맑은 겨울눈을 닮은 아름다운 눈물을 이렇게 우리에게 선사해 주고 있다.

10년 만에 다시 나타난 세 모자

그 후로 10년 동안은 세 모자가 섣달 그믐날 밤에 북해정을 찾지 않았다. 주인 내외의 따뜻한 마음씨 때문인지 우동집 북해정은 장사가 잘되어 번창했다. 그래서 가게 내부수리를 하게 되었지만, 단 하나 2번 테이블만큼은 그대로 남겨 두었다. 그렇다. 배려하는 사람, 기다리는 사람은 이렇게 다르다. 그들 세 모자가 언제라도 올 때까지 그들은 배려했고 기다렸다. 그들 세 모자가 마지막 봤을 때보다 더 행복한 모습으로 오기만을 기다렸다. 영원히 오지 않을 수도 있음을 알고 있을지라도 그들은 그렇게 배려하고 기다리는 사람으로 늙어 갔으리라.

그렇게 오랜 세월 '삿포로 북해정 2번 테이블'의 전설은 아직 결말을 보지 못했고, 배려하는 사람 주인 내외는 기다리고 또 기다렸다. 언젠가는 꼭 올 세 모자와의 상봉을. 그리고 끝내 그 날은 왔다. 오버코트를 손에 든 정장 수트 차림의 두 청년이 섣달 그믐날 밤 10시 반쯤에 들어왔다. 가게 안은 북적거리는 손님들로 시끄러웠다. 여주인이 만원이라 자리가 없다며 두 청년의 방문을 정중히 거절하려는 순간, 화복和服(일본의 전통의상)을 입은 부인이 들어와서 깊이 머리를 숙이며 두 청년 사이에 섰다.

그리고 부인은 조용한 목소리로 말했다. "저…… 우동 삼인분입니다만…… 괜찮겠죠?" '북해정 2번 테이블'의 전설을 익히 알고 있던 손님들의 시끄러운 이야기들이 멈췄다. 여주인은 남편을 불렀다.

이제 기다리는 사람이 그토록 오랜 세월 기다린 전설의 마지막 장면이 펼쳐질 것이다.

우리 북해정으로 우동 한 그릇 먹으러 갑시다

큰아들로 보이는 청년이 말했다.

> 우리는 14년 전 섣달 그믐날 밤, 모자 셋이서 일인분의 우동을 주문했던 사람입니다. 그때의 한 그릇의 우동에 용기를 얻어 세 사람이 손을 맞잡고 열심히 살아갈 수가 있었습니다.
>
> 그 후 우리는 외가가 있는 시가현으로 이사했습니다. 저는 금년에 의사 국가시험에 합격하여 교토京都의 대학병원에서 소아과 병아리 의사로 근무하고 있습니다만, 내년 4월부터 삿포로의 종합병원에서 근무하게 되었습니다.
>
> 그 병원에 인사도 하고 아버님 묘에도 들를 겸해서 왔습니다. 그리고 (…) 교토의 은행에 다니는 동생과 상의해서 지금까지 인생 가운데서 최고로 사치스러운 일을 계획했습니다. 그것은, 섣달 그믐날 어머니와 셋이서 삿포로의 북해정을 찾아와 삼인분의 우동을 시키는 것이었습니다.

배려하는 사람, 기다리는 사람, 눈물을 흘릴 자격이 있는 사람인 주인 내외의 눈에는 왈칵 눈물이 넘쳐흘렀다. 14년 동안의 전설이 막을 내릴 때가 되었다. 그 얼마나 외치고 싶은 주문이었던가? 북해정에서 가장 낡았지만 가장 아름다운 2번 테이블에서, 북해정을 쩌렁쩌렁 울리는 목소리로, 아니 지축을 흔들 만큼 큰 목소리로 세상에다 외치고 싶었던 주문을, 주인 내외는 눈물을 훔치며 외친다.

　　네엣! 우동 삼인분!

　우동집 밖에서는 조금 전까지 흩날리던 눈발도 그치고, 갓 내린 눈에 반사되어 창문의 빛에 비친 '북해정'이라고 적힌 옥호막이 한발 앞서 불어제치는 정월의 바람에 휘날리고 있었다. 왠지 '북해정 2번 테이블'의 전설은 마지막에 이르렀다기보다는 이제 막 시작된 느낌이다. 그리하여 영원히 끝나지 않는 전설로 남아 있을 것 같다.

　몇 번을 이 작품을 읽었지만, 항상 두 뺨에는 상큼한 눈물이 흐른다. 구리 료헤이의 〈우동 한 그릇〉을 읽은 사람들과 우연히 만난다면, 언제라도 이렇게 말하고 싶어진다. "우리 북해정으로 우동 한 그릇 먹으러 갑시다."

부족한 밥상에만 깃들 수 있는 미덕이 많다. 상대방을 위하여 자신의 몫을 줄이는 '조화와 양보의 정신'이 있고, 음식의 '부족함'을 뭔가 형이상학적인 '충분함'으로 보상하려는 '단합과 협동의 힘'이 있으며, 한 줄기의 국수도 한 방울의 국물도 남기지 않는 '겸허한 소비의 자비심'이 있다.

극장에서 뒷사람의 관람을 방해하지 않기 위해 불편을 무릅쓰며 키를 낮추고, 약속 시간에 다소 늦더라도 119구급차에게 차선을 양보하는 일이, 넉넉한 공간과 시간밖에 가져 보지 못한 사람들에겐 엄청난 희생처럼 느껴지듯, 부족한 밥상을 받아 보지 못한 사람들에게는, '조화와 양보의 정신'이 통하는 사회란 낯설기만 하다.

부족한 것이 어디 밥상뿐인가? 일손이 모자라는 작업장이나 실력이 달리는 조직은 얼마나 많은가? 그런 곳에서 어려움을 겪어 본 경험이 없는 사람들에겐, 자포자기나 반칙을 정당화하는 뻔뻔함이 판을 친다. 모자라고 달리는 힘과 능력을 지혜롭게 극복하는 '단합과 협동의 힘'을 전혀 발휘하지 못하는 것이다.

또한 불필요한 소비 문제도 심각하다. 먹지 않고 버려지는 음식들은 커다란 사회문제, 환경문제로까지 번지고 있다. 전 지구인의 2배가 먹을 수 있는 식량을 생산하고도 아프리카 등지에서 몇 초에 한 명씩 어린이가 기아로 죽어가는 현실을 외면하는 사람들에게 '겸허한 소비의 자비심'을 바라는 일은 불가능하다.

〈우동 한 그릇〉의 세 모자母子 이야기는, 단지 일본 북해도 삿포로의 〈북해정〉이라는 우동집에 국한된 전설이 아니다. 우동 한 그릇이 세 모자가 먹기에는 부족한 양이었을지 모르지만, 도리어 그 한 그릇에 깃든 미덕은 온 세상 사람들이 먹기에도 부족함이 없을 것이다. 부족한 밥상은 나눠먹는 밥상이고 단결하는 밥상이며 베푸는 밥상이다.

　동서고금을 막론하고, 문학이 부귀영화로 반짝이는 세상 속으로 우리를 초대하여 화려한 파티 같은 드라마만을 보여주지는 않는다. 문학의 인물들은 때로는 혹독한 시련 속으로 던져지고, 비극적 운명에 의해 파멸의 벼랑 끝으로 내몰리기도 한다. 하지만 문학은 자신이 창조한 인물들이 겪는 혹독한 시련과 비극적 운명을 우리에게 전가시키지 않는 기적의 연출가다.

　문학이라는 기적의 연출가는, 작품 내에서든 작품 외에서든, 희망의 메시지를 전달하는 막중한 역할을 맡을 또 다른 인물들을 창조한다. 그들은 무엇인가를 간절히 기다리며, 우리와 희망의 끈을 함께 잡는다. 간절히 기다리는 것은 끝내 만나지고, 그 만남의 감격이 불러오는 참을 수 없는 눈물에 의해 우리의 생은 정화된다. 기다린다는 것보다 더 아름다운 일은 없다. 기다리는 사람은 기다리는 대상을 배려하고 신뢰하며 결코 희망을 버리지 않기 때문이다.

　북해정 주인 내외는 작가 구리 료헤이가 만든 최고의 캐릭터다. 그들은 '기다림의 미학'의 정수를 보여줬다.

3

문학은 마지막 잎새를
떨어뜨리지 않는다

한 시대의 양심과 예술혼이 위기를 맞을 때마다, 양심과 예술혼의 한 시대
가 위기를 맞을 때마다, 문학은 폭풍처럼 휘몰아치는 위기로 인해 속절없
이 져가는 그 양심과 예술혼의 마지막 잎새를 지켰다. 인생이란 벽돌집 빈
벽에 가까스로 붙어 있는 담쟁이덩굴의 마지막 잎새 같은 것. 문학이란 궁
핍과 남루의 사다리를 한 칸 한 칸 올라, 져버린 마지막 잎새의 자리에 구
원의 마지막 잎새를 대신 그리는 것. 그리하여 그 궁핍과 남루의 사다리를
내려와 마침내 죽어가는 것.

시인이 그리 살겠단다

그대 앞에 나는
한 포기 들풀이어도 좋다.

갈밭에서건
봄뜰에서건
나는 혼자여도 좋다.

목숨처럼 삼아온 일도
사랑처럼 지녀온 일도
멀리 바라보면서
이 가을에는
갈대처럼 서 있고 싶다.

버리며 사는 일과
주고 사는 일과
가끔은
잊고 사는 일에

한때는 표절된 그림처럼
멋쩍은 시간도 있었지만

묵은 잡지의 때 지난 이야기처럼
눈물 같은 얘기 하나
간절한 말 한 마디도
모를 일로 하고

이 계절에는
혼자서, 나 혼자서
텅 빈 마음이고 싶다.

그리하여 겨울이 오는 날
그대 앞에 나는
마지막 잎새로 남고 싶다.

김경호, 「그대 앞에 나는」 전문

(김경호, 《이별의 이름으로 지금은 사랑할 때》, 시간과공간사, 1989, 수록)

특별한 은유도 세련된 상징도 없는, 그리고 영원한 통속어 '그대'
가 등장하는 유행가 가사 같은 시인 김경호씨의 「그대 앞에 나는」.
특별하지도 세련되지도 않아서, 그렇게 그저 통속적인 유행가 같아
서 「그대 앞에 나는」은 오직 시인의 다짐만이 두드러진다. 도대체 어
떤 다짐이기에, 다짐만 쓰다 시 쓰기가 멈췄는가.
한 포기 들풀처럼 고독하게, 목숨처럼 살아온 일이며 사랑처럼 지

녀온 일이며 저 멀리 두고, 이 가을에 갈대처럼 텅 빈 마음으로 서서, 멋쩍은 시간·눈물 같은 얘기·간절한 말일랑 모를 일로 하고 살다가, 어느 해 추운 겨울이 오는 날, 오 헨리의 단편 속 버먼 할아버지가 벽돌집 빈 벽에 그렸던 마지막 잎새 하나로 남고 싶단다. 그리하여 사랑하는 이의 꺼져가는 숨 하나 지키겠단다.

  시인이 그리 살겠단다. 마지막으로 남은 잎새 하나, 마지막으로 남은 희망 하나 지키는 사람으로 살겠단다.

소설가는 사기꾼이다

  따지고 보면 소설가는 사기꾼이다. '실제로 있지는 않았지만 있을 법한 일'을 '실제로 있었던 일'보다 더 '실제로 있었던 일'처럼 이야기하기 때문이다. 더군다나 사기를 잘 치면 잘 칠수록 도리어 명예를 얻으니, 소설가야말로 대접 받는 사기꾼이다. 물론 사기가 쉬운 일은 아니다. 사기꾼은 기본적으로 사기를 당하는 사람보다 한두 수 위의 지혜를 가져야 하기 때문이다. 이때 지혜란 삶의 통찰력을 말한다.
  영웅적인 인물에서부터 비속한 인물에 이르기까지, 우리 삶은 복잡하고 어이없다. 일관성 없이 이변투성이라서 도덕적으로나 실용적으로나 특정한 지침을 갖기 어려울 만큼 복잡하고, 도저히 있을 수 없는 일, 있어서는 안 될 일들로 혀를 끌끌 차게 만드는 부당한 현실에 어이없다. 이런 이변투성이의 부당한 현실이 작가의 머릿속에서 재구성된 사기극으로 각색되고 나면, 독자들은 놀라운 감정의 정화를 경험하게 된다. 그리하여 삶의 시작과 끝이, 그리고 그 사이의 복잡한 사건들이 나름대로 인과관계의 구색을 갖춰 우리 시야에 들어오고, 부당한 현실이 부당하면 부당할수록 빛나는 희망의 등불과 위풍당당해지는 정의의 목소리에 우리의 눈과 귀가 밝아진다. 대접 받는 사기꾼이 대접 받는 데는 다 이유가 있는 것이다.

오 헨리, 단편소설을 '인간화' 하다

수세기 동안 세계 곳곳에서 불멸의 사기꾼들이 활약했다. 때로는 큰 강줄기처럼 장엄한 사기극으로, 때로는 한 마당 놀이처럼 재미있는 단막의 사기극으로, 사기꾼들은 불멸의 드라마를 펼쳐 보였다. 그리하여 기존의 우리 삶을 해석하기도 하고, 우리가 살아야 할 새로운 삶의 비전을 제시하기도 했다.

19세기를 막 넘긴 뉴욕의 그리니치 빌리지라고 그런 불멸의 사기꾼이 없었을 리 없다. 배금주의拜金主義로 치닫던 당시의 미국 사회를 거부하고 예술혼을 마음껏 발산하기 위해 온갖 예술 장르의 보헤미안들이 모여들었던 그리니치 빌리지에, 1902년 어느 날, 미국문학사에 찬란한 획 하나를 그을 한 천재 사기꾼이 손에 10여 편의 소설을 들고 기어들어왔다. 그리고 1910년 비운의 명을 다할 때까지 8년 동안 불꽃같은 펜을 번뜩이며 300여 편에 이르는 독보적인 단편소설을 써내려갔다. 그 이름하여 오 헨리다.

오 헨리는 자신의 전 작품 중 절반 가까이를 그리니치 빌리지 주변을 무대로 삼았다. 범죄자, 형사, 식당 급사, 주차장 인부, 집배원, 가난한 예술가, 실직 여성, 밤거리의 배회자 등 소시민들의 불우한 이야기를 즐겨 다뤘던 그는 이들을 통해 19세기에서 20세기로 넘어오는 이 시기에 급격하게 발전하던 미국 자본주의의 상징적 현장인 뉴욕을 해부했다.(1993. 7. 1. 〈경향신문〉, "창작의 고향(47), 미국편〈1〉 : 오 헨리 단편 〈마지막 잎새〉")

오 헨리의 전기를 쓴 앨폰소 스미스는 일찍이 워싱턴 어빙이 단편소설을 '전설화' 하고, 애드거 앨런 포우가 그것을 '표준화' 하며, 너새니얼 호손이 '우화화' 하고, 브켓 하트가 그것을 '지역화' 하였다면, 오 헨리는 단편소설을 '인간화' 하였다고 지적했다. 스미스의 말대로 단편소설은 오 헨리에 이르러 비로소 인간의 모습을 갖추었다고 할 수 있다.(오 헨리, 김욱동 옮김, 《오 헨리 단편선》, 이레, 2005, 532쪽)

그리니치 빌리지에 불세출의 '인간적인 사기꾼' 이 등장한 것이다.

마지막 잎새는 지지 않았다

의사는 말했다. "어쨌든 의술의 힘이 미치는 데까지 최선을 다해보겠소. 하지만 저 환자가 자기 장례 행렬에 들어설 마차 수나 헤아리기 시작한다면, 아무리 약을 써도 그 효과는 반으로 줄어들거든. 만약 아가씨가 친구를 잘 구슬려서 이번 겨울에 유행하게 될 소매 스타일에 관심을 갖게 만든다면, 그녀가 살아날 가망성은 열에 하나가 아닌, 다섯에 하나라고 약속할 수 있지."

그리니치 빌리지의 나지막한 3층 집에서 존시와 같은 화실을 쓰며 화가의 꿈을 꾸던 수에게 의사 선생님은 충고했다. 존시의 증세가 위중하다. 더욱이 존시는 자기 장례 행렬에 들어설 마차 수를 세진 않았지만, 20피트가량 떨어진 곳에 있는 벽돌집의 빈 벽을 타고 오르는 해묵은 담쟁이덩굴의 잎새들을 처량하게 세고 있었다. 이때까지만 해도 저승사자 손에 들린 명부冥府 수첩에는 그녀의 이름이 확실히 새겨져 있었을지도 모른다. 열둘에서부터 시작해 거꾸로 세는 셈이 끝나는 날, 존시는 생사의 문턱을 넘을 것이다.

운명의 밤, 저승사자가 명부 수첩에 적혀 있는 존시의 이름을 확인하고 화실로 찾아갈 채비를 하고 있을 것 같은 음울한 밤, 비가 내리고 사나운 바람이 그리니치 빌리지의 화가 지망생들의 꿈자리를 뒤흔들며 휘몰아쳤다. 이튿날 아침 수가 존시의 부탁에 못 이겨 커튼을 열어젖혔다.

그런데 이게 웬일인가! 밤새도록 비가 내리고 사나운 바람이 휘몰아쳤는데도 벽에는 아직 담쟁이 잎새가 하나 매달려 있었다. 담쟁이에 붙어 있는 마지막 잎새였다. 잎자루 가까이는 아직도 짙은 초록색이지만 톱니 모양의 가장자

리는 노란색으로 시들어버린 채, 땅에서 20피트가량 떨어진 줄기에 용감하게
매달려 있었다.

날이 저물어 또 하루가 지나고 밤이 되자, 북풍이 다시 휘몰아치
고, 빗줄기가 존시가 잠든 침대까지 들이칠 기세였다. 간밤에 존시는
불타는 예술혼으로 나폴리 만을 그리는 꿈을 꾸었다. 마지막 잎새가
내일 아침까지만 지지 않는다면, 존시는 기필코 그리할 수 있을 것만
같았다. 그리고 이튿날 아침, 존시의 바람대로 마지막 잎새는 자신의
자리를 꿋꿋이 지키고 있었다.

문학의 즐거움 · 51

> "수, 난 나쁜 계집애였어. (…) 내가 얼마나 나쁜 인간이었는지를 보여주려
> 고 그 무엇인가가 저기에 마지막 잎새를 남겨 놓은 거야. 죽기를 원하는 건 죄
> 악이거든. 수프를 좀 갖다줘. 그리고 우유에다 포도주를 조금 타서 갖다줘.
> (…) 수, 난 훗날 나폴리 만을 그릴 거야."

다시 하루가 지나고 의사 선생님이 수에게 말했다. 존시가 위험한
상태를 벗어났다고. 이제 영양 섭취와 간호만 잘하면 된다고. 존시와
수, 두 화가 지망생이 폐렴이라고 부르는 차갑고 눈에 보이지 않는
낯선 손님을 물리쳤다고.

저승사자의 명부 수첩에서 아리따운 이름 '존시'가 지워졌다.

구원의 사기극

　인간적인 사기꾼 오 헨리가 그리니치 빌리지를 무대로 벌인 사기극 〈마지막 잎새〉에는, 오 헨리만큼이나 인간적인 희대의 사기꾼이 주인공으로 등장한다. 그는 바로 버먼이라는 이름의 영감인데, 존시와 수의 화실이 있는 벽돌집 1층에 살고 있는 화가였다.

　　나이 예순이 넘은 그는 미켈란젤로가 그린 모세 상像의 수염 같은 곱슬 수염을 기르고 있었는데 그 수염은 반수신半獸神 같은 얼굴에서 요정처럼 작은 몸으로 길게 흘러내리고 있었다. 버먼은 실패한 화가였다. 지난 40년 동안 화필을 휘둘러왔지만 아직 예술의 여신 치맛자락 근처에도 가까이 가보지 못한 것이다. 그는 언제나 걸작을 그리겠다고 하면서 아직 손도 대지 않고 있었다.

　잎새만 세며 죽음을 재촉하고 있는 존시에 대한 이야기를 수로부터 들은 버먼 영감은 핏발이 선 눈에 눈물을 글썽거리며 자신의 캔버스를 바라보았다. 방 한쪽 구석에서 걸작의 첫 일필을 25년 동안 기다리고 있는 캔버스가 처량하게 화가畵架 위에 걸려 있었다. 버먼 영감은 속으로 중얼거렸다. "나의 걸작은 저 캔버스에 담지 않을 거야!"

　존시가 불타는 예술혼으로 나폴리 만을 그리는 꿈을 꾸던 그 밤, 북풍이 휘몰아치고 빗줄기가 유리창을 두들기며 나지막한 네덜란드식 처마에서 후드득후드득 쏟아져 내리던 그 밤, 실패한 화가 버먼 영감은 세상에서 가장 아름다운 사기극을 준비했다. 세계문학사에 빛나는 위대한 '구원救援의 사기극'을.

버먼 영감은 마지막 잎새가 이미 지고 없는 빈 벽에 사다리를 놓는 다. 세찬 북풍에 흔들거리는 사다리를 한 칸 한 칸 오른다. 한 손엔 초롱을 들고, 다른 한 손엔 화필과 초록색·노란색 물감이 섞여 있는 팔레트를 들었다. 마지막 잎새가 매달려 있던 빈 벽에 가짜 '마지막 잎새'를 그린다. 그리고 급성 폐렴을 안고 자신의 작업실로 돌아와 죽음을 기다린다. 존시의 마지막 잎새는 지고, 버먼 영감의 마지막 잎새는 피어나, 영원히 지지 않는 '마지막 잎새'가 된다.

완전히 회복되어 초록색 털목도리를 뜨고 있는 존시에게 수는 버 먼 영감의 부음訃音을 전하며 말했다.

> "버먼 할아버지가 오늘 병원에서 폐렴으로 돌아가셨대. 앓으신 지 겨우 이 틀밖에 되지 않았는데 말이야. 엊그저 아침 관리인이 아래층에 있는 할아버지 방에 들어가 보았더니 할아버지가 아파서 어쩔 줄 몰라 하고 계시더래. 그렇게 날씨가 사나운 밤에 도대체 할아버지가 어디를 갔다 오셨는지 짐작할 수 없었 다는 거야. (…) 그리고 자, 창밖을 내다봐. 벽에 붙어 있는 저 마지막 담쟁이 잎새를 말이야. 바람이 부는데 왜 조금도 움직이지 않는지 이상하지 않니? 아, 존시. 저건 버먼 할아버지가 그린 걸작품이야……. 마지막 잎새가 떨어지던 날 밤 그분이 저기에 그려 놓으신 거거든."

문학은 '마지막 잎새'를 떨어뜨리지 않는다

'인간적인 사기꾼' 오 헨리의 '인간적인 사기극' 〈마지막 잎새〉는 씌어진 지 100년이 넘은 지금까지 우리를 속이고 있다. 알고도 속고, 속고 싶어서 속고, 속아야 되니까 속는다. '마지막 잎새'는 이제 하나의 대명사가 되었다. '하나 남은 잎새'가 아니라 '절대로 져서도 안 되고 지지도 않는 잎새'다.

만약 문학에게 "우리 앞에 당신이 존재하는 이유가 뭐요?" 하고 묻는다면, 문학은 아마도 그저 빙긋이 웃으며, 시인 김경호의 시 「그대 앞에 나는」의 마지막 연을 읊을 것이다.

그리하여 겨울이 오는 날
그대 앞에 나는
마지막 잎새로 남고 싶다.

진짜 마지막 잎새는 졌다. 버먼 영감이 그린 가짜 마지막 잎새가 대신 가지에 매달렸다. 진짜로 져버린 마지막 잎새와 함께 죽었을 한 소녀가 가짜 마지막 잎새로 인해 부활했다. 진짜와 가짜의 힘겨루기에서 가짜가 완승을 거두는 이 아이러니를 우리는 어떻게 받아들여야 할까?

사실 한 영혼을 죽일 수 있는 그런 사악한 힘을 가진 마지막 잎새는 세상에 없다. 우리가 마지막이라고 생각하는 그런 마지막은 우리의 심약한 의지가 전혀 근거도 없이 세게 되는 숫자의 맨 끝일 뿐이다. 마지막 기회, 마지막 승부, 마지막 수업, 마지막 희망 등 수없이 많은 마지막들도 마찬가지다. 그런 마지막은 전혀 진짜 마지막이 아니다. 결국 〈마지막 잎새〉의 결말이 보여주는 아이러니는 아이러니가 아닌 것이다.

한편 버먼 영감이 그린 절대로 지지 않을 마지막 잎새는 식물학적으로는 결코 존재할 수 없다. 하지만 그 마지막 잎새는 식물학적인 방법이 아니라 질 수 없다는 그 영원성으로 자신의 존재를 증명한다. 이렇듯 존재 방식이 달라짐으로써 가짜는 진짜로 환골탈태한다. 결국 이런 면에서도 〈마지막 잎새〉의 결말이 보여주는 아이러니는 아이러니가 아닌 것이다.

사실 문학에서 아이러니는 없다. 진짜는 언제나 진짜이고, 가짜는 언제나 가짜다. 그리고 진짜는 결코 가짜에게 지지 않는다. 따라서 굳이 아이러니가 문학에 존재한다면, 그 아이러니는 결코 아이러니가 아닌 것이 아이러니처럼 보인다는 면에서만 실현되고, 그러한 실현은 우리에게 문학을 읽는 색다른 즐거움을 선사한다.

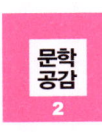

문학은 쓰러져가는 영혼을 위해서라면 사기행각도 서슴지 않는다. 어리석은 자포자기에 빠진 존시를 위해서라면, 버먼 영감이 아니라 그 누구라도 팔레트와 램프를 들고 사다리를 탔을 것이다. 그리하여 존시의 꺼져가는 생명의 불씨를 되살려 내는 완전 범죄를 저질렀을 것이다. 결국 버먼 영감은 우리 염원의 문학적 대리자일 뿐이다.

문학의 미술사에서는 레오나르도 다 빈치나 미켈란젤로의 손만이 거룩한 것은 아니다. 사기극의 결과물인 가짜 마지막 잎새 그림이 리자 여사의 초상화나 시스티나 성당의 천장화도 구하지 못한 한 소녀의 생명을 구하지 않았는가? 이러한 구원의 사기꾼이 그린 그림이라면, 독자는 기꺼이 명화의 반열에 올려놓을 것이다.

작가여! 마지막 잎새와 마지막 잎새가 상징하는 세상 모든 마지막 희망이 지지 않도록 거룩한 사기극을 준비하라!

4

문학은 연애할 때
읽어야 하는 필독서다

문학을 연애에 써 먹기 위해 읽는 일은 용렬한 짓일까? 꼭 그렇지만은 않은 것 같다. 사실 문학은 수많은 것을 말하는 것 같지만, 실은 단 하나 '사랑'만을 말한다. 그러기에 문학은 연예할 때 읽어야 할 필독서다. 내가 사랑하는 사람, 내가 사랑받고 싶은 사람 앞에서 당당히 연인 삼을 만한 사람이 되기 위해 문학을 읽자. 그리고 그 문학을 가슴속에 새기자. 문학은 그렇게 간절한 마음으로 읽는 독자를 결코 배신하지 않는다.

연인 삼을 만한 자격

초가을 햇살웃음을 잘 웃는 사람, 민들레 홀씨 바람 타듯이, 생활은 품앗이로 마지못해 이어져도, 날개옷을 훔치려 선녀를 기다리는 사람,

슬픔 익는 지붕마다 흥건한 달빛 표정으로 열이레 밤하늘을 닮은 사람, 모습 있는 모든 것은 사라지고 만다는 것을 알고, 그것들을 사랑하기에 너무 작은 자신을 슬퍼하는 사람,

모든 목숨은 아무리 하찮아도 제게 알맞은 이름과 사연을 지니게 마련인 줄 아는 사람, 세상사 모두는 순리 아닌 게 없다고 믿는 사람,

몇 해 더 살아도 덜 살아도 결국에는 잃는 것 얻는 것에 별 차이 없는 줄 아는 사람, 감동받지 못하는 시 한편도 희고 붉은 피톨 섞인 눈물로 쓰인 줄을 아는 사람,

커다란 것의 근원일수록 작다고 믿어 작은 것을 아끼는 사람, 인생에 대한 모든 질문도 해답도 자기 자신에게 던져서 받아내는 사람,

자유로워지려고 덜 가지려 애쓰는 사람, 맨살에서 늘 시골집 저녁 연기 내음이 나는 사람, 모름지기 이런 사람이야말로 연인 삼을 만하다 할지어다.

유안진, 「자격」 전문

(유안진, 《봄비 한 주머니》, 창작과비평사, 2000, 수록)

이 시를 읽고 있자니, 오래 전 유행했던 가수 변진섭 씨의 노래 〈희망사항〉을 흥얼거리게 된다. 변진섭 씨의 〈희망사항〉이 요구하는 자격 못지않게, 시인 유안진 교수의 「자격」이 요구하는 자격 또한 지나친 욕심임에 틀림없다. 하지만 이런 생각도 든다. 이토록 까다로운 자격도 문학의 거리와 카페, 그리그 산과 들에서는 어쩌면 갖춰질 수 있지 않을까 하는 생각 말이다.

독자가 작가의 연인일 수도 있지만, 실은 작가와 그의 작품이야말로 독자의 연인이다. 독자의 연인으로서 유안진 교수의 「자격」이 요구하는 자격을 두루 갖춘 작가가 있는지 찾아보았다. 일단 후보자가 될 만한 작가의 작품들을 고른 후, 각 작품들을 읽어 가며 조목조목 자격여부를 따져 보았다. 1등은 바로 《처음처럼》의 작가, 신영복 교수였다. 그리고 아주 놀랍게도 신 교수는 독자의 연인으로서의 자격을 거의 모두 갖추고 있었다. '희망사항'이 현실로 이어진 감격적인 순간이다.

신영복 교수는 연인 삼을 만하다.

초가을 햇살웃음을 잘 웃는 사람

아마도 누구나 그럴 것이다. 《처음처럼》을 읽고 나면 신영복 교수가 초가을 햇살웃음을 웃고 있는 고습이 떠오른다. 20여 년의 징역살이가 절대로 빼앗지 못한 화사한 웃음이 글 속에서 그림 속에서 한결같이 웃고 있다. 처음으로 하늘을 만나는 어린 새처럼, 처음으로 땅을 밟는 새싹처럼, 언제나 새날을 시작하는 저 남자!

신영복 교수는 연인 삼을 만하다.

생활은 품앗이로 마지못해 이어져도,
날개옷을 훔치려 선녀를 기다리는 사람

'석과불식碩果不食' 은 '씨 과실은 먹지 않는다' 는 뜻입니다.

씨 과실은 '먹히지 않는다' 는 뜻으로도 읽힙니다.

'희망의 언어' 입니다.

무성한 잎사귀 죄다 떨구고 겨울의 입구에서

앙상한 나목으로 서 있는 감나무는 비극의 표상입니다.

그러나 그 가지 끝에서 빛나는 빨간 감 한 개는 '희망' 입니다.

그 속의 씨가 이듬해 봄에 새싹이 되어 땅을 밟고 일어서기 때문입니다.

그 봄을 위하여 나무는 엽락분본葉落糞本

잎사귀를 떨구어 뿌리를 거름하고 있습니다.

「석과불식」

    누가 됐든 무엇이 됐든, 간절히 그리워하면, 그래서 성급하게 날짜
를 세지 않고 묵묵히 때를 기다리면 기어코는 만나진다. 간절한 희
망'이 '만남'의 허리를 당겨 안고 입을 맞추는 것이다. 선녀를 기다
리는 사람만이 날개옷을 훔칠 수 있듯, 앙상한 나목 가지 끝에 매달
린 감 한 개를 따 먹지 않는 사람만이 이듬해 감 씨가 새싹으로 돋아
나는 희망의 봄을 훔칠 수 있다. 그 찬란한 봄을 훔치기 위하여, 잎사
귀를 떨구어 뿌리를 거름하고 있는 저 의로운 도둑 같은 남자!

    신영복 교수는 연인 삼을 만하다.

슬픔 익는 지붕마다 흥건한 달빛 표정으로 열이레 밤하늘을 닮은 사람

        "밤이 깊을수록 별은 더욱 빛난다"는
        사실보다 더 따뜻한 위로는 없습니다.
        이것은 밤하늘 이야기이면서 동시에
        어둔 밤을 걸어가는 수많은 사람들을 위한 이야기입니다.
        옷이 얇으면 겨울을 정직하게 만나게 되듯이
        그러한 정직함이 일으켜 세우는
        우리들의 깨달음에 관한 이야기이기도 합니다.
        「야심성유휘夜深星愈輝」

밤하늘. 알퐁스 도데의 목동이 스테파네트 아가씨에게 들려주던 동화처럼 아름다운 밤하늘이 아니다. 어둡고 차가운 세월을 기어코 참아낸 별이 고독한 빛을 발하는 인고忍苦의 밤하늘이다. 그런 밤하늘이기에 별빛은 어둔 겨울 밤길을 걸어가는 수많은 사람들에게 따뜻한 위로가 되어 준다. 깨달음에 관한 밤하늘 이야기를 들려주며 차디찬 겨울을 정직하게 만나는 저 얇은 옷의 남자!

신영복 교수는 연인 삼을 만하다.

모든 것은 사라지고 만다는 것을 알고,
그것들을 사랑하기에 너무 작은 자신을 슬퍼하는 사람

숲이 되지 못하고 황량한 폐허로 남아 있는

마추픽추 산정山頂은 비극의 절정입니다.

이곳만큼 떠나는 것의 비극성이 사무치게 배어 있는 땅도 없습니다.

떠난다는 것은 슬픈 일입니다.

떠나는 것은 낙엽뿐이어야 합니다.

새로운 잎에게 자리를 내주는 낙엽이 아닌

모든 소멸消滅은 슬픔입니다.

「마추픽추」

마추픽추는 지금의 페루 남동부에 위치한 도시 쿠스코에서 북서쪽으로 약 80㎞ 떨어진 곳에 있다. 2개의 뾰족한 봉우리 사이 말안장 모양의 지역에 위치하고 있는 이 요새는 서구인들의 총칼에 잉카인들이 멸종되면서 주인 잃은 죽은 도시가 되었다. 유네스코가 지정한 세계유산이라는 허명虛名을 얻었지만, 마추픽추에는 옛 잉카인들의 원혼만이 쓸쓸히 떠돈다.

따지고 보면 그 어떤 문명의 자취들도, 저마다 비극적인 사연을 간직한 채 그 주인을 잃었다. 인간이 만든 것들이란 어차피 그런 소멸의 운명을 타고난다. 그리하여 떠나는 것의 비극성만이 사무치게 배어 있는 그 문명의 자취들은 관광객의 발걸음을 기다리는 상품으로 전락할 뿐이다. 그 누구도 이 운명을 거슬러, 떠나버린 것들을 되불러오고, 소멸해 간 것들을 되살려올 수는 없다.

그러나 저 귀인貴人을 보라. 문명의 자취를 더듬고 위대했던 그 문명인들의 초상을 기억하며 제례祭禮를 받든다. "새로운 잎에게 자리를 내주는 낙엽이 아닌 모든 소멸消滅은 슬픔입니다." 이렇게 곡哭하며 몸을 낮추는 저 남자!

신영복 교수는 연인 삼을 만하다.

모든 목숨은 아무리 하찮아도
제게 알맞은 이름과 사연을 지니게 마련인 줄 아는 사람

반짝반짝 한 송이 꽃잎처럼 하늘에 날아오른

봄 나비 한 마리를 바라보며

그가 겪었을 긴 역사를 생각합니다.

작은 알이었던 시절부터 한 점의 공간을

우주로 삼고 소중히 생명을 간직해 왔던

고독과 적막의 밤을 견디고…….

징그러운 번데기의 옷을 입고도

한시도 자신의 성장을 멈추지 않던 각고의 시절을 이기고…….

이제 꽃잎처럼 나래를 열어 찬란히 솟아오른 나비는

그것이 비록 연약한 한 마리의 미물에 지나지 않는다 할지라도

그것은 우람한 승리의 화신으로 다가옵니다.

「나비의 역사」

　한 마리 봄 나비에게도 역사는 있다. 우리 인간 못지않은 고결한 성장의 역사가 있다. 그들도 작은 알을 우주 삼아 생명을 간직하며 고독과 적막의 밤을 견뎠고, 번데기에서 나래를 열 그 날까지 각고의 시절을 이겼다.

　수억 킬로미터 저 너머로 발사된 우주선에서보다는, 이제 막 날갯짓하며 찬란히 솟아오른 나비에게서 우람한 승리의 화신을 보는 저 남자! 이념의 전선에 깃발을 들고 서서 자유와 평등과 사랑이라는 거대한 구호를 외치기 전에, 모든 목숨은 아무리 하찮아도 제게 알맞은 이름과 사연을 지니게 마련이라는 소박한 신념을 견고히 가진 저

남자!

신영복 교수는 연인 삼을 만한다.

세상사 모두는 순리 아닌 게 없다고 믿는 사람

> 최고의 선善은 물과 같습니다 上善若水.
>
> 첫째, 만물을 이롭게 하기 때문입니다 善利萬物.
>
> 둘째, 모든 사람들이 싫어하는 낮은 곳에 자신을 두기 때문입니다
>
>   處衆人之所惡.
>
> 셋째, 다투지 않기 때문입니다 夫唯不爭.
>
> 산이 가로막으면 돌아갑니다.
>
> 분지를 만나면 그 빈 곳을 채운 다음 나아갑니다.
>
> 마음을 비우고 心善淵 때가 무르익어야 움직입니다 動善時.
>
> 결코 무리하게 하는 법이 없기 때문에 허물이 없습니다 無尤.
>
> 「水수」

자신을 이롭게 하기보다는 만물을 이롭게 하는 물, 높은 곳에 욕심을 두지 않고 도리어 낮은 곳에 자신을 두는 물, 산이 막으면 터널을 뚫는 대신, 말 없는 산과 다투지 않고 그저 목례하며 돌아가는 물, 분지를 만나면 그 빈 곳을 모두 채우지 않고는 결코 앞으로 나아가지 않는 물이야말로 최고의 선이다. 그런 물을 최고의 선으로 섬기고,

넉넉히 빈 마음으로 때가 무르익을 때 움직이며, 결코 무리하지 않아
허물이 없는 세상사에 몸을 맡기는 저 순리의 남자!

　신영복 교수는 연인 삼을 만하다.

몇 해 더 살아도 덜 살아도 결국에는

잃는 것 얻는 것에 별 차이 없는 줄 아는 사람

　　　고대 이집트의 파라오가 피라미드를 쌓아

　　　불멸과 영생을 도모하였듯이,

　　　오늘의 우리들 역시

　　　저마다의 피라미드를 쌓아가고 있는 것이 사실이며,

　　　그 쌓은 것들이 영원히 사라지지 않을 것이라는 믿음에

　　　한없이 충실하고 있는 것 또한 사실입니다.

　　　피라미드는 우리들의 자화상을 보여주고 있습니다.

　　　「피라미드」

　불멸이 아니라 필멸에 순응하고, 헛되이 영생을 꿈꾸기보다 짧은
생이나마 한 해 한 해 자라는 영혼의 나이테를 단단히 하며, 자신의
피라미드를 스스로 허무는 일은 얼마나 어려운 일인가? 헨리 데이빗
소로우는 자신의 작품 《월든》에서 "테베의 장관은 천박한 장관일 뿐
이다. 인생의 참다운 목적에서 떨어져버린 100개의 대문을 가진 테

베의 신전보다 어느 정직한 사람의 밭을 둘러싸고 있는 자그마한 돌담이 더 의미가 있다"고 일갈했다. 이 월든 호숫가의 현자에게서 받은 교훈을 묵묵히 실행하며, 오늘이 어제 죽은 이가 그토록 그리워하던 내일이라는 평범한 진리를 명심하는 저 남자!

신영복 교수는 연인 삼을 만하다.

감동받지 못하는 시 한편도
희고 붉은 피톨 섞인 눈물로 쓰인 줄을 아는 사람

깨끗하게 필기하지 못한 노트의 앞쪽을 뜯어내면

그만큼의 노트 쪽이 뒷부분에서 떨어져 나갑니다.

어린 시절에는 노트의 첫 장이 조금이라도 마음에 들지 않으면

뜯어내고 다시 쓰기 일쑤였습니다.

지금은 그렇게 하지 않습니다.

떨어져 나갈 새 노트 쪽이 아까워서도 뜯어내지 못하고,

글씨에 담긴 수고가 아까워서도 차마 뜯어내지 못합니다.

결백하나 얇은 노트보다는 깨끗하지 못하더라도

두툼한 노트에 애착이 갑니다.

「얇은 노트」

자신의 성공에서보다는 실패에서 더 멀리 가는 인생의 양식을 얻는 사람이 있다. 타인의 성공에서보다는 실패에서 그의 참 면모를 발견하고, 그 면모를 내 것처럼 아끼는 사람이 있다. 그 어떤 보잘것없는 이도 그 누군가에게는 소중한 사람이요, 그 어떤 보잘것없는 시도 시인의 피땀을 펜에 적셔 사력을 다해 써내려 간 것임을 아는 사람이 있다.

쓰고 또 써도 내세울 만한 시 한 줄 못 썼던 수많은 노트 쪽에 짙은 아쉬움이 남아도, 그 보잘것없는 글씨가 채운 그 노트 쪽들을 차마 뜯어내지 못하는 사람. 바로 그런 사람만이, 언젠가 불멸의 시를 남기는 저력을 가진 시인이 될 것을 굳게 믿는 남자, 그러기에 결백한 노트보다는 깨끗하지 못하더라도 두툼한 노트에 정을 주는 저 겸손한 남자!

신영복 교수는 연인 삼을 만하다.

커다란 것의 근원일수록 작다고 믿어 작은 것을 아끼는 사람

바다를 본 사람은 물을 말하기 어려워합니다 觀於海者難爲水.

큰 것을 깨달은 사람은 아무리 사소한 것이라도

함부로 이야기하기 어려운 법입니다.

「觀海難水관해난수」

어진 사람은 길 떠나는 자신의 한 걸음 좁은 보폭에서도 천릿길 너머 인정 많고 술 인심 후덕한 마을을 본다. 가장 낮은 곳에서 돌아온 자식 반기듯 수천 수만 갈래의 물줄기를 품는 바다의 도량을 아는 사람은, 그 수천 수만 중 단 하나에 불과한 시내의 가늘고 얕음을 얕보지 않는다. 바다를 보았기에 물을 말하기 어려워하고, 커다란 것의 근원일수록 작다고 믿어 작은 것을 아끼는 저 지혜로운 남자!

신영복 교수는 연인 삼을 만하다.

자유로워지려고 덜 가지려 애쓰는 사람

> 물건을 갖고 있는 손은 손이 아닙니다.
> 더구나 일손은 아닙니다.
> 갖고 있는 것을 내려놓을 때
> 비로소 손이 자유로워집니다.
> 빈손이 일손입니다. 그리고 돕는 손입니다.
> 「빈손」

높이 나는 새는 몸을 가볍게 하기 위하여 많은 것을 버린다. 심지어 뼈 속까지 비운다. 무심히 하늘을 나는 새 한 마리의 비상도 인생의 진리를 담기에 부족함이 없다. 버리는 것의 미학이 숨어 있는 이 교훈적인 이야기에서 '무소유'의 의미를 다시금 깨닫는다.

하지만 무소유는 소유하지 않는 것에 만족하지 않고, 자유로움에 이르고자 한다. 또한 자유로움에 이른 사람은 그에 만족하지 않고 남을 돕는 사람으로 한 번 더 도약을 꿈꾼다. 그래서 뭔가를 움켜쥔 손을 빈손으로 만들고, 기어코는 그 빈손을 돕는 손으로 만든다. 자유로운 손이 좋아, 그리고 남을 돕는 손이 좋아, 덜 가지려 하는 저 빈손의 남자!

신영복 교수는 연인 삼을 만하다.

나도 연인 삼을 만하다

다시 유안진 시인의 「자격」을 읽는다. 연인 삼을 만한 신영복 교수의 인품을 몸속에 뼈 속에 새긴다면 그다지 갖추기 힘든 자격도 아닌 듯하다. 내가 사랑하는 사람, 내가 사랑을 구하고 싶은 사람에게, 감언이설이나 미사여구를 늘어놓기 전에, 나는 과연 연인 삼을 만한지 반성해 보자. 신 교수의 《처음처럼》을 계명처럼 암기하며 반성하고 또 반성해 보자.

유안진 시인은 자격을 논했고, 신영복 교수는 그 자격을 고루 갖춘, 그 누구라도 연인 삼고 싶은 아름다운 영혼의 소유자였다. 문학이 아주 통속적인 유용성을 가진다면 그것은 사랑을 구하는 데 꼭 필요한 인품의 지침서가 되어 준다는 데 있다. 그런 통속적인 유용성을 신영복 교수의 《처음처럼》에서 구함이 불경스러운 감이 없지 않으나, 어찌하리, '사랑'이 간절한 것을…….

하지만 언제까지나 나 아닌 신 교수의 자격에만 감탄하지는 말자. 그리하여 어느 찬란한 초가을, 우리도 햇살웃음을 잘 웃는 사람이 되어 겸연쩍지만 자신 있게 말해 보자.

비록 많이 부족하지만, 그래도 그럭저럭은 나도 연인 삼을 만하다.

신영복 교수의 《감옥으로부터의 사색》을 페이지 넘기는 부분이 닳을 정도로 읽었다. 많이도 밑줄을 그었다. 참 이상하게도 감옥 안에 있는 이와 밖에 있는 이가 뒤바뀐 느낌을 받았다. 신영복 교수와 우리를 가로막고 있던 창살이 진짜 가둔 사람은 바로 우리라는 생각이 들었다. 가족들에게 보내는 서신들 속에서, 평안하고 자상한 마음자세와 유머러스하게 세상을 바라보는 여유를 읽으면서, 오직 사색만이 인간을 자유롭게 하고 감옥에 갇히지 않게 하는 진정한 힘이라는 생각도 들었다.

하지만 신 교수의 《강의》는 서론에서부터 목이 메어 왔다. 수인囚人이었기에 도달할 수 있는 문학과 철학, 그리고 역사에 대한 인간적인 해석에 고개가 숙여졌다. 수인의 수囚, 이 한자를 보면 신 교수가 22년 동안 어떤 삶을 살았는지 바로 알 수 있다. 네모벽 속에 사람 하나가 갇혀 있다. 저 좁은 네모벽 속에서만 도달할 수 있는 문사철文史哲의 무한함, 이 역설에 가슴 아팠다.

출항하자마자 사나운 폭풍에 이리저리 밀려다니다가 서로 다른 방향에서 미친 듯 불어오는 바람으로 같은 수면 위를 빙빙 돌던 사람을 긴 항해를 해냈다고 생각한다면 터무니없는 일이 아닐까요?

(세네카, 천병희 옮김, 《인생이 왜 짧은가 : 세네카의 행복론》, 28쪽)

세네카의 〈행복론〉의 한 대목이다. 연인 삼을 만한 사람은, 그리고 더불어 문학의 즐거움을 나눌 수 있는 사람은, 제멋대로 세상을 떠도는 사람이 아니라, 좁은 네모벽 속에 갇혀서도 겸손한 힘이 무한히 뻗어나갈 수 있는 그런 사람이다. 요즘 세상 돌아가는 일이 참 옥에 갇힌 듯 답답하다. 이럴 때일수록 신영복 교수의 책과 글을 읽으며, 때로는 웃고 때로는 눈시울을 뜨겁게 달구며, 문학과 인생의 즐거움을 함께 나누면, 또한 기쁘지 아니한가?

어느 경전의 유명한 구절에 사랑은 "오래 참는" 일이라 했다. 사랑하고 사랑 받는 사람이란 무릇 오래 참는 사람이다. 이때 참는다는 것은, 인간이 스스로의 힘으로 어찌해 볼 도리가 없는 가혹한 운명을 참는다는 뜻이다.

사실 시인 유안진 교수가 요구하는 자격을 신영복 교수도 결코 온전히 갖고 있지는 않다. 세상 그 누구도 그런 자격을 '모두 충족시킬 수는 없다. 다만 그 자격을 갖추기 위해 오래 참는 것이다. 우리가 이 장에서 읽은 《처음처럼》의 잠언들에서 우리는 자격을 갖춘 신 교수가 아니라 자격을 갖추기 위해서 안간힘을 다해 참고 있는 신 교수의 모습을 읽어야 한다. 그리고 우리도 그렇게 참고 견뎌야 한다.

그러면 시인 유안진 교수가 마치 꿈에서 님을 본 듯, 우리를 안아주고 입 맞춰줄 것이다.

5

문학은 삶의 또 다른 시작이다

이제 더 이상 가야 할 길이 남아 있지 않은 사람이라니……. 지금 이 순간,
여기 이곳에 정처定處를 두고 더 이상 저 너머를 꿈꾸지 못하는 사람은 얼
마나 부자유한가? 바람결에 들려오는 두견 울음에 취해도 다시 행장行裝을
꾸리지 못하는 사람은 얼마나 싱거운 안주자인가? 때로는 파안대소破顏大笑
하며 때로는 눈물지으며 지내온 세월을 달빛에 적시고, 고개 넘고 개울 건
너 다시 밤길을 재촉하지 않는 인생은 얼마나 단조로운가? 그래서일까. 풍
요로운 인간 정신의 경전인 문학의 영토엔 갈래갈래 길뿐이었고, 방랑혼
을 지닌 작가의 펜은 마침표를 찍지 않았다.

구름에 달 가듯이 가는 나그네

강나루 건너서
밀밭 길을

구름에 달 가듯이
가는 나그네

길은 외줄기
남도 삼백 리

술 익는 마을마다
타는 저녁 놀

구름에 달 가듯이
가는 나그네

박목월, 「나그네」 전문

(박목월, 이남호 엮음, 《박목월 시전집》, 딘음사, 2003, 수록)

문학작품을 폭넓게 이해하는 자료로 신문기사만 한 것도 없다. 해설서나 교육서 등이 주지 못하는 생생한 정보를 주기 때문이다. 다음은 어느 신문에 실린 〈한국 현대시 10대 시인〉이라는 테마의 기획기사 중 일부다.

〈청록집〉에서 목월은 캄캄한 어둠의 힘에 휘감기지 않은 '애달프고 어리석은' 꿈의 세계를 숨 막히도록 절제된 언어와 리듬의 형식미에 실어 보여주었다. 우리는 '윤사월' '삼월' '청노루' '나그네' 같은 시들에서 탁류와 같은 현실의 힘에 위축되지 않은 목월의 정결한 마음의 세계를 엿볼 수 있다.

목월의 대표작인 '나그네'는 '목월에게'라는 부제가 붙여진 조지훈의 '완화삼'이라는 시에 대한 화답의 뜻으로 씌어진 것이다. 이 시에는 '술 익는 강마을의 저녁 노을이여'라는 구절이 나오는데, 목월은 '나그네'를 쓰면서 바로 이 구절을 부제로 삼음으로써 지훈에 대한 깊은 우정을 드러내면서 동시에 흔히 행운유수行雲流水로 표상되는 그 자신의 독특한 삶의 태도를 신비스러운 상징의 차원 위에 구축해 놓고 있다.

우리는 이 시에서 외로움과 도취가 공존하는, 한 개체적 인간의 완미한 내면세계를 목도하게 된다. 이 개체적 인간은 현실의 위압에 사로잡히지 않은 사람이다.

구름 위를 가는 달처럼 표표하게 그 자신의 내면적 자유를 향유하면서 남도 삼백 리를 떠도는 이 사람은 현실적으로 보면 대일협력에 빠지지 않고 역사의 어둠을 슬기롭게 건너간 조지훈과 박목월의 정신의 고도를 가진 사람이고, 인간학적인 면에서 보면 세속잡사에 연루되지 않고 내면적 자유를 향유하면서

현실의 위압에 사로잡히지 않는, 세속잡사에 연루되지 않고 내면
적 자유를 향유하며 운명을 의연하게 감당해 나가는 기품 있는 나그
네는, 이 시 내부에조차 갇히지 않는다. 이 시는 그 나그네가 구름처
럼 물처럼 표표히 걸어가는 모습 중 한 도막을 노래했을 뿐이다. 그
의 유랑은 닿을 곳 모를 곳에서, 또 다른 닿을 곳 모를 곳으로 걸음을
재촉할 것이다.

훗날 목월을 훨씬 능가하는 어느 시인이 있어 이 시를 다시 손본다
한들, 나그네 발길을 멈추게 하지 못하고 마지막 연을 목월과 똑같이
마칠 것이다.

"구름에 달 가듯이 / 가는 나그네."

작가의 자취를 찾아서

박목월의 「나그네」의 경우처럼 이효석의 〈메밀꽃 필 무렵〉에 관한 어느 신문 기사 중 일부를 소개한다. 이 기사를 읽고 있자니, 봉평 인근을 여행하며 문학의 정취와 메밀꽃밭의 향기에 취해보고 싶어진다. 문학이 주는 즐거움으로 활자화된 책을 뛰쳐나와 작품 속의 현장을 둘러보는 일을 빼놓을 수는 없을 것이다.

봉평은 소설가 이효석(호는 가산可山)의 고향이다. 소설의 공간적 배경이 된 봉평장터는 방문객들을 소설 속으로 안내하는 무대장치다. 이런저런 옷감을 파는 드팀전 장돌뱅이를 시작한 지 이십 년이나 된 허생원이 우연히 맺었던 옛사랑이 그리워 한 번도 빼놓지 않고 들렀던 곳이다. 장터 입구엔 충줏집터 표석이 있다. 이곳은 봉평장을 찾은 장돌뱅이들이 노곤한 육신을 달래기 위해 목젖을 적시고 쉬어가던 곳이다. 가만히 귀 기울이면 충줏집과 수작하던 동이를 후려친 허생원의 한숨소리, 늙은 나귀를 괴롭히던 장터 아이들의 짓궂은 웃음소리가 어디선가 들려올 것만 같다.

홍정천 개울가에 재현한 1930년대 재래장터와 먹거리촌은 과거와 현재가 혼재한 공간이다. 방문객들은 허생원이나 동이처럼 장터를 거닐면서 장돌뱅이가 되기도 한다. 또 메밀국수를 비롯해 메밀전병, 묵사발, 올챙이국수 등 메밀을 재료로 맛을 낸 온갖 음식과 감자떡, 장터국밥 등을 싼값에 맛볼 수 있다. 봉평 여행은 장날(매월 2·7일)에 맞춰야 여행의 재미가 곱절로 늘어난다. 소설의 분위기에 좀 더 깊이 빠져들 수 있기 때문이다.

이효석 흉상이 있는 가산공원을 지나 흥정천 섶다리를 건너면 온통 하얀 메밀꽃밭이다. 소설 속의 '소금을 뿌려놓은 듯한' 바로 그 광경. 흥정천 너머엔 방앗간이 보인다. 달밤에 목욕하려던 허생원이 메밀밭 위로 쏟아지는 하얀 달빛을 피해 들어섰다가 성서방네 처녀와 마주쳐 '무섭고도 기막힌' 하룻밤 인연을 맺은 물레방앗간이다. 사람들은 우연찮은 풋사랑을 잊지 못하고 평생을 그리워하던 허생원을 상상하며 호기심 어린 눈빛으로 방앗간을 기웃거리지만 이 물레방앗간은 근래에 복원해 놓은 것이다.

물레방앗간 뒤쪽 언덕엔 이효석문학관이 자리하고 있다. 이곳은 결코 길지 않았던 이효석의 일생과 문학에 대해 좀 더 깊이 알 수 있는 공간으로서 평소에 쓰던 유품들도 전시돼 있다. 효석문학관을 살펴봤다면 이제 이효석의 생가를 찾을 차례다. 작가가 어린 시절을 보냈던 생가는 문학관에서 1.5km쯤 떨어진 윗마을에 있다. 천천히 걷는다 해도 20분도 채 안 걸리는 거리. 새하얀 메밀밭이 길 양쪽으로 펼쳐져 있어 걷는 맛이 좋다.

메밀꽃 핀 펑퍼짐한 들판에 덩그마니 서있는 가산可山 생가는 강원도 산골에서 흔히 볼 수 있는 그런 집이다. 1913년 당시 봉평면장이었던 가산의 부친은 이 집을 다른 이에게 넘기고 도회지로 떠났다.

이효석의 생가임을 알려주는 표석만으로 이곳에서 당대 최고 문장가의 흔적을 되짚어 보기란 쉽지 않다. 툇마루에 앉아 어린 효석의 상상력을 키워주던 앞산을 바라본다. 초가을 햇살 쏟아지는 고즈넉한 메밀밭 위로 효석과 허생원의 모습이 겹쳐졌다 사라진다.

(2009. 8. 30 〈머니투데이〉, "여행 작가 민병준 / 허생원도 그날 새하얀 메밀꽃에 취했을까")

작가가 살았고, 고민했고, 상상력을 키웠던 마을과 생가를 찾는 일은 작품과 독자 사이의 심리적 거리를 순식간에 좁혀 주는 감동적인 여행이 될 수 있다. 작가에게 집은 그들의 예술적 여정만큼이나 상징적인 하나의 작품이 되기 때문이다. 작가의 자취가 곧 작품의 자취일 수는 없지만, 작품이 잉태되는 환상적 공간으로서의 가치는 충분히 가지고 있지 않을까 한다. '육필 원고'가 발견됐다느니, 생가가 복원되고 시비詩碑가 세워졌다느니 하는, 작가와 작품에 대한 신문기사를 읽는 이유도 그런 가치를 느낄 수 있는 생생한 현장감 때문이다.

이제 〈메밀꽃 필 무렵〉의 세 주인공인 허생원, 동이, 조선달이 발걸음을 재촉하며 봉평에서 대화로 이어진 고개를 넘고 개울을 건널 것이다. 그날 밤처럼 쏟아지는 달빛을 맞으며, 허생원의 기막힌 인연 이야기 한번 들어보자. 그리고 위대한 우리 모국어를 쓰는 위대한 우리 작가를 기억하자. 생전의 이효석도 그 고개와 개울을 숱하게 넘고 건넜으리라.

오래된 사연의 고향, 봉평에서

여름 장이란 애시당초 글러서 해는 아직 중천에 있건만 장판은 벌써 쓸쓸하고 더운 햇발이 벌여놓은 전 휘장 밑으로 등줄기를 훅훅 볶는다. 마을 사람들은 거지반 돌아간 뒤요 팔리지 못한 나무꾼 패가 길거리에 궁싯거리고들 있으나 석유병이나 받고 고깃마리나 사면 족할 이 축들을 바라고 언제까지든지 버티고 있을 법은 없다. 츱츱스럽게 날아드는 파리 떼도 장난꾼 각다귀들도 귀찮다.

얼금뱅이요 왼손잡이인 허생원은 봉평장에서 오늘도 재미를 보지 못했다. 허생원은 내일 대화장에서나 한몫 벌어야겠다며 조선달과 함께 말뚝에서 넓은 휘장을 걷고 벌여놓았던 물건을 거두기 시작했다.
장터에서 장터로 떠도는 장돌뱅이 허생원이 지난 20년 동안 봉평장을 찾는 데는 나름의 사연이 있었다. 그 사연이 〈메밀꽃 필 무렵〉이라는 서정적 단편소설의 미학을 지탱하는 기둥이 될 것이다.

허생원과 조선달은 목도 축일 겸 객수客愁도 달랠 겸 충주집에 들었다. 얼금뱅이 상판 때문에 여인네와는 연분이 멀었던 허생원은 심기가 불편하다. 그런데 이게 웬일인가? 함께 장터를 떠돌던 아들뻘의 장돌뱅이 동이가 충주집에서 붉은 얼굴을 쳐들고 제법 여인네와 농탕치고 있는 것이 아닌가. 머리에 피도 안 마른 녀석이 꼴사나웠던지 허생원은 딱히 이유도 없이 동이에게 따귀를 갈겨주며 나무랐다.

"어디서 주워먹은 선머슴인지 모르겠으나 네게도 아비 어미 있겠지. 그 사나운 꼴 보면 맘 좋겠다. 장사란 탐탁하게 해야 되지. 계집이 다 무어야 나가거라 냉큼 꼴 치워."

한마디 대거리도 하지 않고 하염없이 나가는 동이의 꼴을 보려니 도리어 측은한 마음도 생기고, 그다지 친하지도 않은 사이에 너무했다 싶은 생각도 들어서, 허생원은 거나하게 술잔을 들이켜 댔다. 하지만 동이는 크게 상한 마음을 두지 않은 듯해 허생원의 마음은 한결 가벼워졌다.

이제 봉평에서 대화로 밤을 새워 걸어야 하는 허생원과 동이, 그리고 조선달은 각자 자기 나귀에 안장을 얹고 짐을 싣기 시작했다. 해는 기울고 바야흐로 달이 뜰 시각이었다. 바로 그 달이 기울기 전에 소설은 끝나지만, 다음 날 밤 또 달이 뜨고 기울더라도, 그 다음 날 밤 또 달이 뜨고 기울더라도, 독자가 진짜 궁금한 이야기는 끝나지 않고, 도리어 자꾸만 자꾸만 시작될 것이다.

처음이자 마지막 인연

대화까지는 칠십 리의 밤길 고개를 둘이나 넘고 개울을 하나 건너고 벌판과 산길을 걸어야 된다. 길은 지금 긴 산허리에 걸려 있다. 밤중을 지난 무렵인지 죽은 듯이 고요한 속에서 짐승 같은 달의 숨소리가 손에 잡힐 듯이 들리며 콩포기와 옥수수 잎새가 한층 달에 푸르게 젖었다. 산허리는 온통 메밀밭이어서 피기 시작한 꽃이 소금을 뿌린 듯이 흐뭇한 달빛에 숨이 막힐 지경이다. 붉은 대궁이 향기같이 애잔하고 나귀들의 걸음도 시원하다. 길이 좁은 까닭에 세 사람은 나귀를 타고 외줄로 늘어섰다. 방울 소리가 시원스럽게 딸랑딸랑 메밀밭

께로 흘러간다.

우리 모국어가 이토록 아름답게 칠십 리 밤길을 부여잡고, 독자들의 숨마저 막힐 지경으로 만들었던 적이 일찍이 있었던가! 아무리 그저 그런 여인과의 인연 이야기라도 이쯤 되는 시공간의 서정 속에서라면 저 그윽한 달빛처럼 사람들의 마음속에 촉촉이 젖어들 만하다. 하물며 지금 막 떠나온 봉평의 어느 물레방앗간에서 평생 유랑자 허생원이 20년 전, 처음이자 마지막으로 성서방네 처녀와 만리장성을 쌓던 그 회억回憶에 찬 인연일진대…….

조선달이야 귀에 딱지가 붙을 정도로 들은 이야기였지만, 동이는 처음 듣는 허생원의 기이한 인연 이야기를 마치 달밤의 동무처럼 여기며 두 귀를 모았다. 나그네 가는 밤길에서는 연배에 관계없이 말동무가 되는 법이다.

"장 선 꼭 이런 날 밤이었네. 객줏집 토방이란 무더워서 잠이 들어야지. 밤중은 돼서 혼자 일어나 개울가에 목욕하러 나갔지. 봉평은 지금이나 그제나 마찬가지나 보이는 곳마다 메밀밭이어서 개울가가 어디 없이 하얀 꽃이야. 돌밭에 벗어도 좋을 것을 달이 너무도 밝은 까닭에 옷을 벗으러 물방앗간으로 들어가지 않았나. 이상한 일도 많지. 거기서 난데없는 성서방네 처녀와 마주쳤단 말이네. 봉평서야 제일가는 일색이었지. (…)

날 기다린 것은 아니었으나 그렇다고 달리 기다리는 놈팽이가 있는 것두 아니었네. 처녀는 울고 있단 말야. 짐작은 대고 있었으나 성서방네는 한창 어려워서 들고날 판인 때였지. 한집안 일이니 딸에겐들 걱정이 없을 리 있겠나. 좋은 데만 있으면 시집도 보내련만 시집은 죽어도 싫다지…… 그러나 처녀란 울 때같이 정을 끄는 때가 있을까. 처음에는 놀라기도 한 눈치였으나 걱정 있을 때는 누그러지기도 쉬운 듯해서 이럭저럭 이야기가 되었네…… 생각하면 무섭고도 기막힌 밤이었어. (…) (성서방네 처녀는 그다음날 제천인지로 줄행랑을 놓았고, 나는) 제천 장판을 몇 번이나 뒤졌겠나. 하나 처녀의 꼴은 뀡 궈 먹은 자리야. 첫날밤이 마지막 밤이었지. 그때부터 봉평이 마음에 든 것이 반평생을 두고 다니게 되었네. 평생인들 잊을 수 있겠나."

길고도 짧은 허생원의 전설 같은 이야기가 끝나자, 이번엔 동이가, 아까 충주집에서 "어디서 주워먹은 선머슴인지 모르겠으나 네게도 아비 어미 있겠지." 하던 허생원의 꾸지람에 가슴이 터질 듯했다며 제 사연을 늘어놓기 시작했다. 대화로 넘어가는 산허리에서 달빛에 취한 이들끼리는 내요 네요가 없었다. 마치 하늘이 맺어준 사람들같이, '혈육지정血肉之情'을 느끼는 것이다.

"제천 촌에서 달도 차지 않은 아이를 낳고 어머니는 집을 쫓겨났죠. 우스운 이야기나 그러기 때문에 지금까지 아버지 얼굴도 본 적 없고 있는 고장도 모르고 지내와요. (…) 어머니는 하는 수 없이 의부를 얻어 가서 술장사를 시작했죠. 술이 고주래서 의부라고 전 망나니예요. 철들어서부터 맞기 시작한 것이 하룬들 편한 날 있었을까. 어머니는 말리다가 채이고 맞고 칼부림을 당하고 하니 집 꼴이 무어겠소. 열여덟 살 때 집을 뛰어나와서부터 이 짓이죠. (모친의 친정이 원래 제천이었냐는 허생원의 물음에) 웬걸요, 시원스리 말은 안 해주나 봉평이라는 것만은 들었죠."

봉평이란 말에 귀가 번쩍 뜨인 허생원은 동이의 나이를 성서방네 처녀와 밤을 지새고 헤어졌던 세월에 포개어 보았다. 정표情表 같은 두 조각의 인생이 딱 맞아떨어지자, 허생원은 갑자기 흐려진 눈을 까물까물하다가 경망하게도 발을 빗디뎠다. 허리까지 차오른 개울을 건너던 터라 앞으로 고꾸라지기가 바쁘게 물살에 쓸려가는 허생원을 동이가 잡아 채 업었다. 젖었다고는 하여도 여윈 몸이라 장정 등에는 오히려 가벼웠다.

동이 등어리에 업힌 허생원은, 동이 모친이 의부와 갈라져 제천에 사는데, 동이의 생부를 꼭 한번 만나고 싶어한다는 말에 다시금 귀가 번쩍 뜨였다. 그리고 동이의 탐탁한 등어리가 뼈에 사무쳐 따뜻해, 개울을 다 건넜을 때에는 도리어 서글픈 생각에 좀더 업혔으면도 하였다.

허생원은 젖은 옷을 웬만큼 짜서 입었다. 이가 덜덜 갈리고 가슴이 떨리며 몹시도 추웠으나 마음은 알 수 없이 둥실둥실 가벼웠다. 허생원이 그 둥실둥실 가벼운 마음에 뭔가를 굳게 다짐한 사람처럼 말했다.

"내일 대화 장 보고는 제천이다. (…) 오래간만에 가보고 싶어. 동행하려나 동이?"

문학의 즐거움 • 85

나귀가 걷기 시작하였을 때 동이의 채찍은 왼손에 있었다. 동이 모친의 고향이 봉평이라는 말을 듣고는 아둑시니같이 눈이 어둡던 허생원도 요번만은 동이가 왼손잡이인 것이 예사롭게 보이지 않았다. 걸음도 해깝고 방울 소리가 밤 벌판에 한층 청청하게 울렸다. 봉평에서 대화까지 가는 밤길도 이제 막바지에 다다랐다. 〈메밀꽃 필 무렵〉도 막다른 길에 이르렀다.

하지만 작가는 대화를 지나 동이 모친이 살고 있는 제천까지 한달음에 가 있는 독자의 발 빠른 호기심에 아무런 관심도 두지 않고 그만 소설을 엉금엉금 끝맺는다.

달이 어지간히 기울어졌다.

다시 스타트 라인에 서다

놀라울 정도로 서정적인 시공간 속에서 꿈결 같은 이야기들이 허생원과 동이 사이에 오갔다. 허생원이 반평생을 헤매어 찾던 성서방네 처녀, 즉 동이 모친과 만날 날을 분명히 암시하며 작가 이효석은 〈메밀꽃 필 무렵〉을 마무리한다. 아니 마무리랄 것도 없이 암시된 이야기는 제천에서 다시 시작될 것이다. 훈훈한 가정 하나 봉평에 다시 꾸려 줄 그 이야기는 이제야 스타트 라인에 선 것이다.

하지만 이효석이 다시 생을 얻는다 할지라도, 그리하여 〈메밀꽃 필 무렵〉 속편을 써 달라는 독자들의 간곡한 부탁을 받는다 할지라도, 그는 아마 단 한 줄도 쓰지 않을 것이다. 쓰고 싶지 않아서가 아니라 쓸 도리가 없기 때문이다. "달이 어지간히 기울어졌다"지 않는가? 무슨 이야기가 더 남았단 말인가? 또 다시 마치지 못할 이야기 하나를 보태고, 마지막을 또 한 번 이렇게 장식할 속편을 무엇 때문에 쓴단 말인가?

달이 어지간히 기울어졌다.

중고등학교 국어나 문학 수업 시간에 학생들은 우리 근대문학을 개척한 위대한 작가의 작품들을 토막토막 읽는다. 물론 그 목적은 단 하나, 대입 수능시험에서 시험을 잘 보기 위해서다. 수능 언어영역 예상문제집들에 우리 근대문학의 대표작들이 토막 난 채 지문 속에 갇혀 있는 것을 보면, 답답한 생각이 들 뿐이다.

이렇게 우리 문학을 배우고 자란 세대에게 우리 근대문학의 위대한 작품들이 어떻게 기억되겠는가? 이광수, 염상섭, 채만식, 김동인, 김유정, 이효석, 김동리, 황순원……, 이런 대가들의 작품들을 평생 두 번 다시 읽기나 할까?

서점가엔 외국소설이 판을 친다. 실제 판매부수도 경이롭다. 파울로 코엘료, 베르나르 베르베르, 무라카미 하루키, 요시모토 바나나쯤은 기본으로 읽어야 제법 문학 안다는 소리를 듣는다. 그 밖에 기본적인 독자층을 확보한 우리나라 유명 작가들의 신작을 손에 든 사람들을 지하철이나 버스에서 심심찮게 볼 수 있다. 왠지 저 책을 읽지 않으면 문학판에서 쫓겨나는 걸까 겁도 난다.

하지만 "우리 것이 좋은 것이여" 같은 상식적인 말 말고, 진심으로 말하고 싶다. 여러분들이 읽고 있는, 그러면서 나름 문학 동네에 살고 있다고 느끼는 그런 작품들 말고, 우리 근대문학을 개척한 작가의 작품들에 눈길을 한번 돌려 보라고. 시험문제 지문에 갇혀 있던 토막토막 말고 작품 전체를, 코엘료를 베르베르를 하루키를 바나나를 읽는 호기심을 가지고 한번 읽어 보라고. 산업화 이전의 우리 전통 문화와 인심, 그리고 아름다운 우리말과 해학이 살아 있는 작품들이 얼마나 사랑스러운지 느껴보라고.

이효석의 〈메밀꽃 필 무렵〉 한 편을 우리 근대문학을 개척한 작가들의 전 작품을 읽는 마음으로 이 장에서 읽어 봤다. 행복했다. 즐거웠다. 자랑스러웠다.

"나의 소설사랑은 나날이 깊어지고 있다. 이로써, 오랫동안 깨어 있을 때나 꿈에서나 나의 가장 깊은 중심에 눈물겹게 모셔져 있던 고산자 선생을 떠나보내고자 한다. 새로운 인물들이 어느새 내 속에 똬리를 틀고 앉아 자신의 이야기를 쓰지 않는다고, 벌써부터 나를 단근질하고 있기 때문이다."

소설 《고산자》의 '작가의 말'에서 소설가 박범신 씨가 적은 말이다. 작가는 이렇듯 이야기에서 이야기로 옮겨가는데, 독자라고 머물 수야 없다. 〈메밀꽃 필 무렵〉을 읽고 났으면, 뭔가 다른 이야기를 생각하라고, 다른 작품을 읽으라고, 재촉하는 방랑혼의 단근질에 시달려야 한다.

모든 작품은 여운 속에 마무리된다. 그 여운을 즐길 줄 아는 사람, 그리고 다시 다른 이야기, 다른 작품으로 우리를 몰아가는 그 여운의 바람결을 따라갈 줄 아는 사람, 그런 사람이라면 문학을 사랑한다 할 만하다.

6

문학은 미지의 세계를
상징적으로 창조한다

탐험가에게 '미지의 세계'란 비록 가기 힘들긴 하지만 분명히 존재하는
곳이다. 그런 곳은 탐험가에게 맡기고, 작가는 아예 존재하지 않는 '미지
의 세계'를 '상징적'으로 창조한다. 낯선 집 한 채를 배경으로 해도 그 집
은 독자의 호기심을 자극하기 충분한데, 하물며 작가가 작정을 하고 '미지
의 세계'를 상징적으로 설정했을 때는 독자는 호기심을 넘어 날카로운 긴
장을 느끼게 된다. 그 세계는 도대체 어떤 세계이며, 그 세계 속에 살고 있
는 존재들은 또 어떤 존재인가? 독자는 기나긴 긴장의 터널을 빠져나오는
순간 야릇한 꿈을 꾼 듯 그 '미지의 세계'를 회상한다. 회상이 또렷한 기억
과 막연한 그리움으로 발전하면서, 그 세계는 이제부터 독자에게는 '정말
로 있는 세계'가 된다. 문학이 새로운 세계를 창조하는 순간이다!

마조히스트로서의 인간

가겠다

나 이제 바다로

참으로 이제 가겠다

손짓해 부르는

저 큰 물결이 손짓해 나를 부르는

망망한 바다

바다로

없는 것

아득한 바다로 가지 않고는

끝없는 무궁의 바다로 가는 꿈 없이는 없는 것

검은 산 하얀 방 저 울음소리 그칠 길

아예 여긴 없는 것

나 이제 바다로

창공만큼한

창공보다 더 큰 우주만큼한

우주보다 더 큰 시방세계만큼한

끝간데 없는 것 꿈꿈 없이는

작은 벌레의

아주 작은 깨침도 있을 수 없듯

가겠다

나 이제 가겠다

숱한 저 옛 벗들이

빛 밝은 날 눈부신 물 속의 이어도

일곱 빛 영롱한 낙토의 꿈에 미쳐

가차없이 파멸해갔듯

여지없이 파멸해갔듯

가겠다

나 이제 바다로

김지하, 「바다」 중에서

(김지하, 《검은 산 하얀 방》, 솔, 1994, 수록)

   사람들은 왜 파멸을 각오하고라도, 손짓하며 부르는 망망대해를 건너 자신이 오랜 세월 꿈꿔온 이어도로 노 저어 가는가? 도대체 그 광기 어린 방랑혼은 어디서 기원하는가? 그 이유에 대해서 아래에 소개하는, 서머싯 몸의 역작 《달과 6펜스》의 유명한 대목만큼 잘 설명한 글을 본 적이 없다. 김지하 시인의 시 「바다」의 시적 화자에게는 '바다', 그리고 그 바다 위에 떠다니는 전설의 섬 '이어도'가 자신이 태어났어야 할 곳이요, 마침내 휴식을 취할 수 있는 곳인 것이다.

나는 이런 생각이 든다. 어떤 사람들은 자기가 태어날 곳이 아닌 데서 태어나기도 한다고. 그런 사람들은 비록 우연에 의해 엉뚱한 환경에 던져지긴 하였지만 늘 어딘지 모를 고향에 대한 그리움을 가지고 산다. 태어난 곳에서도 마냥 낯선 곳에 온 사람처럼 살고, 어린 시절부터 늘 다녔던 나무 우거진 샛길도, 어린 시절 뛰어 놀았던 바글대는 길거리도 한갓 지나가는 장소에 지나지 않는다. 어쩌면 가족들 사이에서도 평생을 이방인처럼 살고, 살아오면서 유일하게 보아온 주변 풍경에도 늘 서먹서먹한 기분을 느끼며 지낼지 모른다. 낯선 곳에 있다는 느낌, 바로 그러한 느낌 때문에 그들은 사랑을 느낄 수 있는 뭔가 영원한 것을 찾아 멀리 사방을 헤매는 것이 아닐까. 또는 격세유전隔世遺傳으로 내려온 어떤 뿌리깊은 본능이 이 방랑자를 자꾸 충동질하여 그네의 조상이 역사의 저 희미한 여명기에 떠났던 그 땅으로 다시 돌아가게 하는 것일까. 그러다가 그는 여태껏 한 번도 보지 못한 풍경, 여태껏 한 번도 보지 못한 사람들 사이에, 그들이 죄다 태어날 때부터 낯익었던 풍경과 사람들이었던 것처럼 정착하고 만다. 마침내 그는 이곳에서 휴식을 발견하는 것이다.

문학은 인간의 욕망을 충족시키기 위한 창조다. 문학이 '미지의 세계'를 새로이 창조하는 이유도, '미지의 세계'를 본능적으로 동경하는 인간의 욕망에 기인한다. 또한 행복하고 안정적인 세계만이 인간이 추구하는 유토피아는 아니다. 인간은 때로는 자발적으로 위태로운 영혼의 방랑자가 되어 불행의 쓴 맛을 보기 위해, '기지의 세계'가 주는 안락을 버리고 '미지의 세계'가 주는 고독을 찾는다. 인간은 '기이하고 낯선 상징의 세계'로 내동댕이쳐짐으로써 무한한 쾌락과 모험심을 만끽하며, 왕성한 창조의 동력을 얻는 마조히스트의 면모를 확실히 갖고 있다.

　모름지기 창조의 인간은 파멸을 무릅쓰고 풍요로운 상징의 신세계로 가는 것이다.

허먼 멜빌과《모비딕》

　허먼 멜빌(1819~1891)은 1819년 뉴욕 시에서 부유한 상인의 아들로 태어났다. 하지만 열한 살 때 아버지가 사업에 실패하고 사망하자 학업을 중단해야 했다. 은행 급사에서 농부, 상점 점원, 측량사, 엔지니어, 초등학교 교사에 이르기까지 온갖 직업에 종사했지만 만족하지 못한 멜빌은 1837년 상선의 선실 급사로 선원 생활을 하였고, 곧이어 고래잡이배를 타고 희망봉과 태평양을 횡단했다. 5년에 이르는 바다생활은 훗날 멜빌의 글쓰기에 좋은 자료가 되었다. 드넓은 대양은 멜빌에게 삶의 의미를 터득한 최고의 교육기관이었다. (김욱동, 《우리가 정말 알아야 할 서양 고전》, 현암사, 2004, 221~222쪽)

　대하소설임에도 불구하고 《모비딕》의 줄거리는 간단히 요약될 수 있다. 그것은 피쿼드라는 고래잡이배에 승선, 태평양으로 고래잡이를 나갔다가 뱃사람들에게 모비딕이라 불리는 거대한 흰 고래에 받혀 배가 침몰하는 바람에 그것을 포획하고자 하는 광기어린 집념에 사로잡힌 선장을 비롯하여 다른 모든 동료 선원들이 사망한 가운데 혼자 살아남은, 이슈메일이라는 한 젊은이의 체험담이다. (신문수 / 멜빌, 《모비딕》, 살림출판사, e시대의 절대문학 005, 2005, 77쪽)

하지만 《모비딕》을 이렇게 요약하는 것은, 손톱 조각을 들고 그 손톱 조각의 주인을 소개하는 것만큼이나 허망한 일이다. 《모비딕》의 작품 세계는 문학이 보여줄 수 있는 가장 풍요로운 '상징' 으로 가득 차 있고, 그 상징은 독자들을 '기이하고 낯선 세계' 로 내동댕이쳐 버린다. 그리하여 독자들은 아무런 사전 지식도 없이 그 상징의 세계 속에 버려진 미아가 된다.

허먼 멜빌이 펼쳐 놓은 미지의 세계에 내동댕이쳐진 미아로서 《모비딕》의 풍요로운 상징의 비밀을 커기 위해 3가지 문제를 풀어보자. 물론 정답 없는 문제다. 미지의 세계니 상징의 비밀이니 하는 초월적인 테마를 두고, 정답이 확실한 문제를 푸는 일은 얼마나 공허한가?

문제 1 : 주인공은 누구인가?

《돈키호테》의 주인공이 돈키호테이고 《마담 보바리》의 주인공이 마담 보바리이며, 《제인 에어》의 주인공이 제인 에어인 점을 유추의 근거로 삼는다면, 《모비딕》의 주인공은 당연히 무서운 흰 고래, 모비딕이다. 전혀 이상할 것도 없는 유추다. 실제로 모비딕은 모양새나 생태적 속성으로 보나, 난폭함이나 불멸의 생명력으로 보나 주인공으로서 손색이 없다. 이슈메일의 묘사는 이를 잘 보여준다.

> 그 혹은 독립된 별개의 생물처럼 바다를 미끄러져 갔고, 그 주위에서는 양
> 털처럼 고운 초록빛 거품이 끊임없이 빙글빙글 맴도는 고리를 이루고 있었다.
> 혹 너머에는 살짝 치켜든 머리에 복잡하게 새겨진 거대한 주름이 보였다. 보드
> 라운 터키 양탄자 같은 물결 위에는 그 넓은 우윳빛 이마의 하얀 그림자가 반
> 짝거리며 머리보다 앞서 달렸고, 음악적인 잔물결은 장난스럽게 그 그림자를
> 따라가고 있었다. (…) 미끄러지듯 나아가는 고래는 조용한 기쁨, 빠르고 힘찬
> 움직임 속에서 맛보는 평화로운 안정감에 싸여 있었다. 에우로파를 납치하여
> 자신의 우아한 뿔에 매달고 헤엄쳐 가는 하얀 황소, 즉 제우스, 처녀를 계속 곁
> 눈질하며 추파를 던지는 그의 아름다운 눈, 크레타 섬에 마련된 사랑의 보금자
> 리를 향해 황홀할 만큼 빠른 속도로 거침없이 달리는 제우스, 그 위대한 최고
> 신 제우스도 성스럽게 헤엄치는 저 아름다운 흰 고래를 능가하지는 못했다.

한편 《모비딕》이 창조한 가장 매력적인 인물은, 모비딕을 기어코 죽이고 말겠다는 집착에 사로잡힌 피쿼드호의 선장 에이해브다. 영화나 드라마로 각색된 경우 거의 대부분이 에이해브를 중심인물로 삼고 있는 점에 비추어 볼 때, 《모비딕》은 독자들의 상상력 속에서 단연 에이해브의 책이라 말할 수 있다. 사실 그의 카리스마, 확신에 찬 집념, 무모하리만큼 맹렬한 도전의식, 그리고 극단적인 소외감은 세계문학 속에 등장했던 그 어떤 주인공들과 견주어 보아도 부족함이 없다. 이슈메일의 묘사를 보자.

그는 화형대에서 불길에 휩싸여 온몸이 괴멸되었지만 불길이 사지를 다 태워버리기 전에 줄행랑친 남자처럼 보였다. 불길은 옹골찬 노인의 강건함을 눈곱만큼도 손상시키지 않았다. 키가 크고 딱 바라진 몸은 온통 청동으로 만들어진 것 같았고, 첼리니가 주조한 페르세우스처럼 한 점의 변형도 허용하지 않는 형상을 이루고 있는 듯했다. 잿빛 머리털 사이에서 빠져나와 황갈색으로 그을린 얼굴과 목덜미의 한쪽을 따라 내려오다가 옷 속으로 사라지는 가느다란 막대기 같은 흉터가 보였다. 그 납빛 흉터는 큰 나무의 곧게 치솟은 줄기가 벼락을 맞았을 때 이따금 생기는 수직의 자국과 비슷했는데, 나무줄기 위쪽에 떨어진 벼락이 나뭇가지 하나 떨어뜨리지 않고 우듬지에서 밑동까지 나무껍질을 벗겨 줄기에 가느다란 홈을 새기면서 맹렬한 속도로 내려가다가 땅 속으로 사라지면, 나무는 여전히 싱싱하게 푸르지만 벼락 맞은 자국은 낙인처럼 남아 있다. 그 흉터가 선천적인 것인지, 아니면 어떤 치명적인 부상이 남긴 흔적인지는 아무도 확실히 알 수 없었다.

하지만 《모비딕》의 화자에 불과한 듯 보이는 이슈메일 또한 주인공의 자격을 어느 정도 갖고 있다. 이슈메일은 뭍에서의 생활에 싫증을 느껴 선원 자격으로 피쿼드호에 오른 애송이 청년에 불과하지만, 《모비딕》의 모든 사건들의 해석자이자, 최후의 생존자이기도 하다. 이슈메일이 단순히 사건을 이야기해 주는 이야기꾼에 그치지 않는다는 말이다. 특히 작품 초반에 이슈메일이 고래잡이배를 타게 된 것은 신의 섭리에 따른 것이라고 확신하는 대목에서 그가 단순한 화자가 아님을 분명히 알 수 있다.

상선 선원으로서 여러 번 바다 냄새를 맡아본 내가 이제 와서 고래잡이배를 타기로 마음먹은 것은 무엇 때문일까? 이 의문에 누구보다도 정확하게 대답할 수 있는 것은 운명의 여신들이 보낸 경찰관, 끊임없이 나를 감시하고 나를 미행하고 설명할 수 없는 방식으로 나에게 영향력을 행사하는 그 눈에 보이지 않는 경찰관이다. 내가 이 고래잡이 항해에 나선 것은 신의 섭리에 따라 오래전에 작성된 웅대한 프로그램의 일부를 이루고 있을 게 분명하다. (…) 운명이라는 무대감독이 왜 나한테는 고래잡이 항해의 이 초라한 역할을 맡겼는지, 그 정확한 이유는 나도 알 수 없다.

결국 《모비딕》은 모비딕, 에이해브 선장, 이슈메일, 이 셋이 대등한 높이에서 주인공의 역할을 수행하는 묘한 작품이 되고 만다. 물론 어떤 작품의 주인공이 누구인가가 명확하지 않다고 해서 그 작품이 독자를 당혹스럽게 하는 것은 아니다. 하지만 문제는 이 세 주인공의 캐릭터가 상징적이라는 데 있다. 그들의 성격이 우리 손에 명확히 잡히지 않는다는 말이다. 이런 점에서 일단 《모비딕》은 감상이 만만치 않은 작품이 된다.

문제 2 : 에이해브는 왜 모비딕을 쫓는가? 그리고 그것은 정당한가?

　몇 년 전 고래잡이 항해에서 에이해브는 모비딕에게 한 쪽 다리를 잃었다. 충분히 분노할 수 있다. 하지만, 상식을 존중하는 일등항해사 스타벅의 말대로 '말 못하는 짐승'에 불과한 모비딕을 '악마적 의지의 화신'으로 간주하고, 자신의 모비딕 추적을 세계에 편재하는 악과의 투쟁으로까지 비약하는 에이해브의 광기는 한 쪽 다리를 잃은데 대한 복수의 수위를 훨씬 넘은 것이다.(앞의책, 83~84쪽) 그렇다면 에이해브가 생각하는 모비딕은 단지 '말 못하는 짐승'이 아닌 고도의 상징물로 볼 수밖에 없다. 그렇다면 모비딕은 과연 무엇인가?

　이에 대해서는 《모비딕》의 해석자 이슈메일의 생각에 주목할 필요가 있다. 이슈메일은 모비딕의 흰색의 상징성을 논하는 대목에서 모비딕을 인간의 공포심을 자극하는 모든 불가해하고 불확실한 것, 인간의 집요한 공격에도 살아남는 불멸의 신, 혹은 초월적인 신으로 파악한다. 따라서 모비딕은 모비딕이라는 이름만 우리에게 알려져 있을 뿐, 그 이름의 주인 혹은 본질이 무엇인지는 여전히 미지수다.

　한마디로 말해 모비딕은 그 어떤 한 가지만을 떠올리게 하는 간단한 상징적 존재가 아니다. 따라서 그 모비딕을 필사적으로 쫓는 에이해브의 광기 또한 수많은 해석이 가능할 뿐 정답은 없는 것이다.

　그렇다면 그렇듯 다양한 해석이 가능한 모비딕을 단 한 가지 이미지, 곧 모든 악마성의 표상으로 환원하는 에이해브는 정당한가? 그는 모비딕을 인간의 삶에 내재하는 모든 사악함으로 확신하고 있는

데, 거꾸로 모비딕이 사악함의 화신이기는커녕 절대로 범접할 수 없는 불멸과 초월의 신을 상징한다면, 그 신이 광기에 사로잡힌 에이해브에게 부당하게 쫓기고 있다는 생각도 해 볼 수 있지 않을까?(앞의 책, 92~93쪽) 생각이 여기까지 미치면, 도리어 악은 에이해브 혹은 그의 광기가 아닐까?

이렇듯 에이해브가 모비딕을 쫓는 문제와 관련해서《모비딕》의 주제는 두툼한 상징 사전쯤이 되어 평자와 독자를 어지럽게 만든다. 다음이 그런 상징사전의 항목들이다.(수전 와이즈 바우어, 이옥진 옮김, 《독서의 즐거움》, 민음사, 2010, 131~132쪽)

- 신과 영웅을 창조하고 파괴하려는 인간의 충동
- 영적 진리를 추구하는 인간을 앞에 둔 신의 불가해한 침묵
- 너무나 많은 의미가 덧붙여져 결국은 무의미해진 언어
- 경이로움뿐 아니라 비참함까지 불러온 인간의 지식 추구
- 문화적 권위의 거부와 용인된 문화적 진리의 전복
- 결코 찾을 수 없는 진리를 향한 결실 없는 추구
- 동행이 있을 때조차 본질적으로 고립된 고독한 인간의 자아

문제 3 : 이슈메일에게 바다는 무엇인가?

이슈메일에게 바다는 그저 살아 있다는 말로는 부족한, 그래서 인간이 감히 해석할 수 없는 자연의 표상이다. 그러기에 그는 바다에서 삶의 경이와 신비를 체험한다. 바다는 실체를 파악할 수 없는 무한한 세계다. 그리고 바다는 우리가 쉽게 상상할 수 없는 영혼의 고향인 듯이 보인다.

이렇듯 생동하는 바다는 숭고하고, 위대하며, 공포감을 불러일으키기도 한다. 평온한 듯하면서도 순식간에 광포해지고, 강렬한 햇살을 눈부시게 반사하는 거울과 같은 평면이었다가도 광풍과 폭우를 휘몰아쳐댈 때는 하늘 끝까지 삼켜버릴 듯한 입체적 공간으로 변한다. 바다는 인간 존재 따위에 관심도 없는 비정한 자연 그 자체이기도 하다.

광활한 망망대해, 그 광막함은 이슈메일에게 존재의 무의미, 우주적 공허감을 절감케 한다. 작품의 결말에서 모든 존재들을 소용돌이 속으로 집어삼킨 바다는 이런 무한한 공허 그 자체다. 이렇게 바다는 '영원한 미지의 세계' 인 것이다. (신문수 / 멜빌, 《모비딕》, 살림출판사, e시대의 절대문학 005, 2005, 104쪽)

문학이 펼쳐 놓은 상징의 세계에서는 정답이 없다

정답이 있을 수 없는 낯선 삶, 그리고 다양한 답이 어우러져 풍요로운 상징으로 가득 찬 세계는 문학의 원형적 고향이다. 물론 그 고향에, 일상에 길들여진 우리에게는 타향에, 예고도 없이 내동댕이쳐지는 일에 얼마간은 당혹스러울 수 있다. 하지만 단 하나의 정답만이 강요되는 나른한 삶과 다양성이 무참히 묵살되는 무상징의 세계에서 우리의 두뇌는 '창조'라는 위대한 신의 은총을 마음껏 누릴 수 없기에, 이 당혹스러움은 부정적인 정신 상태가 결코 아니다.

당혹스러움에 갸웃거리는 고갯짓만큼 창조하는 인간의 확실한 징표도 없다. 위대한 작가가 펼쳐 보이는 '미지의 세계'에서는, 무한한 상징의 바다에 함몰되어 파멸되기 위해 바다로 나서는 자만이 무죄다.

모름지기 창조의 인간은 파멸을 무릅쓰고 풍요로운 상징의 신세계로 가는 것이다.

　제일 처음 휴대폰을 가졌을 때, 그리고 빠른 속도로 진화하여 마침내 스마트폰을 가졌을 때 신세계가 우리 앞에 펼쳐졌다고 생각하는 사람에게, 《모비딕》을 읽어 보라고 권하고 싶다. 제일 처음 개인컴퓨터를 가졌을 때, 그리고 빠른 속도로 진화하여 마침내 주머니에 넣고 다니는 컴퓨터 시대에 접어들었을 때 신세계가 우리 앞에 펼쳐졌다고 생각하는 사람에게, 《모비딕》을 읽어 보라고 권하고 싶다.

　제일 처음 인터넷이 처음 세상에 선을 보였을 때, 그리고 마침내 일상생활 전반을 인터넷상에서 해결하고 전 세계의 거의 도든 정보를 공유하게 되었을 때 신세계가 우리 앞에 펼쳐졌다고 생각하는 사람에게, 《모비딕》을 읽어 보라고 권하고 싶다. 제일 처음 디지털 TV가 영상문화의 장을 열었을 때, 그리고 마침내 3D 영화가 상영되었을 때 신세계가 우리 앞에 펼쳐졌다고 생각하는 사람에게, 《모비딕》을 읽어 보라고 권하고 싶다.

　과학이 열어젖힌 신세계와 문학이 열어젖힌 신세계를 비교해 보고, 진짜 창조가 무엇인지 곰곰이 생각하고, 진짜 창조를 우리가 어떻게 받아들여야 하는지 궁리하고, 우리가 생산적이고 적극적으로 우리의 인생을 바꾸는 진짜 창조에 대한 꿈을 키우라고. 그리하여 진정한 과학자들이 문학의 즐거움을 왜 그토록 중요시하는지를 이해하라고.

Q : 제주에 온 지 두 달 만에 대작大作 번역에 착수했지요?

그 책을 만난 게 어찌 보면 인연입니다. 2003년 기자와 만났을 때 '앞으로 난해하
고 불가능한 번역만 골라 도전하겠다' 고 말한 적이 있었습니다. 나중에 알고 보니 그
기사를 읽고 '옳다구나' 하고 무릎을 쳤던 분이 있었어요.

Q : 누굽니까, 그 사람이?

출판사 '작가정신' 의 박영숙 사장이었어요. 그 무렵 박 사장은 아셰트에서 펴낸 클
래식 시리즈의 번역 계약을 진행하고 있었어요. 그 중 하나를 제게 보낸 거죠. 윽박지
르기도 하고 꼬드기기도 하면서.

Q : 그게 허먼 멜빌의 《모비딕(백경)》이지요?

맡고 나서 '아이구!' 하는 탄식이 절로 나왔습니다. 하도 어려워 도중에 두 번이나 그
만뒀던 책이거든요. 제가 보통 책 한 권 번역하는데 석 달이 걸립니다. 《모비딕》은 정
확히 여섯 달이 걸렸어요. 200자 원고지로 3,510매나 됩니다. 출판사에선 올 1월 20일
까지 책을 내지 못하면 계약이 파기될 판이라고 엄포까지 놨어요. 벼랑에 몰린 심정이
었지요.

Q : 《모비딕》이 그렇게 어려운 책입니까?

비유와 상징, 축약과 도치와 비문非文이 섞인 '문체의 박물관'이라고 봐야 합니다. 어찌 보면 그걸 해내면서 자연스레 고향(제주도)에 녹아들었는지도 모르겠습니다.

Q : 저도 그 책을 읽다 포경선 내부 묘사부분에 질려 결국 포기한 적이 있는데.

재미없는 부분은 휙 지나가도 됩니다. 역시 제가 번역한 쥘 베른의 《해저 2만리》에도 바다동물에 대한 이야기가 시시콜콜 나옵니다. 그런 건 건너뛰고 읽어도 관계없어요.
(2010. 4. 24 〈조선일보〉, "문갑식의 하드보일드 : '번역의 제왕' 김석희, 제주에서 글의 바다를 가르다" 중 일부)

한 신문과의 인터뷰에서 번역가 김석희 씨가 《모비딕》과 이 작품 번역에 관한 소회를 밝혔다. 이 기사에서도 분명히 나타나듯, 《모비딕》은 우리에게 좌절을 주는 작품임에 틀림없다. 번역가가 두 번이나 번역을 포기했을 정도면, 독자인 우리는 10번도 넘게 더 독서를 포기할 수도 있을 것이다.

문학은 때로는 이렇게 좌절도 준다. 하지만 이런 좌절의 고개를 넘고 또 넘어 가야할 산이 아니라면, 등정의 즐거움도 그저 그런 것이 아닐까 한다. 호메로스의 《일리아스》, 단테의 《신곡》, 도스토예프스키의 《카라마조프가 형제들》, 홍명희의 대하소설 《임꺽정》을 읽을 때 느끼게 되는 좌절의 강도에 비하면 그래도 나은 편이니, 꾀부리지 말고 《모비딕》에 도전하기 바란다.

세상을 조금만 살아 보면 아주 쉽게 알 수 있다. 쉽게 얻은 재물은 우리에게 진정한 행복을 주지 못하고, 쉽게 얻은 즐거움은 우리 삶을 전혀 고양시키지 못한다는 사실을. 문학이 주는 진짜 즐거움은 오직 좌절하고 또 좌절하면서 얻은 것뿐이다.

제2부

문학의 힘겨움

**문학의
초상**

문학은 상처받은 영혼들을 보듬어 안고 가야 하는 고독한 길이다. 문학은 우리 마음을 불에 덴 것처럼 아프게 한다. 문학은 우리를 부끄럽게 한다. 그리하여 매일매일 일기를 쓰듯 반성하고 외로워하고 시름에 잠기는 우리가 된다. 그래야 문학이다. 문학은, 쓰는 일이든 읽는 일이든, 그렇게 힘겨운 것이다. 하지만 그럼에도 피하지 않고 맞서는 것이 문학이다. 왜? 그것이 곧 우리 인생이기도 하니까.

어느 시인은 "사랑을 잃고 나는 쓰네." 하고 탄식했다. 버려야만 얻을 수 있고, 그 버려야만 하는 것이 '사랑' 임에도, 시인은 그것을 버렸다. 그가 쓴 시에 어찌 '힘겨움' 이 없겠는가? 또 어떤 시인은 "인생은 살기 어렵다는데 / 시가 이렇게 쉽게 씌어지는 것은 / 부끄러운 일이다." 하고 부끄러운 자아를 경멸했다. 역설적으로 말해 그가 쓴 시는 그만큼이나 어렵게 씌어졌던 것이다. 그 시를 읽는 일에 어찌 '힘겨움' 이 없겠는가?

문학이라는 불멸의 경전은 슬픔과 부끄러움의 역사책이다. 하지만 바로 이러한 슬픔과 부끄러움 때문에 도리어 찬란한 역사를 우리는 본다. 슬픔과 부끄러움이 구원되는 장엄한 역사책을 한 장 한 장 넘기며, 우리는 문학의 힘겨움을 문학의 진정한 가치로 받아들일 수 있다.

작가에게나 독자에게나 문학에 슬프고 부끄러운 자화상이 그려져 있다는 사실은 하나의 축복이다. 그 자화상이 나 아닌 사람들을 보듬어 안을 수 있는 자비의 원천이기 때문이다. 문학은 우리로 하여금, 슬픔과 부끄러움에서 쉽게 놓여나지 못하게 함으로써, 우리에게 겸손한 자비심을 가르친다. 자비로움도 문학도 고행의 산물이다. 그래서 문학을 정말 아는 사람은 문학의 '즐거움' 못지않게 문학의 '힘겨움' 을 아끼고 사랑하는 것이다.

7

문학은 슬픔을 보듬어 안는 것이다

분명 가을이었다. 가을이 아니라도 '가을'이 상징하는 그런 계절이었다. 남들보다 비교적 늦게 2차 성징이 시작될 무렵 어느 날, 소년은 화동 정독 도서관에서 영어 단어를 외우고, 수학 문제를 풀다 지쳤다. 버스 대신 두 발을 땅에 딛고 귀가하고 싶었다. 창경궁 돌담길을 돌아서 혜화동 쪽으로 접어들었다. 비는 내리고, 몸과 마음에서, 생애 처음으로 자신이 감당할 수 없는 은밀한 기운을 느낄 수 있었다. 그 순간, 안톤 슈낙의 수필 〈우리를 슬프게 하는 것들〉이 소년의 머릿속을 맴돌았다. 그땐 몰랐었다. 가까스로 기억해 내며 중얼거리던 이 한 편의 짧은 수필이 인생을 통째로 바꾸게 될, 아! 문학이라는 이름의 불멸의 경전이었음을.

찬란하게 슬픈 일이다

그대 늙어 백발이 성성하고 잠이 가득해,

난롯가에서 꾸벅 졸거든, 이 책을 꺼내 들고

천천히 읽으시기를, 그리고 한때 그대의 눈이 품었던

부드러운 눈빛과 그 깊은 그늘을 꿈꾸시기를

얼마나 많은 이들이 그대의 발랄하며 우아한 순간들을 사랑했으며

거짓된 혹은 진실된 애정으로 그대의 아름다움을 사랑했는지,

그러나 어떤 남자는 그대 속의 방황하는 영혼을 사랑했고

그대의 변화하는 얼굴에 깃든 슬픔 역시 사랑했으니

그리고 타오르는 장작더미 옆에서 몸을 구부려

약간 슬프게, 중얼거리시기를, 사랑이 어떻게 도망갔는지

그리고 높은 산에 올라가 이리저리 거닐며

그의 얼굴을 별무리 속에 감추리라.

윌리엄 버틀러 예이츠, 「그대가 늙었을 때」

(윌리엄 버틀러 예이츠, 최영미, 《내가 사랑하는 시》, 해냄, 2009, 46쪽)

만약 사악한 신이 있어 인간에게서 감정을 빼앗아 버리기로 작정
한다면, 그는 아마도 예이츠의 시를 제일 먼저 지상에서 없애 버릴

것이다. 문학과 예술을 완전히 금하는 감정 독재 사회를 그린 영화 〈이퀼리브리엄〉에서는 조직의 충견 노릇을 하는 자신의 직분에 회의를 느낀 요원 한 명이, 이를 간파한 다른 요원에 의해 죽임을 당하는 장면이 나오는데, 그 죽음의 순간, 그가 읽고 있었던 책도 바로 예이츠의 시집이었다.

「그대가 늙었을 때」는 26세 때의 예이츠가 자신의 사랑을 받아들여주지 않는 미모의 여인 모드 곤에게 하소연하며 썼던 시란다. 물론 고독한 천재 시인의 속내를 아는 사람이 어디 있을까마는. 아무튼 겨우 26세 된 청년이, 어떻게 이렇듯 완벽한 언어로, 슬퍼서 도리어 아름다운 한 여인의 전 인생을 장악할 수 있었을까? 모드 곤이든 그 어떤 여인이든, 이 시를 비껴갈 수 있는 여인은 없을 것이다.

한 예이츠 연구서에는 모드 곤의 노년 사진이 실려 있다.(이창배, 《예이츠 시의 이해》, 문학과지성사, 1997, 174쪽) 예이츠의 청혼에 결혼이 아니라 우정을 원한다는 말로 단호히 거절했던 여인, 젊은 시인의 가슴에 돌이킬 수 없는 파랑波浪을 일으켰던 아일랜드 최고 미인의 초라히 늙어버린 사진이 우리를 슬프게 한다. 과연 인생은 짧고 예술은 긴 것인가? 천재 시인 예이츠는 겨우 26세의 나이에 수십 년 후의 모드 곤의 초라히 늙어 버린 사진을 미리 보기라도 한 듯, 「그대가 늙었을 때」를 썼다. 모드곤의 사진과 예이츠의 시가 포개지면서 인생과 시를 생각하게 한다.

찬란하게 슬픈 일이다.

J는 예이츠의 시집을 또 한 권 샀다. J는 이제 세 권의 예이츠 시집을 갖게 되었다. 색다른 번역으로 다시 보고 싶어서다. 세 권을 요모조모 비교해 가며 읽었지만, 「그대가 늙었을 때」, 이 시만큼 매혹적인 시를 발견하기는 힘들었다. 조금 과장해서 말한다면 전 세계 미술관에 걸려 있는 모든 여인의 초상화를 모두 모아, 마치 《향수》의 주인공 그르누이가 최고의 향수를 만들 듯 한 편의 시로 형상화한 것 같다. 인간의 감정을 시기하는 사악한 신이 울부짖으며 질투할 수밖에 없는 명시, 「그대가 늙었을 때」를 원어로 읽어 보자. 예이츠를 사랑하는 이들이 권하는 대로 말이다.

When you are old and grey and full of sleep,

And nodding by the fire, take down this book,

And slowly read, and dream of the soft look

Your eyes had once, and of their shadows deep;

How many loved your moments of glad grace,

And loved your beauty with love false or true,

But one man loved the pilgrim soul in you,

And loved the sorrows of your changing face;

And bending down beside the glowing bars,

Murmur, a little sadly, how Love fled

And paced upon the mountains overhead

And hid his face amid a crowd of stars.

W. B. YEATS, 「When You Are Old」

(W. B. YEATS, 민병문 엮음, 《멋쟁이 예이츠》, 온북스, 2010, 71쪽)

문득 이런 생각도 든다. 「그대가 늙었을 때」의 여인이 읽는 책은 바로 '문학'을 상징하는 것이 아닐까? 인생의 발랄하고 우아한 시간에는, 그리고 아름다운 미모와 건강한 마음을 간직하고 있는 시간에는, 우리는 문학 없이도 살 수 있다. 하지만 우리의 방황하는 영혼과 생로병사의 숙명 속에서 변화하는 얼굴에 깃든 슬픔조차 사랑해줄 수 있는 사람, 그런 사람의 위대한 목소리는 오직 문학 속에만 담겨 있다. 문학 없이는 결코 구원받을 수 없는 슬픈 영혼이 우리에겐 있는 것이다.

그리하여 문학이라는 불멸의 경전을 읽으며, 우리도 마침내 늙어 불타는 난롯가에서 창밖 별무리 속으로 감춰진 그리운 이를 그리워하게 되는 것이다.

찬란하게 슬픈 일이다.

불멸의 경전을 만나다

돌이켜 보니 아득하다. 30여 년 전의 일이다. 이상과 윤동주는 30년을 못 살았다.

남들보다 비교적 늦게 2차 성징이 시작될 무렵 어느 날, 소년 J는 정독 도서관에서 나와 걸었다. 창경궁 돌담길을 돌아서 혜화동 쪽으로 접어들었을 때, 가을비는 내리고 몸과 마음에서 은밀한 기운을 느낄 수 있었다. 어제 읽었던 안톤 슈낙의 수필 〈우리를 슬프게 하는 것들〉이 소년의 머릿속을 맴돌았다.

그땐 몰랐다. 가까스로 기억해 내며 중얼거리던 이 한 편의 짧은 수필이 인생을 통째로 바꾸게 될, 아! 문학이라는 이름의 불멸의 경전이었음을.

> 날아가는 한 마리의 해오라기, 추수가 지난 후의 텅 빈 논과 밭, 술에 취한 여인의 모습, 어린 시절 살던 조그만 마을을 다시 찾았을 때, 그 곳에는 이미 아무도 당신을 알아보는 이 없고, 일찍이 뛰놀던 놀이터에는 거만한 붉은 주택들이 들어서 있는데다 당신이 살던 집에서는 낯선 이의 얼굴이 내다보고, 왕자처럼 경이롭던 아카시아 숲도 이미 베어 없어지고 말았을 때, 이 모든 것은 우리의 마음을 슬프게 하는 것이다.

'슬픔', 소년에게 얼마나 낯선 감정인가? 그 낯선 감정이 온몸과 온 마음을 비집고 모락모락 기운생동하며, 소년은 인간이 결코 이길 수 없는 힘에 의해 변태變態했다. 인생의 비밀을 아주 조금, 그러나 충분히 치명적으로 알아버린 것이다.

하지만 세상은 소년 J를 충분히 슬퍼하게 놓아두지 않았다. 앞만 보고 달려가도록 채찍질해 대는 세상이 가엾은 청춘의 '상실'과 '방황', 그리고 그 상실과 방황을 결눈질하며 애처롭게 바라보는 '슬픈 눈동자'를 가차 없이 빼앗아 갔다. 날카롭게 세상을 응시하는 처세술을 세뇌시키고, 비생산적인 감상感傷을 완벽하게 차단하고, 가파른 생존의 위계를 타고 오르는 사닥다리를 곳곳에 세워 놓았다.

소년은 정독도서관에서 그랬듯이 영어 단어를 외우고, 수학 문제를 풀어야 했다. 대입 준비에 남은 3년을 몽땅 다 바쳐야 했다. 부모님도 선생님도 형님도, 아니 소년을 사랑하는 모든 사람들이 그런 3년을 기대했고, 강요했다.

그리하여 세상은 소년 J의 손에 들려졌던 불멸의 경전을 빼앗았다. 안톤 슈낙을 죽이고, '우리를 슬프게 하는 것들'을 죽이고, 끝내 비밀스러운 인생을 죽였다.

찬란하게 슬픈 일이다.

사랑은 떠나기 위해 찾아오는가

"사랑. 그토록 굉장하고 강력한 힘을 지닌 개념을 표현하기 위해 쓰는 이 단어는 얼마나 간단한가!"(다이앤 애커먼, 송희경 옮김, 《천 개의 사랑》, 살림, 2009, 9쪽) 사랑을 이토록 멋지게 말할 수 있는 작가는 또 얼마나 위대한가!

세상의 횡포에 비밀스러운 인생의 모든 것은 죽었다. 하지만, 단 하나 사랑만은 살아남았다. 단 두 음절로 적고 읽는 이 간단한 단어, '사랑'만은 세상을 버텨내는 힘을 가지고 있었다. 소년은 사랑에 빠졌다. 어른이 된 것이다. 그 반대인지도 모른다. 소년은 어른이 되었고, 사랑에 빠진 것이다. 오직 사랑만이 전부가 된 것이다.

안톤 슈낙과, '우리를 슬프게 하는 것들'을 지켜내지 못하고, 그 어떤 인생의 비밀도 더 이상 가지고 있지 않은 건조한 영혼이, 인생의 모든 비밀 상자를 열 수 있는 사랑에 빠진다는 사실은 얼마나 불가사의한가!

모든 것이 죽은 황량한 인생의 광야를 사랑이 달렸다. 때로는 아름다운 여인과 달리고, 때로는 진리의 이념과 달리고, 때로는 숭고한 소망과 달렸다. 달리고 달려 죽기 일보직전까지 숨차고 지쳤지만, 달리기를 멈추지 않았다. 가진 것이 '사랑' 뿐인, 이제 어른이 된 소년은 끝없이 달렸다. 오직 사랑이라는 이름의 반려자와 함께 세상 지평 너머 미지의 세계로 겁 없이 달렸다.

그러나 한 벌의 옷만 입고 있는 이의 그 옷이 쉬이 닳듯이, 가진 것이 '사랑' 뿐인 이에게 사랑이 오래 머무는 법은 없다. 기어코 때가 오고, 사랑은 어른이 된 소년을 떠나갔다. 마치 떠나기 위해서 찾아오기라도 한 듯이. 여인도 가고 이념도 가고 소망도 가고…….

어차피 떠날 줄 알았더라도 분명 받아들였을 그 뜨거운 사랑은 가고, 어른이 된 소년 J는 응시했다. 자신의 상처 받은 슬픈 영혼을. 그리고 깨달았다. 이제까지의 사랑이 얼마나 불완전한 사랑이었는지를. 간단히 쓰고 읽히는 '사랑' 이라는 경이로운 단어가 얼마나 험한 운명을 강요하는지를.

찬란하게 슬픈 일이다.

다시 불멸의 경전을 손에 쥐다

J는 다시 불멸의 경전을 손에 쥐었다. 안톤 슈낙의 〈우리를 슬프게 하는 것들〉. 그리고 아름다웠던 소년 시절의 깊은 슬픔을 온전히 다시 읽었다. J의 슬픔이 부활했다. 다시는 세상의 횡포에 휘둘리지 않는 위대한 슬픔을 마음껏 슬퍼했다.

가진 것이 '사랑' 하나뿐인 사람에게 운명적으로 주어진 '이별', 그 이별의 상처 속에서 순수하고 온전하게 돋아나는 위대한 슬픔을, 다시 손에 쥔 불멸의 경전에서 분명히 보았다. 그 풋풋한 소년이었던 시절에는 어렴풋이밖에 보지 못했던 슬픔을 분명히 보았다. 다소 비논리적인 얘기 같지만, 사랑이 슬픔을 낳았다면, 슬픔 속에 분명 잃어버린 그 사랑이 담겨 있을 것이고, 문학이라는 이름의 불멸의 경전은 J의 인생의 사랑을 고향처럼 간직해 줄 것이다. 완전한 슬픔 속에서.

J는 슬픔에 빚진 것이 많은 사람이다. 이제 그 빚 갚음의 생만이 남았다. 자신을 슬프게 하는 것들을 외면하지 않고, 소중히 보듬어 안은 채 남은 생을 가야 한다. 다시 안톤 슈낙의 〈우리를 슬프게 하는 것들〉을 읽어야 한다. 혹자는 그런 J를 광인狂人이라고도 부르고, 혹자는 그런 J를 시인詩人이라고도 부를 것이다. 광인으로든 시인으로든, 그 무엇으로든 J는 가야 한다. 세상의 모든 상처받은 것들의 슬픔을 보듬어 안고 말이다.

찬란하게 슬픈 일이다.

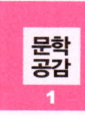

　　이 장을 시작하며 소개한 예이츠의 시 「그대가 늙었을 때」는 시인 최영미 씨가 번역한 것이다. 이 시는 최영미 씨의 시모음집 《내가 사랑하는 시》에 수록돼 있다. 그런데 같은 제목의 시모음집이 있으니, 피천득 선생의 《내가 사랑하는 시》가 바로 그것이다. 피천득 선생이 사랑하는 시를 모아 만든 《내가 사랑하는 시》는 1997년에, 최영미 씨가 사랑하는 시를 모아 만든 《내가 사랑하는 시》는 2009년에 세상에 나왔다. 12년 만의 일이니, 띠가 한 바퀴 돈 셈이다. 또 다시 띠가 한 바퀴 돌고 난 2021년에는 어느 중견 시인이 있어 새로운 《내가 사랑하는 시》를 세상에 내 놓을 것이다.

　　선배의 《내가 사랑하는 시》를 읽으며 시작에 몰두하던 젊은 시인이 12년 띠가 한 바퀴 돈 후 자신의 《내가 사랑하는 시》를 내는 이러한 전통이 이어지길 바란다. 이렇게 새로운 《내가 사랑하는 시》를 읽으며, 시인도 늙고, 독자도 늙어가는 것. 바로 이런 것이야말로 우리의 인생이 아닐까 하는 생각도 해 본다.

　　아, 내가 사랑하는 시여, 내가 사랑하는 인생이여!

　　사랑을 잃고 나는 쓰네

　　잘 있거라, 짧았던 밤들아

창밖을 떠돌던 겨울안개들아

아무것도 모르던 촛불들아, 잘 있거라

공포를 기다리던 흰 종이들아

망설임을 대신하던 눈물들아

잘 있거라, 더 이상 내 것이 아닌 열망들아

장님처럼 나 이제 더듬거리며 문을 잠그네

가엾은 내 사랑 빈집에 갇혔네

기형도, 「빈집」 전문

(기형도, 《잎 속의 검은 잎》, 문학과지성사, 1989, 수록)

《내가 사랑하는 시》에 이 시를 실으며, 시인 최영미 씨는 탄식했다. "사랑을 잃고 부서진 가슴이 뛰어난 연애시를 만들었다. (…) 공포를 기다리던 흰 종이들 위에 그는 아주 정교한 마음의 조각들을 새겨 모자이크를 완성시켰다. 병적으로 예민했던 시인에게 사랑은 고통이었지만, 언어의 문을 잠그기 전에 그가 완성한 '빈집'에 머물며 독자들은 위안을 얻으리라." (최영미, 《내가 사랑하는 시》, 해냄, 2009, 125쪽)

시가 힘겹다. 문학이 힘겹다. '빈집'이나마 남아 한 줄기 위안을 얻는다는 최영미 씨의 탄식이 힘겹다. 그 탄식을 듣는 우리 독자들도 힘겹다. 사랑은 인생은 문학은 그렇게 힘든가 보다.

찬란하게 슬픈 일이다.

8

문학은 결코 쉽게 씌어지지 않는다

추사 김정희는 친구인 권돈인에게 보낸 편지에서 이렇게 썼다. "내 글씨는 아직 말하기에 부족함이 있지만 나는 70평생 벼루 10개를 밑창 냈고, 붓 일천 자루를 몽당붓으로 만들었다." 초등학교 4학년 때 성균관대학교 주최 휘호대회에서 2등상을 받았다. 4학년으로서 참가자 대부분이 6학년인 대회에서 큰 상을 받았기에, 어머니는 값비싼 벼루를 사주셨다. 그 벼루는 지금도 1cm 이상 갈리지 않았다. "문학이란 무엇인가?" 그 누가 이 지엄한 물음에 덜덜 떨며 뒷걸음질 치지 않을 수 있는가? 문학은 어쩌면 정의를 용납하지 않는 정신영역이다. 다만 '훈련'으로써만이 그 위대한 성채의 둘레를 어림짐작할 수 있을 뿐이다.

쉽게 씌어진 시

창 밖에 밤비가 속살거려
육첩방六疊房은 남의 나라,

시인이란 슬픈 천명天命인 줄 알면서도
한 줄 시를 적어 볼까,

땀내와 사랑내 포근히 품긴
보내 주신 학비봉투를 받아

대학 노-트를 끼고
늙은 교수의 강의 들으러 간다.

생각해 보면 어린 때 동무를
하나, 둘, 죄다 잃어버리고

나는 무얼 바라
나는 다만, 홀로 침전沈澱하는 것일까?

인생은 살기 어렵다는데
시가 이렇게 쉽게 씌어지는 것은

부끄러운 일이다.

육첩방은 남의 나라
창 밖에 밤비가 속살거리는데,
등불을 밝혀 어둠을 조금 내몰고,
시대처럼 올 아침을 기다리는 최후의 나.

나는 나에게 작은 손을 내밀어
눈물과 위안으로 잡는 최초의 악수.

윤동주, 「쉽게 씌어진 시」 전문

(윤동주, 《하늘과 바람과 별과 시》, 미래사, 2001, 수록)

  1942년, 일본 교토, 하숙집 육첩방(다다미 6장이 깔린 여섯 평의 방). 일본 도오시샤同志社 대학에서 영문학을 공부하는 청년은 사색에 잠긴다. 그의 마음은 죄의식과 참회로 갈기갈기 찢어진다. 고국에서 보내주신 학비봉투에서는 땀내와 사랑내가 난다. 영문이 죽은 문자처럼 박혀 있는 자신의 대학 노-트가 부끄럽다. 시인 중에서 가장 하찮은 시인, 시인 중에서 가장 못난 시인이 될 것이란 직감이 번개처럼 그의 마음 한 가운데를 관통한다.

  창 밖에 밤비 소리가 속살거린다. 어린 때 죄다 잃어버린 동무들이 하나, 둘 떠오른다. 청년은 그 부끄러운 대학 노-트에 시를 쓴다. 밤비 소리에 취한 듯, 슬픈 천명天命에 짓눌린 듯, 무심중에 중얼거리며 쓴다. "인생은 살기 어렵다는데 시가 이렇게 쉽게 씌어지는 것은 부끄러운 일이다." 그래서 쉽지 않게 시 한 편을 썼다. 어렵게 어렵게 시 한 편을 썼다. 그리고 제목을 이렇게 달았다. '쉽게 씌어진 시'.

시를 읽다 보면 때로 제목에서 어떤 섬뜩함을 느낄 때가 있다. 윤동주의 시 제목, '쉽게 씌어진 시' 처럼 말이다. 이 제목에서 우리는 "등불을 밝혀 어둠을 조금 내몰고, 시대처럼 올 아침을 기다리는 최후의 나"를 맞이하게 될 윤동주의 결코 쉽지 않은 인생의 단말마를 느낄 수 있다. 그리고 마침내 우리는 알게 된다.

윤동주의 시는 윤동주의 인생처럼 결코 쉽지 않았다.

재주보다는 도로써

양梁나라의 문혜군이 신기에 가까운 칼솜씨로 소를 잡는 포정(백정)의 실력에 감탄하며 "아 훌륭하구나. 기술도 어찌하면 이런 경지에까지 이를 수가 있느냐?"라고 말했다. 포정은 칼을 놓고 말했다. "제가 반기는 것은 도입니다. [손끝의] 재주(기술) 따위보다야 우월한 것입죠. 제가 처음 소를 잡을 때는 눈에 보이는 것이란 모두 소뿐이었으나(소만 보면 손을 댈 수 없었으나), 3년이 지나자 이미 소의 온 모습은 눈에 안 띄게 되었습니다. 요즘 저는 정신으로 소를 대하고 있고 눈으로 보지는 않습죠. 눈의 작용이 멎으니 정신의 자연스런 작용만 남습니다. 천리天理(자연스런 본래의 줄기)를 따라 [소가죽과 고기, 살과 뼈 사이의] 커다란 틈새와 빈 곳에 칼을 놀리고 움직여 소 몸이 생긴 그대로를 따라갑니다. 그 기술의 미묘함은 아직 한 번도 [칼질의 실수로] 살이나 뼈를 다친 일이 없습니다. 하물며 큰 뼈야 더 말할 나위 있겠습니까? 솜씨 좋은 소잡이가 1년 만에 칼을 바꾸는 것은, 살을 가르기 때문입죠. 평범한 보통 소잡이는 달마다 칼을 바꿉니다. [무리하게] 뼈를 자르니까 그렇습죠. 그렇지만 제 칼은 19년이나 되어 수천 마리의 소를 잡았지만 칼날은 방금 숫돌에 간 것 같습니다. 저 뼈마디에는 틈새가 있고 칼날에는 두께가 없습니다. 두께 없는 것을 틈새에 넣으니, 널찍하여 칼날을 움직이는 데도 여유가 있습니다. 그러니까 19년이 되었어도 칼날이 방금 숫돌에 간 것 같습죠. 하지만 근육과 뼈가 엉긴 곳에 이를 때마다, 저는 그 일의 어려움을 알아채고 두려움을 지닌 채, [충분히] 경계하여 눈길을 거기 모으고 천천히 손을 움직여서 칼의 움직임을 아주 미묘하게 합니다. 살이 뼈에서 털썩 하고 떨어지는 소리가 마치 흙덩이가 땅에 떨어지는 것 같습니다. 칼을 든 채 일어나서 둘레를 살펴보며 [떠나기가 싫어] 잠시 머뭇거리다 마음이 흐뭇해지면 칼을 씻어 챙겨 넣습니다." 문혜군은 말했다. "훌륭하구나. 나는 포정의 말을 듣고 양생養生의 도(참된 삶을 누리는 방법)를 터득했다."

(장자, 안동림 역주, 《장자》, 현암사, 1998, 92~96쪽)

포정의 소를 잡는 기술에 대한 이 이야기는 《장자》에서 가장 인상적인 대목 중 하나다. 포정의 이야기를 읽다 보면, 그는 자기를 완전히 잊은 일종의 황홀 상태와 삼매三昧 지경에서 할 일을 다 한 다음에

'사방을 둘러보고' 평상의 의식 상태로 돌아오면 말할 수 없이 '흐뭇한 마음'을 느끼는 도인道人이었음을 알게 된다.(장자, 오강남 풀이, 《장자》, 현암사, 1999, 153쪽) 물론 이러한 경지는 자신과 소와 칼을 각각 나누어 생각지 않고, 완전한 합일체로 볼 줄 아는 무위無爲의 도道, 즉 아무것도 하지 않음으로써 모든 것을 다 하는 이치를 터득했기에 가능했던 것이다.

하지만 근육과 뼈가 엉긴 곳에 이를 때, 그 일의 어려움을 알아채고 두려움을 느끼는 조심스러움까지 갖춘 포정을 생각하자면, 이러한 득도의 경지가 수많은 실패와 좌절이라고 하는 경험을 스승으로 하지 않을 수 없었음도 우리는 결코 잊어서는 안 된다. 그는 난관에 봉착했을 때 '두려운 마음'과 '경계하는 마음'을 늦추지 않았다. 그리하여 그는 도인은 도인이로되, 두려움조차 자신과 결코 분리될 수 없다는 사실을 인정하는 겸손한 도인이었다.

설령 도인일지라도 인간은 결코 신이 아니다. 하지만 신이 아니기에, 즉 두려움을 완전히 떨쳐내지 못하는 존재이기에 도리어 완전한 것이 인간이다. 노력에 노력을 거듭하여 도인의 경지에 이르렀을지라도, 신의 정체성에 이르는 마지막 계단을 밟지 않음으로써, 언제나 겸손을 잃지 않는 인간이야말로 참된 도인이요 성자聖者다.

우리에게 익숙한 위대한 작가들도 포정처럼 분명 도인 혹은 성자에 가까운 인간이었다. 일반인들은 상상하기 힘들 정도의 위대한 사상과 상상의 힘으로 그들은 완성을 향해 한 발짝 한 발짝 전진했다.

하지만 우리는 그들의 진정한 위대함을 알아야 한다. 그들도 오류와 모순에서 벗어나지 못하고 평생을 번민했으며, 마침내 성자의 반열에 오르기 한 발짝 전에서 마치 시시포스처럼 다시 나락으로 굴러 떨어지는 자신의 운명을 정확히 알고 있었지만 그들은 오르고 또 올랐다.

다시 굴러 떨어지는 운명을 정확히 알고도, 묵묵히 산을 오르는 이의 뒷모습은 얼마나 아름다운가!

지금 어디선가 누군가 울고 있다

《지금 어디선가 누군가 울고 있다》. 시인 장석주 교수가 문장예찬론을 펴냈다. 이 책은 분명 세계문학사의 명문장들로 차려진 진수성찬이다. 하지만 이상한 일이다. 산해진미를 배불리 먹었건만 우리는 여전히 배고프다. 아니 더 배고파졌다. 우리가 써야 할 문장들, 우리가 읽어야 할 문장들이 갑자기 더 그리워졌다. 세계 문학 속에서 뽑아낸 보석 같은 명문장들이 이뿐이 아님을 알기에 더 배고프고 더 그리워지는 것이다.

따지고 보면 알아주는 다독가이자 다작가인 장 교수의 수많은 책들은 대부분 문장예찬론이었다. 그는 언제나 자신의 글을 쓰기보다 자신의 멘토가 되어 준 글을 독자에게 읽어주는 사람이었다. 읽기도,

읽어주기도 바쁜 그에게 세상 아래 '장석주' 이름 석 자를 내 걸고 글을 쓰는 일이 부끄러운 겸손한 사람이었다. 그래서 우리는 그의 문장예찬론을 읽으며 더 배고파지고 그리워지는 것이다.

《지금 어디선가 누군가 울고 있다》를 처음 읽은 후, 이상하게 바로 책을 덮지 못하고 첫 꼭지의 16쪽으로 다시 돌아왔다. 그리고 밑줄을 선명하게 그어 놓은 장 교수의 고백을 읽었다. 그리고 몇 번을 더 이 책을 읽었지만, 주술에라도 걸린 것처럼 반드시 첫 꼭지 이 대목을 읽으며 일독을 마쳤다. 보라, 장 교수가 풀어 놓은 주술을.

> 시인을 꿈꾸던 청년 시절에 《말테의 수기》를 읽었다. 내 마음은 불에 덴 것처럼 아팠다. 시인 중에서 가장 하찮은 시인, 시인 중에서 가장 못난 시인이 될 것이란 직감이 번개처럼 내 마음의 한가운데를 통과해 갔다. 나는 아마도 '사막의 눈 먼 사자들이 필사적으로 샘물을 찾는 것'처럼 시를 찾아 헤매게 될 것이다. 과연 나는 그때부터 서른 해가 넘는 지금까지 시를 찾아 헤매고 있다.

우리는 이 주술을 읽으며 다시 윤동주의 「쉽게 씌어진 시」를 읽어야 한다. 우리는 이 주술을 읽으며 다시 《장자》의 포정의 마음을 읽어야 한다. 그리고 장 교수가 풀어 놓은 또 하나의 주술, 릴케의 시를 읽어야 한다. 제 안에 거처를 마련한 시마詩魔에 시달리며, 처절하게 문장을 가다듬고 문장의 길을 닦고 기어코 문장의 부끄러움 속에서 스러져간 세계 문학의 위대한 작가들의 영혼에 고개를 조아려야 한다. 그들은 "지금 세상 어디선가 누군가 울고 있다"는 까닭 없이 닥친 천명天命을 부둥켜안았다.

지금 세상 어디선가 누군가 울고 있다 / 세상에서 이유 없이 울고 있는 사람은 / 나 때문에 울고 있다 / 지금 세상 어디선가 누군가 웃고 있다 / 밤에 이유 없이 웃고 있는 사람은 / 나를 비웃고 있다 // 지금 세상 어디선가 누군가 걷고 있다 / 정처도 없이 걷고 있는 사람은 / 내게로 오고 있다 / 지금 세상 어디선가 누군가 죽어가고 있다 / 세상에서 이유 없이 죽어가는 사람은 / 나를 쳐다보고 있다

라이너 마리아 릴케, 「엄숙한 시간」
(장석주, 《지금 어디선가 누군가 울고 있다》, 문학의문학, 2009, 17쪽에서 인용)

과연 그 울음이 나 때문인가? 과연 그 웃음이 나를 비웃고 있는가? 과연 그 정처 없는 떠돌이가 내게로 오고 있는가? 과연 그 죽어가는 사람의 눈이 나를 쳐다보고 있는가? 우리에게 결코 납득되지 않는 의문에 "그렇다" 하고 외쳤던 작가들의 술잔에 뜨거운 술을 따라줘야 한다. 세계 문학 속에서 끝도 없이 뽑아낼 수 있는, 그리하여 시인 장석주 교수가 열 권이고 백 권이고 써낼 수 있는 문장예찬론을 읽어야 한다.

작가는 결코 쉽게 씌어지지 않는 글을 쓰며, 결코 쉽게 살아지지 않는 인생을 살았다.

　　윤동주의 「쉽게 씌어진 시」가 결코 쉽게 씌어지지 않은 것처럼, 그 어떤 시도 산문도 소설도 쉽게 읽히지 않는다. 따라서 문학의 길을 가는 사람이 가장 주의해야 할 점은, '쉽게' 읽지도 쓰지도 말아야 함이다.

　　다양한 작가의 작품을 읽으면서 그들의 공통점과 차이점들을 노트에 적어 봐야 하고, 한 작가의 여러 작품을 읽으면서 그들이 어떤 계통적 흐름을 가지고 있는지도 살펴보아야 한다. 또한 작가가 살았던 시대를 간접적으로라도 살아보기 위해 역사책을 뒤져야 하고, 그 역사가 작가에게 영향을 준 점과 작가가 그 영향을 어떤 방식으로 작품에 반영했는가를 알기 위해 참고할 만한 자료들도 찾아보아야 한다.

　　이러한 일들은 우선은 시간을 할애해야 하고, 작품과 관련된 자료를 읽고 깊이 사색해야 가능하다. 잡다한 일상을 정돈하여 독서에 꾸준히 매진하면 우리가 원하는 시간을 얻을 수 있고, 작품의 뒤편에 나와 있는 작품평을 비롯해 작가와 그 작품에 대한 신문 기사나 인터넷 정보들은 좋은 자료가 돼 줄 것이다.

　　하지만 무엇보다도, "작가는 결코 쉽게 씌어지지 않는 글을 쓰며, 결코 쉽게 살아지지 않는 인생을 살았다"는 엄연한 사실을 머릿속에서 절대로 지워서는 안 될 것이다.

　'문학의 즐거움'에 관한 장이 끝나기가 무섭게 '문학의 힘겨움'에 관한 장을 접하니,
좀 당황스러울 수도 있겠다. 하지만 '문학'이라는 힘겨운 상대를 만나 '즐거움'을 얻으
려면, 수업료나 세금 비슷한 것쯤으로 그 '힘겨움'을 받아들여야 한다. 요즘은 좋은 작
품에 대해 서평을 남기는 블로거들이 많아졌다. 문학이 한편으로는 하향평준화되고 있
지만, 다른 한편으로는 독자와 작가 사이의 쌍방향 소통을 통해 높은 수준에서 향유되
고도 있는 것이다. '문학의 힘겨움'을 기꺼이 받아들이는 적극적인 독서가들의 노력을
칭찬하지 않을 수 없다. 문학이 주는 즐거움은 결코 소프트 아이스크림을 먹으며 연속
극을 보는 것처럼 쉽게 얻어지는 즐거움이 아니다.

　문학의 '힘겨움'을 모르는 사람은 대개 자랑하려고 문학을 읽는 사람이요, 인격의
양식으로 문학을 읽는 사람은 대개 문학의 '즐거움'보다는 문학의 '힘겨움'을 더 잘
안다.

9

문학은 우리의 부끄러운 자화상이다

작가는 우리의 회한에 찬 과거를 날카롭게 묘파하고, 우리의 부끄러운 자
화상을 세밀화로 그려 보인다. 그래서 우리는 기어코 그 작품을 읽어내 버
리는 용감한 독자가 되지 못하고, 끝내 읽지 못한 채 책장 후미진 곳에 파
묻어 버리는 심약한 독자가 된다. 하지만 아무리 심약하고 비겁한 독자로
우리를 몰아붙이는 작품일지라도, 우리는 그 작품이 보여주는 회한에 찬
과거와 부끄러운 자화상에서 현재의 자신을 반성하고 보다 떳떳한 내일을
기약한다. 문학은 때로는 이렇게 읽히지 않음으로써 우리를 단련한다. 쉽
게 읽고 쉽게 잊히는 작품이 아니라 차마 읽지 못하고 영원히 잊히지 않는
작품으로써, 우리를 염치의 인간으로 살게 한다.

끝내 읽지 못한 마지막 한 줄

맑은 날,

네 편지를 들면

아프도록 눈이 부시고

흐린 날,

네 편지를 들면

서럽도록 눈이 어둡다.

아무래도 보이질 않는구나.

네가 보낸 편지의 마지막

한 줄,

무슨 말을 썼을까.

오늘은

햇빛이 푸르른 날,

라일락 그늘에 앉아

네 편지를 읽는다.

흐린 시야엔 바람이 불고

꽃잎은 분분히 흩날리는데

무슨 말을 썼을까.

날리는 꽃잎에 가려

끝내

읽지 못한 마지막 그

한 줄.

오세영, 「라일락 그늘에 앉아」 전문

(오세영, 〈벼랑의 꿈〉, 시와시학사, 1999, 수록)

우리는 끝내 읽을 수 없는 마지막 한 줄을 갖고 있는 부끄러운 존재다. 그 한 줄이 무슨 내용을 담고 있는지 우리 스스로가 너무나 잘 알고 있기 때문이다. '남에게' 가장 보여주고 싶지 않은 모습이 아니라, 바로 '자신에게' 가장 보여주고 싶지 않은 모습이, 그 한 줄에 분명 담겨 있기 때문이다.

자신을 속일 수 있는 사기꾼은 아마 세계를 속일 수 있을 것이다. 하지만 세계를 속일 사기꾼일지라도, 자신만은 절대로 속일 수 없다. 세상에서 가장 무서운 존재는 바로 자기 자신이고, 세상에서 가장 두려운 얼굴은 바로 자신의 부끄러운 얼굴이다. 그래서 한없이 부끄러운 우리는, 읽어 버리기만 하면 우리의 존재가 뿌리째 흔들리고 말 치명적인 자화상이 담겨 있는 마지막 한 줄을 끝내 읽지 못하는 것이다.

당신은 가졌는가, 끝내 읽지 못하는 마지막 한 줄을?

〈눈길〉과의 악연

 1983년 대학 1학년 가을, 이청준 선생의 작품집들을 두루 섭렵했다. 당연히 〈눈길〉도 읽었다. 그리고 그 해 겨울방학 동안 시골에 어머니를 둔 한 소설가를 주인공으로 설정한, 한 편의 유치한 단편소설을 썼다. 썼다기보다는 그저 〈눈길〉과 비슷한 이야기로 흉내만 냈을 뿐이다. 한국적 정서를 조금이라도 갖고 있는 자식이라면 누구나 느낄 수 있는 어머니에 대한 죄책감어 괴로웠다.

 그 후 어디서 어떻게 잃어버렸는지 〈눈길〉이 담긴 이청준 선생의 작품집은 책장 그 어디에도 없었다. 일부러 버렸는지도 모를 일이다. 하여튼 〈눈길〉은 이유 없이 읽기 거북한 소설이 되고 말았다. 만약 한 번만 더 읽는다면 어머니에 대한 죄책감이 눈덩이처럼 불어나, 감당하기 힘들 지경이 될까 두려웠다. 〈눈길〉은, 너무도 훌륭해서 '일부러' 다시는 읽지 않는, 그런 아주 특이한 작품이 된 셈이다.

 하지만 〈눈길〉은 외면하려 들면 들수록 읽고 싶은 마음이 더욱 간절한 작품이었다. 〈눈길〉은 그냥 한 편의 작품이 아니었다. 문득문득 〈눈길〉이 생각날 때면, 눈이 오지 않는 날에도, 여행하는 들판에도, 등산동호회에서 오르는 산에도, 온통 눈길이 나 있었다. 그리고 어찌된 일인지, 언제부터인지, 〈눈길〉은 "나에게 빚지지 않은 자, 누구인가?" 하며 채권자 행세를 하기 시작했다.

이청준 선생과 어머니의 잇따른 별세

　2008년 7월 31일, 이청준 선생께서 돌아가셨다. 우리 문학계의 큰
별이 졌다. 그때만큼 〈눈길〉을 꼭 다시 읽어보고 싶다는 생각이 간절
했던 적은 없었다. 하지만 읽지 않았다. 아무것도 빌려준 것이 없으면
서도 너무나 오랜 세월 "빚을 갚아라"며 채권자 행세를 하는 〈눈길〉
이 간절히 생각났지만 읽지 않았다. 마치 읽기만 하면, 그 순간 〈눈길〉
에게 정말 빚쟁이가 되어버릴 것 같았다.

　이청준 선생이 돌아가신 후, 나흘이 지나 팔순에 이르신 어머니께
서 갑작스럽게 위독해져 병원으로 옮겨드렸다. 하지만 한 달 후, 이
제 임종을 지키라는 담당 의사의 싸늘한 말씀을 듣고 집으로 다시 모
셨다. 그 후로도 어머니는 석 달 가까이 사시다, 초겨울 어느날 아침
유난히 눈부신 햇살이 안방 병상에 드리워졌을 때, 마지막 숨을 거두
셨다. 남들이 얘기했다. 호상好喪이라고.

　상례가 끝난 후 어머니의 부재에 어느 정도 익숙해지면서 일상의
평정을 되찾으려나 했을 때, 훼방꾼이 나타났다. 바로 〈눈길〉이다.
〈눈길〉은 이번엔 아예 "빚을 갚아라" 하며 호통을 치는 것이었다. 그
것은 분명 호통이었다. 하지만 그렇게 호통 치는 〈눈길〉에 굴복하지
않았다. 일종의 오기가 발동했는지 모르겠다. 호통엔 호통으로, 당당
히 맞섰다. "저는 〈눈길〉에 진 빚이 없습니다."

27년 만에 〈눈길〉과 다시 만나다

〈눈길〉의 오기도 만만치 않았다. 이 책을 쓰면서부터, "빚을 갚아라"는 〈눈길〉의 호통이 점점 크게 들리기 시작했다. 대학 1학년 이후 27년 동안 읽지 않았던 이 거북한 작품이, 그 오랜 세월 동안 외면 받았으면서도 끈질기게 채권자 행세를 하며 호통을 치고 있는 것이었다. 이 책에서 반드시 〈눈길〉을 다루라고 말이다.

결국 오랜 세월 동안의 기나긴 싸움에서 〈눈길〉에게 지고 말았다. 아니 스스로 지고 싶었다. 〈눈길〉을 이참에 읽어 버려야 더 이상 〈눈길〉의 빚 독촉에 시달리지 않을 것 같았기 때문이다. 아니, 도대체 정말 〈눈길〉에게 진 빚이 있기나 한 것인지 확인하고 싶어서였다. 그래서 없다면 빚 독촉에서 훨훨 놓여나고, 있다면 빚 청산을 해버리고 싶었다. 놓여나는 작품이든, 청산하는 작품이든, 속 시원히 읽어 버림으로써, 마지막 승부를 가리고 싶었다. 드디어 무려 27년 만에 〈눈길〉이 들어 있는 이청준 선생의 작품집 한 권을 샀다. 제목을 '눈길'로 잡은 책이었다.

책상 오른 편에 〈눈길〉이 들어 있는 이청준 선생의 아름다운 소설집을 놓아두었다. 표지는 꼬불꼬불한 눈길을 따라 두 모자母子가 걸어가고 있는 정경이다. 그 정경이 아예 판박이처럼 책상에 박혀 영원히 이곳에 놓여 있을 듯이 위엄 있어 보였다.

아직 읽지 못했다

이 장을 쓰는 데 도움이 될 만한 자료를 모으기 전에 굳이 〈눈길〉을 먼저 읽지 않았다. 기억력이 그다지 뛰어난 편이 아니라, 27년 전에 읽은 〈눈길〉의 세세한 줄거리는 잘 기억나지 않았지만, 작품 마지막에 나오는 노인(작품 속 화자인 아들은 제 어머니를 그리 불렀음)의 대사만큼은, 망각의 세월을 비껴갔는지, 제법 선명하게 떠올랐기 때문이다. 물론 〈눈길〉을 읽는 거북한 일을 조금이라도 늦추어 볼 심사일 수도 있었다. 〈눈길〉이 담긴 작품집은 하루 종일 책상 오른 편 똑같은 자리에 놓여 있었다.

참고가 될 만한 두 편의 논문과 한 편의 평론, 그리고 신문 기사들을 먼저 수집해 찬찬히 읽었다. 자료들이 작품에서 인용한 대목들을 읽자니, 아닌 게 아니라 기억하고 있는 노인의 마지막 대사가 그다지 틀리지 않았다. 그렇게도 오랜 세월 동안, 이렇게도 정확하게 기억하고 있다는 사실에 놀라웠다. 글의 개요는 앞 장들과 비슷한 구성으로 생각해 두었다. 굳이 특별한 구성일 필요가 없지 않은가?

먼저 시인 오세영 교수의 「라일락 그늘에 앉아」를 장을 여는 시로 정했다. 이 시의 시적화자가 느끼는 감정과 이 장을 쓰고자 하는 마음이 얼추 비슷하게 느껴졌다. 이제껏 그래왔듯이 먼저 이 장을 여는 시를 읽고 또 읽었다. 하지만 영감이 떠오르지 않았다. 그럴 수도 있었다. 며칠이 지나도록 영감이 떠오르지 않아 쓰지 못했던 장들은 많

앉았다. 혹 아직도 〈눈길〉을 읽지 않아, 떠오르지 않았는지도 모른다. 이젠 〈눈길〉을 읽어야 할 시점이다. 하지만 아직은 읽을 엄두가 나지 않았다.

책을 사 놓고 이틀이 지난 지금까지도 〈눈길〉을 아직 읽지 못했다.

끝내 읽지 못했다

여전히 오세영 교수의 「라일락 그늘에 앉아」만 읽고 있었다. 시적 화자는 왜 그 마지막 한 줄을 끝내 읽지 못했을까? 이 시가 보편성을 갖는다면, 우리에겐 누구라도 끝내 읽지 못하는 한 줄이 있다. 그렇게 읽지 못하는 사연이야 천 갈래 만 갈래겠지만, 어쨌든 읽지 못하는 그 마지막 한 줄이 우리에겐 누구라도 있다. 끝내 읽지 못하는 한 줄에, 씻을 수 없는 죄책감으로 일그러진 우리의 자화상이 담겨 있는 것이다.

죄책감은 나 아닌 모든 것들에 더하여 고마움보다 미안함이 더 커질 때에 생기는 일차적인 감정인데, 적어도 덜 미안해하기 위하여 우리는 모종의 노력을 기울이며 삶을 살아가게 된다. 그리고 뼈저린 죄책감을 경험한 후에 인간은 성장한다. 그리하여 진정한 어른이 되는 것이다.(김소연, 《마음사전》, 마음산책, 54쪽)

아직은 진정한 어른이 될 용기가 없어서인지, 〈눈길〉을 끝내 읽지 못했다. 〈눈길〉과의 마지막 승부는 이미 결정 난 듯했다. 〈눈길〉을 읽기만 한다면, 분명 지난 27년 세월 동안의 빚 문서들이 쏟아져 내릴 것이 분명했다. 사흘 전에 구입해서 책상 오른편에 놓아두었던 이청준 선생의 작품집을 책장 한 구석에 꽂았다. 먼 훗날 언젠가는 다시 읽겠다는 다짐도 없이, 눈에 잘 띄지 않는 구석에 숨겨두다시피 꽂았다.

이는 꼭 비겁하기만 한 짓은 아니다. 비록 읽히지 못하고 책장 구석에 꽂혀 있을지라도, 나 아닌 사람들에 대한 미안한 마음을 한시라도 잊지 말고 그 미안한 마음을 조금이라도 만회하라고, 또한 그 만회를 위해 끊임없이 모종의 노력을 기울이는 삶을 살라고, 부끄러운 존재인 우리를 날카롭게 응시하는 감시자를 가까이 두고 사는 일도 나쁘지만은 않은 것이다.

소설가 이청준(1939~2008) 선생의 2주기 추모식이 7월 31일 오후 4시 고인의 고향이자 그가 잠들어 있는 전남 장흥군 회진면 갯나들에 있는 고인의 묘역에서 열렸다.

> "아직도 그윽한 눈길이 여전히 우리를 감싸고 그 잔잔한 목소리가 귀에 맴도는 가운데 가신 지 두 돌을 맞는 이청준 형의 삶과 문학을 다시 돌이켜 바라봅니다. (…) 형의 2주기를 맞추어 작년 이맘때 약속한 두 가지 추모의 정성을 드릴 수 있게 된 것으로 우리의 슬픔을 자위합니다."
>
> (…) 추모의 글을 읽은 문학평론가 김병익 이청준추모사업회장은 이날 행사

가 단순히 고인을 그리워하는 자리가 아님을 강조했다. 지난해 1주기 때 발족한 '이청준추모사업회'가 추진해 온 '이청준 문학자리' 개원식과 고인의 업적을 집대성하기 위해 기획한 〈이청준 전집〉의 첫 번째 성과인 제1·2권의 봉정식을 함께 거행한 참석자들은 이날이 이청준 문학을 평가하고 기리는 새로운 출발선이 되기를 기원했다.

(…) 황지우 시인은 추모시로 고인의 업적을 기렸다.

"당신의 문학자리 만들어 놓고도 / 쉬이 떠나지 못하고 / 괜히 풀 한 포기 더 뽑아보고 /(…) / 한 수레가 넘는 원고지를 한국문학 능선에 부려놓으셨으니 / 복 받은 것은 한국어요 / 한국 근현대문학은 이청준을 만나 비로소 / 정신의 실핏줄을 얻었다 하겠습니다."(「거룩한 염치」 일부)

(2010. 8. 2 〈조선일보〉, "김태훈 기자, 당신을 새긴 이 바위에 이 전집全集을 바칩니다")

독자 개개인에게 그리고 독자 전체에게 치명적인 자화상이 담겨 있는 작품이 있다는 것은 축복이다. 쉽게 읽고 쉽게 잊어버리는 것이 아니라 차마 읽지 못하고 영원히 잊지 못하는 작품이 있어, 우리의 인생이 키워가는 부끄러움을 언제나 견제해 주고 우리를 염치의 인간으로 살게 해 준다는 것은, 어쩌면 문학을 읽는 사람만이 가질 수 있는 커다란 축복이다.

우리 독자들이란, 다른 수백 편의 작품은 읽을지언정, 차마 읽지 못하는 한 편의 작품, 차마 읽지 못하는 마지막 한 줄이 있는 존재다. 하지만 그 한 편, 그 마지막 한 줄이 있기에, 우리의 부끄러운 삶이

꼼짝없이 들키고야 마는 현실에 도리어 감사하고, 조금은 덜 부끄러운 존재로 성장하는 것이다.

당신은 가졌는가, 당신의 부끄러운 삶이 들키고야 마는, 그래서 끝내 읽지 못하는 마지막 한 줄을?

"차마 하지 못하는 일"이 있는 법이다. 브끄럽기 때문이다. 자신의 치부를 응시해야 하는 가혹한 형벌을 두려워하기 때문이다. 그래서 하지 못하고 저만치 눈에 안 보이는 곳에 그 일을 감추게 된다. 하지만 감춰둔 그 일이, 어디 감춘 자에게 정말로 감춰진 일이겠는가? 감춰둔 일이라 해서, 끝없이 자신의 부끄러움을 노려보고 있는 그 일의 눈초리에서 벗어날 수 있겠는가?

같은 이유로 차마 읽지 못하는 작품도 있다. 그 작품을 읽기만 하면, 자신의 부끄러운 자화상들이 묵은 빚 문서처럼 쏟아질 것 같은 그런 작품이 있다. 우리 자신만이 알아볼 수 있는 그 부끄러운 자화상은 얼마나 무서운가? 우리 자신은 떳떳한데 남들이 헛되이 손가락질하는 그런 자화상이 아니라, 그 누구도 몰라보지만, 우리 자신만은 너무도 정확하게 알아볼 수 있는 그 자화상은 얼마나 무서운가 말이다.

누구는 소설가 이청준 선생의 〈눈길〉에서 그 자화상을 보고, 누구는 헬렌 켈러의 〈사흘만 볼 수 있다면〉에서 그 자화상을 보며, 누구는 찰스 디킨스의 《위대한 유산》에서 그 자화상을 본다. 하지만 이렇듯 "여기 네 부끄러운 자화상이 있다"며 호통 치는 작품을 가지고 있다는 사실은 우리를 양심의 인간으로 친친 동여매 주는 고마운 일이다.

자신을 부끄럽게 만드는 '문학의 힘겨움'이야말로, 문학이 우리에게 전하는 가장 위엄 있는 메시지다.

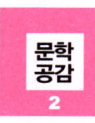
　　이야기의 핵심은 그 집에서 함께 하룻밤을 지내고 이튿날 새벽 일찍 십여 리 면소께까지 눈 오는 산길을 걸어나가 당신을 바깥 어둠 속에 세워둔 채 나 혼자 훌쩍 버스에 올라 떠나고 만 쓰라린 이별의 곡절이었다. (…) 그날 새벽녘의 뒷일은 내겐 이를테면 당신에 대한 오랜 마음의 빚덩이가 되어온 셈이었다. (…) 〈눈길〉은 그러니까 나 혼자 쓴 소설이 아니라 내 어머니와 아내 셋이서 함께 쓴 소설인 셈이다. 오랜 세월 가려져 온 그 새벽 헤어짐 이후의 두려운 사연을 실마리삼아 끝내 그 무고한 아픔의 실체를 드러내준 아내가 아니었으면 이 소설은 씌어지지 않았을 것이다. 그리고 그런 뜻에서 어머니나 아내는 〈눈길〉의 실제 실연자로서 소재뿐 아니라, 그 헤어짐을 중심삼아 이야기의 반전 시점을 마련해준 구성이나 우리 삶의 원죄성 아픈 부끄러움 따위의 주제까지도 다 제공해준 셈이다.

　　(이청준, 《눈길》, 열림원, 2005, 162~164쪽)

　　이청준 선생이 "나는 〈눈길〉을 이렇게 썼다"라는 글에서 밝힌 이 작품 탄생의 내막이다. 책을 사 놓고도, 참고할 만한 자료를 다 봐 놓고도, 차마 〈눈길〉을 읽을 수 없게 만든 것은 이 '눈길 위의 독행자獨行者들을 위한 노트' 때문이다. 이 노트는 어쩌면 이청준 선생뿐 아니라 우리 모두가 '눈길 위의 독행자들을 위하여' 써야 할 '노트'다.

　　이 장에서 쓴 글로 그 '노트'를 대신했음을 밝혀 둔다.

10

문학은 일기를 쓰듯
삶을 되돌아보는 것이다

대부분의 작가들은 일기나 일지를 쓴다. 그리하여 일반 독자와 대화하기 전에 가장 폐쇄적인 독자 즉 자기 자신의 목소리를 먼저 듣고, 부조리한 인간의 내밀한 고독을 이해하기 전에 가장 부조리한 인간 즉 자기 자신의 고독을 먼저 이해하며, 상한 영혼의 독자를 위로하기 전에 가장 많이 상한 영혼 즉 자기 자신을 먼저 위로한다. 그런 면에서 작가에게 가장 숙명적인 인연은 바로 글 쓰는 자기 자신과의 인연인지도 모르겠다. 그 인연의 끈을 놓지 않기 위해, 그리고 그 인연의 의미와 가치와 의무를 끊임없이 일깨우기 위해, 오늘도 작가는 어제의 일기장을 뒤지고, 오늘의 일기장을 채우며, 내일의 일기장에 시선을 던진다.

기도는 일기처럼, 일기는 기도처럼

평생을 기도해도

기도가 힘드네

사람들은

언제나 기도를

부탁했지

기쁠 때는 잊고 있다

슬픈 일을 당할 때만

다급하게 청했던 기도

그 기도의 말들은

지금 다

어디 갔을까?

무조건 기도한다

가볍게 약속했던 일들이

무겁고도 부끄러워

잠 안 오는 밤

내게

많은 기도 부탁한

그 사람들은

나보다 더 많이 기도했을까

찾아가 묻고 싶네

이제야말로

말보다는 마음으로

약속보다 오래가는

기도를

처음부터 다시

시작해야겠네

이해인, 「기도일기」 전문

(이해인, 《작은 기쁨》, 열림원, 2008, 수록)

  평생을 두 손 모아도 어려운 것이 기도라면, 평생을 일기장과 싸워도 어려운 것이 일기다. 그래서 기도와 일기는 필연적으로 연대한다. 매일매일 정성껏 일기를 쓰듯 끈기 있게 기도하고, 절대자에게 기도하는 간절한 마음으로 텅 빈 일기장에 그날그날의 일을 적어 넣는 것이다. 기도하는 자 일기 쓸 것이며, 일기 쓰는 자 기도하는 마음을 잃지 않는다. 말보다는 마음으로 약속보다 오래가는 기도를 처음부터 다시 시작하기 위해, 이해인 수녀님도 '기도일기' 라는 제목으로 시를 쓰며 다짐했을까?

"기도는 일기처럼, 일기는 기도처럼."

《아미엘의 일기》의 문학적 가치

> 일기는 고독한 인간의 위안이자 치유자다. 날마다 기록되는 이 독백은 일종의 기도라고 할 수 있다. 영원과 내면의 대화, 신과의 대화다. 이것은 나를 고쳐주고, 우리를 혼탁에서 벗어나게 해준다. 일기는 자기磁氣처럼 우리에게 평형을 되찾게 한다. 일종의 의식적인 수면이고 잠재된 행동이다. 의욕도, 긴장도 모두 멈추고 우주적인 질서 속에서 평화를 갈구한다. 그렇게 함으로써 유한의 껍질에서 벗어나는 것이다. 일기를 쓰는 행위는 펜을 든 명상이다.
>
> (1872년 1월 28일, 51세)

'일기' 에 대한, 이렇게도 완벽하고 숭고한 정의를 본 적 있는가? 이 정의의 주인공은 앙리 프레데릭 아미엘이다. 아미엘은 1821년 9월 27일 스위스의 제네바에서 태어난 프랑스계 스위스인이다. 열한 살 때 어머니를 잃고, 이 년 후에는 아버지를 여의는 바람에 숙부 밑에서 자랐다. 제네바 대학을 졸업하고, 독일 베를린 대학에서 유학한 후 다시 모교로 돌아와 철학을 강의하였다.

아미엘은 문학에도 남다른 관심을 갖고 있었다. 일찍이 시인으로 데뷔해 《사색에 잠기다》라는 시집을 펴냈고, 《스탈 부인》과 같은 저서를 남긴 평론가이기도 했다. 그러나 아미엘은 평생 무명이었다.

아미엘의 일기에는 고독과 맞서는 개인의 치열한 삶이 그대로 녹아 있다. 그는 인간을 소중하게 생각했지만, 오히려 그 때문에 인간과 만나기를 꺼려했다. 그의 일기는 구원과 심판이라는 기독교적인 주제에 비중을 두면서도 19세기 중후반의 풍속을 정밀하게 관찰해 어엿한 '작품'으로 인정받았다.

1847년에 시작하여 1881년 4월 29일, 아미엘은 마지막 일기를 쓰고 펜을 내려놓았다. 그리고 5월 11일, 육십 년 인생의 일기장마저도 덮었다. 무려 1만7천 페이지에 달하는 그의 일기는 사후에 편집되어 '아미엘의 일기'라는 제목으로 출판되었다.

《아미엘의 일기》는 전쟁이 끊이지 않고 인간과 생명, 윤리와 도덕에 대한 존엄성이 퇴색되어 가던 혼란기의 유럽에 큰 반향과 각성을 불러일으켰다. 많은 찬사가 이어졌고, 러시아의 대문호 톨스토이도 이 일기를 읽고 아우렐리우스나 파스칼에 견줄 만한 문학이라고 평했다.

그의 일기는 누군가에게 보이려고 쓴 것이 아니어서 오히려 더욱 인간적이다. 그가 가졌던 인생과 인간에 대한 의문, 사상과 행복, 고독과 비애 등을 숨김없이, 가감 없이 모두 드러내고 있다. 이것이 이 일기가 한 세기가 지난 오늘날에도 독자들에게 큰 감동과 교훈을 주는 가장 큰 이유다.

아미엘은 깊이 있는 관찰력과 뛰어난 판단력으로 어떠한 것이라도 냉정히 바라보았다. 호평을 받은 문학작품이나 작가, 또는 사회제도 일지라도 잘못된 것은 과감히 비판하고 거침없는 독설도 서슴지 않았다. 이것은 객관적인 입장을 고수하면서 자신의 견해를 밝히는 곧은 성품에서 비롯된 것이었다.(아미엘에 대한 이 짤막한 소개는 원재훈, 《네가 헛되이 보낸 오늘은 어제 죽은 이가 그토록 그리던 내일이다》, 문학동네, 2006, 26~29쪽, 그리고 앙리 프레데릭 아미엘, 이희영 옮김, 《아미엘일기》, 동서문화사, 2007, 1040~1041쪽을 참고하여 정리했다.)

《아미엘의 일기》는 크게 17가지의 주제로 나뉘어 편집될 만큼 그 주제의 폭이 넓다. 따라서 그저 오랜 세월 동안 방대한 분량으로 씌어졌다는 데서만 《아미엘의 일기》의 의의를 찾아서는 안 된다. 대문호 톨스토이가 아우렐리우스나 파스칼에 견줄 만한 문학이라고 평한 데는 다 이유가 있는 것이다. 여기 그 17가지 주제를 나열해 보자.

인생에 대하여 / 인간에 대하여 / 어떻게 사는가에 대하여 / 사랑에 대하여 / 일기에 대하여 / 고독과 비애에 대하여 / 나 자신에 대하여 / 행복에 대하여 / 남자와 여자, 동물 등에 대하여 / 정신에 대하여 / 사상에 대하여 / 자연에 대하여 / 문학과 예술에 대하여 / 국가와 국민에 대하여 / 정부와 제도에 대하여 / 여러 가지 주제에 대하여 / 죽음을 앞두고

《아미엘의 일기》로 읽는 아미엘의 생애

인생에 대해서는 "잃어버린 것에 대한 미련을 버리고, 잃을지도 모르는 것들에 대한 소중함을 간직하자.(1881년 3월 19일, 60세)" 하고 스스로에게 응원의 박수를 보냈고, 인간에 대해서는 "사람은 모두 할일을 타고난다. 인간은 모두 어딘가 쓸모 있게 마련이다. 나는 인류의 사명을 찾아내어 실현하라는 명령을 받고 태어났다. 내 안의 신을 깨워야 한다.(1848년 3월 15일, 27세)" 하고 스스로를 책임 있는 인간으로 독려했으며, 어떻게 사는가에 대해서는 "우리에게 해악을 끼치는 자가 있을 때 그 사람을 미워하지 않으려면 어떻게 해야 하는가. 오직 한 가지 방법밖에 없다. 그에게 선행을 베풀어 보이는 것이다. 관대해짐으로써 비로소 상처 받은 자리에서 독화살을 뽑아낼 수 있다.(1880년 7월 22일, 59세)" 하고 용서의 미덕을 헤아렸다.

사랑에 대해서는 "학문이 아무리 정신의 현상과 실존을 부르짖는다 하더라도 사랑에 비하면 여전히 형식적이며 외형적일 수밖에 없다. 따라서 사랑이야말로 정신의 실체이며, 생명의 근본이라고 할 수 있다.(1851년 4월 7일, 30세)" 하고 상찬賞讚했고, 일기 쓰기에 대해서는 "일기에 쓴 글들은 내 과거가 걸어왔던 길이며, 나는 이곳에 십자가와 돌로 쌓은 내 묘비와 연녹색 이파리, 그리고 하얀 자갈을 깔아놓았다. 내가 길을 잃었을 때 다시 찾기 위해서다.(1852년 3월 3일, 31세)" 하고 그 목적을 명시했으며, 고독과 비애에 대해서는 "상처 입은 애정만큼 인간에게 진실을 보여주는 고통은 없다. 비애는 인간을 예언자와 마법사로 만드는 또 하나의 청춘이다.(1855년 3월 28일, 34세)" 하고 회피하지 않았다.

나 자신에 대해서는 "다행히도 나는 권력이나 명성이나 부보다 독립이 마음에 든다. 나는 완전히 독립상태다.(1872년 12월 9일, 51세)" 하고 독립성을 부여했고, 행복에 대해서는 "이제 그만 포기하고, 더 큰 질서에 너를 맡기도록 하라. 너의 삶을 거부하라. 스스로 자족하는 법을 강구하라. 그리고 가장 중요한 한 가지, 기뻐하라!(1868년 4월 26일, 47세)" 하고 안분지족安分知足을 으뜸으로 쳤으며, 남자와 여자에 대해서는 "남자는 자기 힘으로 환경을 변화시키고, 여자는 환경을 수용하며 주어진 그 환경을 반영시킨다.(1852년 5월 3일, 31세)" 하고 보수적인 생각을 드러냈다.

정신에 대해서는 "우리의 정신은 감정의 구속 아래 우리의 진보를 멈추게 하는 장애에 불과하다. 그 감정의 환영幻影을 걷어내면 진실을 대할 수 있을 것이다.(1853년 2월 5일, 32세)" 하고 경계했고, 사상에 대해서는 "내가 철학으로 숨 쉬었을 때, 내 이웃이 나의 철학을 기꺼이 받아들였을 때 나는 결코 인생에 부끄럽지 않은 존귀한 자로 기억될 것이다.(1857년 6월 17일, 36세)" 하고 철학자로서의 자부심에 가득 찼으며, 자연에 대해서는 "언제나 순수한 이 자연을 향해 순수하게 너의 마음을 열어라. 이 불사의 생명력을 네 가슴 속에 담아두어라.

그것이 네가 그토록 찾아 헤매던 신의 음성이다.(1854년 1월 31일, 33세)"하고 종교적 감동을 구했다.

예술에 대해서는 "예술가가 사물을 이해한다는 것은 일단 그 사물 속으로 들어가 본질을 체험하고는 다시 사물 밖으로 나왔다는 것을 의미한다.(1878년 11월 7일, 57세)"하고 '구속에 이은 해방'을 논했고, 국가와 국민에 대해서는 "개개인의 내적 자유와 진실이 동경되는 사회, 그런 사회를 누리는 민족이 바로 가장 가치 있는 민족이다.(1877년 5월 2일, 56세)"하고 자유와 진실의 가치를 역설했으며, 정부와 제도에 대해서는 "민주주의가 사회적 약자의 짐을 덜어주겠다는 것인지, 아니면 고매한 인간의 정신을 무력화시켜 편하게 다스리겠다는 것인지, 그 의도를 알 수 없다.(1851년 9월 6일, 30세)"하고 민주주의의 운명을 우려했다.

그밖에 "기독교를 단순화시켜보면 죄인과 신의 화해다. 어쨌든 신은 인간을 사랑하므로 신의 징벌은 사랑인 것이다." 하고 기독교 신앙을 이해했고, "학생들에게 권위를 내세우거나 그들을 쓰다듬거나 석학임을 과시할 것이 아니라 진지한 연구와 개인적 의견을 잘 조합해 전달할 수 있어야 한다.(1879년 5월 28일, 58세)"하고 자신의 강의 철학도 피력했으며, 죽음을 앞두고는 "내가 무덤 속에서 흙이 되어도 그들은 지금처럼 나를 기억해줄까? 갑자기 서글퍼진다.(1881년 4월 22일, 60세)"하고 유한한 인간의 어쩔 수 없이 나약한 면을 진솔하게 보였다.

마지막 일기

　　이젠 한 자루의 펜도 무겁다. 평생 나와 함께해준 고마운 펜인데 너마저 이

젠 떠나보내야 할 것 같다. 시간은 여전히 흘러가고, 내 생명의 촛불은 이제 꺼

질 날만 기다린다. 인생의 수많은 기다림 중에 죽음만큼 더디게 오는 것이 있

을까. 나에 대한 동정과 근심은 날이 갈수록 더해진다. 이웃들이 꽃과 젤리, 편

지와 우정의 증표를 보내왔다. 난 그들의 삶을 어리석다고 비난했는데, 그들은

한 노인의 죽음 앞에서 끝까지 예의를 잃지 않고 있다. 퍽 먼 곳에 사는 친구들

도 일부러 찾아와 나를 위로해주었다. 그들도 곧 나와 같은 자리에 눕게 될 것

이다.

　　수양딸이 내가 잠든 사이에 찾아온 사람들을 말해주었다. 그녀는 지금 이

집의 집사며, 나의 비서다. 그녀는 어머니와 함께 3개월 전부터 누구의 도움도

받지 않고 나를 간호하고 있다. 이승에서의 마지막까지 사람의 손길에 의지한

다. 왜 좀더 다정하게 그녀를 대해주지 못했을까, 왜 감사하다는 말 한마디 따

뜻하게 건네지 못했을까. 타인과 함께할 수 없었던 이 생애는 종말에 이르러서

도 후회뿐이다.(1881년 4월 28일, 60세)

　　평생을 독신으로 살면서, 고요함과 고독 속에 잠겨 자신의 일생을

일기에 담았던 아미엘. 죽음에 다다른 그에게는 평생의 반려자였던

한 자루 펜조차 들 힘이 없었다. 평생을 두고, 능력을 과시하는 대신 자신이 꼭 해야 할 일만 하고, 소영웅주의에 빠져 자신의 의무를 과대평가하지 않으며, 단출한 세상살이에 만족할 줄 알았던 이 고독의 사색자는 무려 1만7천 페이지에 달하는 불멸의 일기를 남겼다. 그의 60년 세상살이가 그저 단출하지만은 않았던 것 같다.

인생에 저축은 없다. 모아두었다가 혹은 증식해서 쓸 또 다른 인생이란 없다는 말이다. 그러나 단 한 번의 기회라는 것이 인생의 유한성을 상징하기보다는, 도리어 인생의 심미적 가치를 드높여준다. 무한히 복제가 가능한 시대가 도래했지만, 오직 인생만큼은 유독 일체의 복제가 허용되지 않음으로써, 지극히 독자적인 아우라를 뿜어내고 있지 않은가?

"미래만이 우리의 목표가 되는 한, 그리하여 우리가 살기보다는 살기를 희망하기만 하는 한, 우리는 언제나 행복을 준비할 뿐 한 번도 행복하지 못할 것"이라는 파스칼의 지적은 수백 년이 지났지만 여전히 유효하다. 오늘 하루에 전력을 다해 행복을 추구하고, 내일은 내일에 맡기는 일이 일견 근시안적으로 보일 수도 있다. 그러나 오늘의 행복을 내일 혹은 미지의 미래에 담보 잡힌 채 살아가는 일만큼 불행한 일은 없다. 사과나무는 언제나 오늘 지금 심어야 한다. 내일은 사과열매를 따먹는 날이 아니라, 또 다른 사과나무를 심는 날일 뿐이다.

고독의 사색자 아미엘은 그렇게 수만 일의 소중한 오늘을 평생토록 일기장에 새기고 또 새겼다. 그리고 생의 마지막 순간, 자신과 일

심동체로 살아온 펜을 놓았다. 그 펜은 친구들에 대한 우정과 수양딸에 대한 미안함에 대해, 아미엘의 영혼이 불러주는 대로 필사적으로 옮겨 적으며 마지막 순간까지 주인에게 봉사했다.

> 죽음의 신비는 어느 누구와도 나누어 가질 수 있는 것이 아니다. 영혼과 죽음과의 대화는 증인을 요구하지 않는다. 살아 있는 자는 죽어가는 자에게 작별인사를 하려 한다. 우리는 다만 '아멘' 하면 그만인 것이다.

세상을 뜨기 약 3개월 전인 1881년 1월 29일, 아미엘은 일기에 위와 같이 적었다. 하지만 우리의 작별인사가 그저 '아멘' 뿐이진 않았다. 1만7천 페이지에 달하는 그의 방대한 일기는 세계문학사를 빛내는 불멸의 작품으로 남았다. 그리하여 지금도, 그리고 앞으로도, 우리는 그의 일기장을 훔쳐보며 영혼의 무한한 양식과 평안을 얻을 것이다.

문학은 일기처럼, 일기는 문학처럼

문학하는 인생에 접어들면서, 언제부턴가 일기를 썼다. 때로는 책을 읽은 후 독후감을 솔직하게 적었고, 때로는 일정 기간씩 테마를 정해 사색의 과실을 수확해 담았으며, 때로는 참을 수 없는 정념이 써내려간 시 한 수를 일기장에 고이 남겨 두었다.

문체를 가다듬고 개인적인 상념을 보편적 사색의 높이로 끌어올리며 원고지를 채우는 문학의 길은 가도 가도 험했다. 또한 고독한 영혼과 마주서서 하루도 빠지지 않고 일기를 꼬박꼬박 쓰기엔 세상살이가 너무 정신없이 돌아갔다. 이해인 수녀님이 '기도일기'를 쓰듯, '문학일기'를 썼지만, 무겁고도 부끄러워 잠 안 오는 밤은 줄지 않았다.

문학이란 알고 있는 것을 확인하는 일이 아니라 꼭 알아야 했지만 그러지 못했던 것들을 배우는 일이다. 가도 가도 끝없이 펼쳐진 문학의 길을 가기 위해 우리는 언제나 처음부터 다시 시작하는 것처럼, 매일매일 마음을 다잡아야 한다. 《아미엘의 일기》를 틈나는 대로 읽고, 나만의 '문학일기장'을 떠올리며 다짐해야 한다.

"문학은 일기처럼, 일기는 문학처럼."

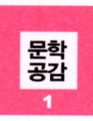

　문학하는 사람이 가장 소망하는 죽음은, 글을 쓰다 스스로 귀천歸天 길에 오르는 일이요, 작품을 읽다 스스로 귀천 길에 오르는 일이다. 그러기 위해서는 매일매일 쓰고 읽어야 한다. '매일매일', 이 얼마나 힘겨운 단어인가! 그러기에 또 얼마나 거룩한 단어인가!

　매일매일 문학하는 일은 매일매일 일기를 쓰는 일과 흡사하다. 글을 쓰는 일도 작품을 읽는 일도, 사실은 자기 자신을 위해서이기 때문이다. 문학을 하는 사람은 다른 누구보다도 바로 자기 자신과 대면할 일이 많은 사람이다. 남을 헐뜯기 전에 자기 자신의 허물을 돌아보고, 남의 생각을 얻어 듣기 전에 자기 자신의 생각부터 확실히 내 것으로 만들며, 남의 하루에 감탄하기 전에 자기 자신의 하루를 신이 주신 최고의 은총으로 여기는 사람이다.

　생의 마지막 순간까지 임종을 지켜줄 펜과 작품을 가진 사람이 되고자, 오늘 밤도 기도하는 마음으로 문학에 임하는 아름다운 사람들, 이 힘겨운 문학의 귀한 자식들에게 신의 가호가 있기를!

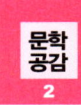

시인 이해인 수녀의 「기도일기」가 실린 시집 《작은 기쁨》에는 「어느 일기」라는 시가
나온다. 여기 전문을 적어 본다.

어느 날
거울 속의
낯익은 듯 낯선 내 모습
주름과 흰머리에
내가 놀라고

창가의 느티나무
나보다 키가 커서
나를 내려다보니
내가 놀라고

숲 속의 새들이
일제히 부르는 노래소리에
꽃송이를 펼치며
화답하는 꽃들이 고와서
내가 놀라고

퍼내어도 마르지 않는
시의 샘에서

물을 길어내는

내 마음

깊이 들여다보고

내가 놀라네

우리 인생의 하루는, 정말 단 하루도 빠짐없이, 이렇게 낯설고 기특하고 곱고 마르지 않는 놀라움을 준다. 이런 하루하루를 아무런 기쁨도 없이, 아무런 감동도 없이, 아무런 명상도 없이, 아무런 기도도 없이 마무리하는 사람에게, 문학의 광대한 기쁨과 감동, 명상과 기도가 깃들 리 없다.

우리는 언제나 우리가 보낸 지난 하루에 너무나 큰 빚을 지고 있다. 우리에게 아무 것도 주지 않고 하늘의 반구를 타고 넘은 태양은, 우리 생애 전체를 통틀어 단 한 번도 뜨고 지지 않았다. 그러니 하루를 마감하기 전에 빚 갚음의 시간을 갖자. 그리하여 일기를 쓰는 마음으로 문학을 하고, 문학을 하는 마음으로 일기를 쓰자.

가장 힘겹지만 가장 가치 있는 하루하루가 달고 깊고 감사한 잠을 주리라!

제3부

작가는 누구인가

한 작가의

작품세계를 알기 위해서, 그 작가가 문학에 대해 어떻게 생각하고, 그 생각을 어떤 방식으로 창작에서 실천하고 있는지 엿보는 일은 재미있고도 유익하다. 요즘에는 작가가 자신의 창작방법을 독자에게 알려주는 책들이 시중에 많이 나와 있으니, 문학을 가까이 하는 사람은 그런 책들에도 관심을 가지면 좋겠다.

작가는 누구인가, 하고 의문을 품어보는 일은 문학을 더 잘 읽는 데뿐 아니라 문학을 사랑하는 데도 크게 도움이 된다. 그 누군가에게 혹은 그 무엇인가에 궁금해 하는 일보다 더 큰 사랑이 있을까? 시인 안도현 씨가 「바닷가 우체국」을 쓰기 위해 대상으로 삼은 우체국은 도대체 어디 있을까? 이처럼 사소한 호기심도 좋다. 소설가 김탁환 씨는 어쩌다가 소설가의 삶에 들어서게 되었을까? 이처럼 근원적인 궁금증은 더욱 좋다.

작가가 매우 불완전한 인간이었음에 놀라는 일 또한 문학과 친구가 되는 데 꼭 필요하다. 호메로스는 장님이었고, 도스토예프스키는 도박꾼이었으며, 보들레르는 평생토록 마약중독자였다. 발자크는 낭비벽 때문에 평생 빚쟁이로 살았고, 프루스트는 파리 한복판 자신의 침실에서 짙은 커튼으로 햇빛을 완전히 차단한 채 은둔자로 살았으며, 니체는 미쳐 죽었다.

이런 불완전한 존재들이 어떻게 그토록 완전한 문학적 성취를 이루었는가에 우리는 놀라지 않을 수 없다. 하지만 이들의 일면일 뿐인 이러한 불완전성에 너무 기이해 할 필요는 없다. 우리는 이들이 원고지와 마주했을 때의 기적적인 시간을 모른다. 철저하게 불완전한 인간의 완전성이라는 역설, 이 역설이야말로 창작의 비밀이다. 작가는 그 비밀 속에서 시대가 아니라 진리가 요구하는 정의를 증언하며 완성을 향해 나아갔다.

11

문학은 고민하고, 공부하는
독자를 좋아한다

산 공부, 물 공부, 사랑 공부, 삶 공부에 한참을 못 미치는 책 공부에도 몸
과 마음을 다하지 못하는 자에게 자연과 인생이 비밀의 문을 열어줄 것
같은가? 한 권의 시집과 한 권의 소설작품을 읽기 위해 공부하지 않는 자
에게 문학의 진정한 생산자인 산이 말을 걸어오고, 물이 흘러오고, 사랑
이 노래해 주고, 삶이 생생한 알몸을 코여주겠는가? 자연과 인생은 책 속
에서도 얼마든지 실마리를 찾을 수 있으니, 헛되이 책상머리 공부를 가벼
이 여기지 말자. 생각을 조금만 달리해 보면, '공부'라는 단어는 얼마나
시적인가?

'공부' 라는 단어는 얼마나 시적인가?

공부는 중국식으로 발음하면

쿵푸입니다

단순히 지식을 배우는 게 아니라

이연걸이가 심신 합일의 경지에서 무공에 정진하듯,

몸과 마음을 함께 연마한다는 뜻이겠지요

공부 시간에, 그것도 국어 시간에

나는 자주 졸았습니다

이를테면, 교과서의 시가

정작 시를 멀리하게 만들던 시절이었죠

물론 졸지 않을 때도 있었어요

옆 학교 여학생이 보낸 편지를 읽던 날이었습니다

연인이란 말을 생각하면

들킨 새처럼 가슴이 떨려요……

나는 그 편지의 행간 행간에 심신의 전부를 다 던져

그녀의 떨림에 감춰진 말들을 읽어내려 애썼지요

그나마 그 짧은 글 읽기도 선생에게 들켜

조각 조각 찢기고 말았지만

그 후로는 눈으로 쫓아가는 독서는

공부 시간의 쏟아지던 졸음처럼 많았지만,

내 지금 학교로부터 멀리 떠나온 눈으로

학교 담장 안의 삶들을 아련히 바라보니
선생의 시선 밖에서, 온 몸과 마음을 다 던져
풋사랑의 편지를 읽던 그 순간이
내 인생의 유일한 쿵푸였어요

유하, 「연애 편지」 전문

(유하, 《나의 사랑은 나비처럼 가벼웠다》, 열림원. 1999, 수록)

학교에서 입시 교육에 열을 올리시던 선생의 시선 밖에서, 행간 행간에 심신의 전부를 다 던져 연애편지를 읽어내듯 설레는 마음으로 공부하는 자에게, 문학은 굳게 닫힌 비밀의 문을 열어 준다. 풋사랑의 연애편지에도 온 몸과 마음을 다 던졌거늘, 하물며 문학 공부에랴!

단순히 지식을 배우는 게 아니라 이연걸이가 심신 합일의 경지에서 무공에 정진하듯 하는 공부라면, 중국말로 '쿵푸'가 되는 그런 공부라면, 이 '공부'라는 단어는 얼마나 시적인가?

웬만하면 공부 좀 하고 살자

커피나 와인을 마실 때도, 좀 제대로 마시기 위해서는 기본적인 상식, 때로는 제법 전문적인 지식을 다룬 입문서를 읽는다. 바리스타

얘기를 다룬 드라마도 인기를 누리고, 소믈리에 얘기를 다룬 만화도 엄청나게 팔려나간다. 커피나 와인을 우습게 여기는 것은 아니지만, 인류에 수십 세기 동안 봉사하며 막대한 정신적 유산을 남겨놓은 문학에 대해서도 웬만하면 공부 좀 하고 살아야 하지 않을까 한다.

시집을 읽는 일보다는 시인에 대해 좀 공부하는 일이 선행되어야 하고, 소설책을 사는 일보다는 소설가의 창작방법을 알기 쉽게 설명한 입문서 정도는 읽어두는 것이 좋다. 그런 기초 공부 없이 시집이나 소설작품을 읽는 일은, 매뉴얼을 읽지 않고 휴대폰이나 디지털카메라를 다루는 것과 같다. 정말 가치 있는 것을 10%도 얻어내지 못한다는 말이다. 문학은 만만한 '쾌락도구'가 결코 아니다. 이 점을 명심하지 않으면, 평생 삼류 문학 독자에서 한 걸음도 더 나아가지 못할 것이다.

우선 시 공부 좀 해 볼까 해, 시인 안도현 교수의 《가슴으로도 쓰고 손끝으로도 써라》의 내용을 저자인 안도현 교수와의 10문10답 형식으로 재구성해 보았다. 시인은 단호하고 절도 있으면서도 친절하고 겸손했다.

Q1 : 시인은 도대체 어떤 사람입니까? 시인을 그저 '시를 쓰는 사람'이라고 간단하게 받아들여도 될까요?

시인은 '시를 쓰는 사람'을 뜻하지만, 시를 통해 변화하고 발전하는 존재입니다. 한 편의 시는 독자들을 감응시킬 뿐만 아니라 창작자 자신에게도 틀림없이 좋은 공부거리가 되죠. '이미' 창작한 한 편의 시에는 '앞으로' 창작할 시의 방향과 원리가 다 들어 있습니다. 즉 시인이 살아가면서 지향해야 할 삶의 지침까지 들어 있는 것이죠. 시인이라는 존재의 엄숙성은 거기에서 발생합니다.

시는 하나의 창조적 생명으로서 시인을 간섭하고, 가르치고, 지시하고, 격려하고, 고무하고, 나아가게 하고, 물러서게도 합니다. 그래서 한 편의 시를 완성하는 순간, 시인은 자신의 시가 가리키는 방향대로 살아갈 운명에 처하게 됩니다. 이 무서운 진리 앞에서 시인은 엄숙해질 수밖에 없죠.

Q2 : 결국 시인은 어떤 면에서 보면, 자신을 위해 시를 쓰는 셈이네요.

그렇게도 볼 수 있지만, 보다 엄격하게 말하면, '앞으로 쓰게 될' 시를 위해 쓰는 것이라 해야 옳습니다. 물론 시인이 독자들을 외면한다는 뜻은 아닙니다. 다만 그것은 결과일 뿐이지 창작 과정에 개입하는 감정이나 의지가 아니라는 뜻입니다.

시창작을 가르치면서 확실히 느낀 점인데, 초보자들일수록 '무엇을 위해서' 쓰려고 합니다. 또 '누구를 위해서' 쓰려고 합니다. 시가 천박해지는 순간이죠. 시인은 시를 그 무엇을 위해서 쓰지도 말고, 그 누구를 위해서 써서도 안 됩니다. '이미 씌어진' 시는 오직 '앞으로 씌어질' 시에만 봉사해야 한다고 생각합니다.

Q3 : 처음부터 이야기가 다소 추상적으로 흐르고 있는 것 같으니, 화제를 좀 바꿔 보죠. 무엇을 위해 쓰든 말든, 누구를 위해 쓰든 말든, 시인은 어쨌든 그 무엇인가를 시로 형상화합니다. 그 무엇을 시인은 어떻게 선택하는지, 아주 구체적으로 말씀해 주십시오.

첫째 시인은 단 한 번이라도 자신의 눈으로 본 것을 씁니다. 다른 사람에게 들은 것, 책을 읽어서 알게 된 것도 넓은 의미에서는 경험에 속하지만 자신의 시각으로 바라본 직접적인 경험만큼 생생하지는 않습니다. 김용택 시인은 "내가 알고 있는 것만큼만 시를 쓴다"고 말씀하셨습니다.

둘째, 시인은 먼 곳이 아니라 가까운 곳에 있는 것을, '오래 들여다보면서' 씁니다. 시인 이정록씨가 '문지방 삼천리'라는 말로 기발하게 압축한 글을 한번 읽어 보겠습니다.

"간혹 쓸 것이 없어서 못 쓰겠다고 하소연하는 사람들이 있다. 그러면 나는 그에게 간곡하게 말한다. 당신이 지금 전화를 하는 곳에서 손에 잡힐 듯 가까이에 있는 것을 말해보라고 한다. 그걸 쓰라고 한다. 곁에 있는 것부터 마음속에 데리고 살라고 한다. 단언컨대, 좋은 시는 자신의 울타리 안 문지방 너머에 있지 않다. 문지방에 켜켜이 쌓인 식구들의 손때와 그 손때에 가려진 나이테며 옹이를 읽지 못한다면 어찌 문 밖 사람들의 애환과 세상의 한숨을 그려낼 수 있겠는가."

셋째 시인은 큰 것이 아니라 작은 것을 씁니다. 높은 곳에서 찬란하게 빛나는 것이 아니라 낮은 곳에서 돌아앉아 우는 것을 씁니다. 시는 절대로 '초월한 자의 향기'가 아니고, '고귀한 사랑'이 아닙니다. '인간과 자연의 합일'도 아니요 '고행을 이겨낸 구도자의 경지'도 아닙니다. 시는 초월하지 못한 인간의 발가락에서 나는 냄새고, 지저분한 사랑이며, 인간과 자연의 불화이며, 한 시간 아르바이트하면서 어렵게 번 돈 4천 원입니다.

넷째 시인은 화려한 것이 아니라 하찮은 것을 씁니다. 나의 경험 중에 행복했던 시간들이 남에게도 반드시 행복한 시간으로 전이되는 것은 아닙니다. 나의 행복과 충족은 남의 불행과 결핍의 증거임을 잊지 말아야 합니다. 장미와 백합의 우아한 향기에 취하지 말고, 저 들판의 민들레와 제비꽃의 무취에 취하고, 금메달을 목에 건 승리자의 영광보다는 꼴찌로 들어오는 선수의 좌절을 경배해야 합니다.

Q4 : 지금 말씀하신 네 가지를 실천하려면, 우선 시인은 달뜬 감정을 잘 다스려야 하겠다는 생각이 드네요. 감정을 쏟아 붓지 않고 시를 쓰려면 어떤 방법이 가장 좋을까요?

시가 고백적 양식이라고 믿는 사람들이 범하기 쉬운 게 세 가지 있습니다. 따라서 시인은 시를 쓰기에 앞서 우선적으로 이것들을 과감하게 배척합니다.

첫 번째는 과장입니다. 시를 쓸 때만 그리운 척하지 않고, 혼자서 외로운 척하지 않고, 자신만이 아름다운 것을 다 본 척하지 않고, 모든 것을 낭만으로 색칠하지 않습니다.

두 번째는 감상感傷입니다. 이 세상의 모든 슬픔을 혼자 짊어진 척하지 않고, 아프지도 않은데 아픈 척하지 않고, 눈물 흘릴 일 하나 없는데 질질 짜려 하지 않습니다.

세 번째는 현학입니다. 무엇이든 다 아는 척, 유식한 척하지 않고, 철학과 종교와 사상을 들먹이지 않고, 기이한 시어를 주워와 자랑하지 않고, 시에다 각주 같은 것을 달지 않습니다.

자신에게 감정을 고백하고 싶으면 일기에 쓰면 되고, 특정한 상대에게 감정을 고백하고 싶으면 편지에 쓰면 그만입니다. 시는 감정의 배설물이 아니라 감정의 정화조입니다. 속에서 터져 나오려는 감정을 억누르고 여과시키는 일이 바로 시인의 몫입니다.

Q5 : 그렇다면 감정을 억누르고 여과시키는 구체적인 방법, 즉 시적 수단 혹은 시적 기술이 있을 것 같은데요.

그것이 바로 묘사입니다. 연암 박지원은 "내가 내 감정을 말하지 않아도 사물이 대신 이야기해준다"고 눈이 번쩍 뜨이는 말을 해준 적이 있었습니다. 그렇다면 시인은 감정을 말하는 사람이 아니라 사물이 하는 이야기를 받아 적는 사람이라고 할 수 있습니다. 이때 시인의 받아 적기는 언어를 통해 이루어지는데, 감정을 언어화하는 이 과정을 '묘사'라고 합니다. 그러니까 묘사란 감정을 객관적이고 구체적인 언어로 그려내는 것입니다. 시인이 묘사한 언어를 보고 독자는 머릿속에 어떤 그림을 그리게 되고, 그 그림을 이미지라고 합니다.

묘사는 시를 습작하는 사람들이 반드시 오랜 시간을 들여 공부해야 하는 필수과목입니다. 시인은 세상에 대해 이러쿵저러쿵 말하는 자가 아니라, 세상을 세밀하게 그리는 자이기 때문입니다. 시인은 자기가 말하고 싶은 것을 최대한 정확하고, 절실하게 언어로 그릴 책임이 있습니다. 내 마음 속에 있는 감정을 있는 그대로 까발려 드러내면 시가 추해집니다. 내 마음을 최대한 정성을 들여 그려서 보여주기, 그게 바로 시입니다.

Q6 : 기왕 시적 수단, 시적 기술에 대해 이야기가 나온 김에 '묘사'와 마찬가지로 중요할 것 같은 '서사(이야기)'에 대해서도 말씀해 주십시오. 시에 들어 있는 이야기 말입니다.

아무리 짧은 시라도 한 편의 시에는 이야기가 들어 있어야 합니다. 사건의 전개와 인물의 배치에 관심을 두는 서사지향의 시를 말하는 것이 아닙니다. 때로는 하나의 관념이나 순간적인 이미지의 포착만으로도 충분히 한 편의 시가 탄생할 수 있습니다. 그러나 그렇다고 하더라도 시인은 머릿속에 하나의 이야기를 구성해 놓고 있어야 합니다. 시에 그 이야기가 구체적으로 드러나지 않는다 해도 말입니다. 그것은 소재에 대한 시인의 장악력이 매우 중요하다는 것을 의미합니다.

시인의 머리는 매우 세밀한 육하원칙을 바탕으로 시를 통제해야 합니다. 시는 이야기를 구성하는 것이 아니라 감정을 구성하는 것이기 때문이죠. 감정을 구성한다는 것은 드러내고 싶은 감정의 순서를 정하는 것을 말합니다. 그러기에 시도 하나의 구조물이라 하며 시에도 기승전결이 있다고 하는 것이죠. 시의 기승전결 구조가 겉으로 보이지 않고 시 속에 숨이 있는 것처럼 시인은 머리와 가슴 속에 이야기를 쟁여두고 시를 구성해야 하는 것입니다. 물론 때로는 그 이야기가 시 속에 숨지 않고 시에 명시적으로 드러나기도 하고요.

Q7 : 말씀대로 묘사와 서사 기법을 단련하기 위해서는, 일반인과 달리 시인만의 '보기' 훈련이 있어야 할 것 같습니다. 시인은 사물을 도대체 어떻게 보나요?

시인은 보이는 것보다는 보이지 않는 것을 믿는 사람입니다. 봄날에 눈부시게 피어난 꽃잎을 보며 경탄하는 사람이 아니고 그 꽃잎의 눈부심을 위해 혹한의 겨울, 꽃잎의 언저리로 눈보라가 지나갔음을 기억할 줄 아는 사람입니다. 마음의 눈은, 꽃피우지 못한 나뭇가지의 꽃도 피웁니다.

시인은 기발한 아이디어를 가진 '발명가'가 아니라 '발견자'입니다. 이미 이 세상에 와 있으나 그 누구도 거들떠보지 않은 것들이 있습니다. 보물인데도 보물로 보지 못하고, 숨겨진 의미가 있는데도 의미를 찾지 못한 것들을 찾아내는 사람이 시인입니다.

Q8 : 기왕 단련 얘기가 나왔으니, 필사筆寫에 대해서 여쭤보겠습니다. 일반적으로 작가들이 하는 단련으로, 흔히 필사가 있는 것으로 압니다. 시인도 당연히 필사를 중요시하겠죠?

물론이죠. 언젠가 "내 시의 사부는 백석이다"라고 쓴 적이 있습니다. 또 강연을 하는 자리에서 저는 그의 영향을 받은 게 아니라 오로지 그의 시를 베끼고 싶었다고 뻔뻔하게 고백하기도 했죠.

저는 그토록 사랑하는 백석의 ㅅ를 그야말로 필사적으로 필사했습니다. 그런 필사의 시간이 없었다면 제게 백석은 그저 하고많은 시인 중의 하나로 남았을 것입니다. 그가 제게 왔을 때, 저는 그의 시를 필사하면서 그를 붙잡았습니다. 그건 짝사랑이었지만 행복했습니다. 저는 그의 숨소리를 들었고, 옷깃을 만졌으며, 맹세했고, 또 질투했습니다. 사랑하면 상대를 닮고 싶어지는 법입니다.

어떤 시인의 시를 필사한다는 것은 그 시인을 사랑하는 것입니다. 그리고 그 반대도 성립합니다. 어떤 시인을 진심으로 사랑하면, 반드시 그 시인의 시를 필사하게 됩니다. "사랑하면 시의 길이 보인다." 저는 이 말을 믿습니다.

Q9 : 시인이란 참 고된 인생을 사는 사람이라는 생각이 듭니다. 그런 고된 삶을 사는 사람이라 할지라도, 그래도 그런 시인에게도 아주 재미있고, 술자리에서 박장대소하며 안주거리 삼아 이야기하기에 적당한 그런 에피소드들도 많을 것 같은데, 하나 소개해 주시죠.

그럼요. 시인도 아주 재미있을 때가 많습니다. 몇 해 전이었죠. 「바닷가 우체국」이라는 시를 발표한 후에 독자들한테 전화를 몇 차례 받았습니다. 그 바닷가가 도대체 어디냐, 한번 가보고 싶다는 것이었죠. 어느 바닷가를 지나다가 우체국이 서 있는 것을 보았는데 혹시 이 시의 배경이 그곳이 아니냐고 물어오는 분도 있으셨습니다. 심지어 정보통신부에서도 연락이 와서 그 바닷가 우체국의 위치를 알려주면 시비를 하나 세워보겠다는 것이었습니다.

하지만 저는 그분들을 모두 실망시키고 말았습니다. 저는 가끔 변산반도 쪽으로 바람을 쐬러 가는데, 그 바닷가 언덕에 있는 몇몇 낡은 집들에 매혹되어 오래오래 그 집들을 바라본 적이 있었어요. 그게 죄였습니다. 그 언덕 위의 낡은 집 문 앞에 빨간 우체통을 세워두고, 우체국장을 출근시키고, 우표를 팔고, 우체부의 자전거를 굴러가게 하고, '바닷가 우체국'이라는 간판을 거는 상상을 한 죄를 진 것이죠.

Q10 : 마지막으로 이 책의 제목을 '가슴으로도 쓰고 손끝으로도 써라'로 택하신 이유를 듣고 싶습니다.

이 책은 총 26장으로 구성되어 있는데, 그 중 제18장의 제목이 바로 이 책의 제목이 된 셈인데, 나름대로 굳이 의미를 부여하자면 이렇습니다. 시를 가슴으로 쓰라는 것은 '작품의 진정성'을 중요시하라는 뜻이고, 시를 손끝으로 쓰라는 것은 '형식적 표현기술'을 중요시하라는 뜻입니다. 저의 경우는 손끝으로 먼저 배운 축에 속하는데, 그렇다고 가슴을 잃어버린 적은 없습니다. 그래서 특별히 어떤 쪽을 택하지 않고, '가슴으로도 쓰고 손끝으로도 써라'로 제목을 정한 것입니다.

가슴으로는 붉고 뜨거운 정신을 찾고, 손끝으로는 푸르고 차가운 언어를 매만지는 것이 시를 쓰는 데 필요한 두 가지이면서 한 가지가 되는 것입니다. 시를 읽으시는 분이든 시를 쓰고자 하는 분이든, 이 두 가지를 한 가지로 여길 수 있는 마음의 눈을 가질 수 있도록 시 공부 열심히 하시길 당부 드립니다.

'시'가 아니라 '시적인 것'에 대하여

시에 미혹되어 살아온 지 30년이다. 여전히 시는 알 수 없는 물음표이고, 도저히 알지 못할 허공의 깊이다. 그래서 나는 시를 무엇이라고 말할 자신이 없으므로 다만 '시적인 것' 을 탐색하는 것으로 소임의 일부를 다하고자 한다. '시적인 것' 의 탐색이야말로 시로 들어가는 가장 이상적인 접근 방식이라 믿는다. 그것은 고정되어 있지도 않고 유동적이기 때문에 모든 시적 담론의 변화에 기민하게 대처할 수 있다. 그 누구라도 시의 성채를 위해 '시적인 것' 을 반죽하거나 구부러뜨릴 수도 있다. 이 책은 내 누추한 시 창작 강의노트 속의 '시적인 것' 을 추려 정리한 것이다.

《가슴으로도 쓰고 손끝으로도 써라》의 서문에서 시인 안도현 교수는 이렇게 고백하고 있다. 그런 책을 읽으며 우리도 '시적인 것' 으로의 탐색 여행을 떠나는 공부라면, 붉고 뜨거운 정신의 가슴과 푸르고 차가운 언어를 매만지는 손끝이 두 가지이면서 한 가지인 것을 배우는 공부라면, 이 '공부' 라는 단어는 얼마나 시적인가?

《가슴으로도 쓰고 손끝으로도 써라》, 이 책을 글 쓰는 친구들과 함께 스터디를 하며 공부했었다. 시인 안도현 교수의 글 한 줄 한 줄에 집중하고자, 돌아가면서 소리 내어 읽는 것으로 스터디를 시작했다. 공부가 끝나고 마음이 환해졌던 것을 기억한다. 아직 쓰진 않았지만, 《가슴으로도 쓰고 손끝으로도 써라》에 대해 서평을 쓰라면 그냥 이렇게만 쓰고 싶다.

"시를 사랑하는 모든 사람들과 함께 읽고 싶은, 참 좋은 책이다."

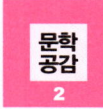

《안도현의 아침엽서》를 읽고

안도현 씨, 정말 왜 이러십니까?

"보고 싶다는 말보다 간절한 말은 / 이 세상에 없다. / 어떤 수식어가 필요하단 말인가. / 그 자체로서 완성이다." ─ 10면

도대체 누가, 보고 싶다는 말보다 간절한 말이 이 세상에 없답디까? 세상의 완성체가 겨우 아무 묘사나 서사도 없이 그저 덩그러니 놓여있는 "보고 싶다"는 말입니까?

설사 그렇다 쳐도, 그런 '보고 싶음'이, 그토록 완성체인 '보고 싶음'이 겨우 이 정도의 글귀로 획득된다고 생각합니까? 안도현 씨, 정말 왜 이러십니까?

"전화벨 소리가 없는 곳으로 피신하고 싶다. / 그곳에서 외로움이라는 사치를 누리고 싶다. / 이 희망은 아주 간절하다. 무엇과도 바꿀 수 없다." — 18면

전화벨 소리가 없는 곳에서의 외로움이라, 사치라, 무엇과도 바꿀 수 없는 희망이라. 도대체 어떤 하찮은 사치를 누려봤기에, 외로움이라는 위대한 사치를 동경하십니까? 전화벨 소리만 없으면 누릴 수 있는 외로움이라면 오히려 하찮은 사치가 아닐까요? 안도현 씨, 정말 왜 이러십니까?

"무엇이든 / 마음의 / 눈으로 보라. / 마음의 눈으로 보면 / 온 세상이 아름답다." — 23면

'마음의 눈', 이 두 어절의 말은 애매모호하여, 그저 단지 오직 애매모호하기만 하여, 어떤 설득력도 없음을 스스로 알지 않습니까? 손마디 굵어지도록 건설하지 않으면, 새까맣게 햇볕에 그을리고 노동하지 않으면, 희로애락에 지쳐 누워 올려다보지 않으면, 쉬이 다가서지 않는 그런 세상이 아니라, 그저 마음의 눈으로 보면 아름다워지는 '온 세상'이 무릉도원이라도 되나요, 유토피아라도 되나요? 그런 눈으로 보면 온 세상이 아름답다고 그 어떤 선지자가 아무도 몰래 가르쳐주었나요? 그래서, 덩달아 선지자처럼 나 같은 중생들에게 깨우쳐 주시려는 건가요? 안도현 씨, 정말 왜 이러십니까?

"외로울 때는 사랑을 꿈꿀 수 있다. / 하지만 / 사랑에 빠진 뒤에는 외로움을 망각하기 십상이다. / 그러니 사랑하고 싶거든 외로워할 줄도 알아야 한다." — 27면

앞서 말했던 그 사치스러운 외로움이 사랑의 전제입니까? 사랑에 빠져 정신없이 망각의 늪으로 늪으로 침잠하기만 하는 어리석고 한가한 한량들이 우리들 주위에 널려있기라도 합니까? 설사 그렇다 하더라도, 그들에게 잠언이랍시고, 이 구절이 기능할 것이라고 믿나요? 안도현 씨, 정말 왜 이러십니까?

"인간의 귀는 / 인간의 목소리 이외의 소리를 듣는 데 매우 인색하다. / 인간의 한계는 바로 그것이다." — 31면

인간의 한계는, 인간의 목소리 이외의 소리를 듣는 데 매우 인색한 것이 아니라, 오히려 참된 인간의 목소리를 듣는 데 매우 서툰 것이 아닐까요? 이 혼탁한 세상에서 참된 인간의 목소리들이 그리워지는 밤, 잠 못 이루고 절절한 밤, 잘 아시잖아요? 인간의한계에 대한 실존적 고뇌를 참된 작가들이 어떻게 노래해 왔는지 잘 아시잖아요? 안도현 씨, 정말 왜 이러십니까?

지금껏만큼 더 할 말이 있습니다마는, 이만 줄입니다. 안도현씨, 정말 왜 이러십니까? 내가 참으로 아끼고 사랑하고 믿는 시인, 안도현 씨, 정말 왜 이러십니까?

2002. 12. 19

오래 전 일기장을 뒤지니, 시인 안도현 고수의 책에 대한 비판적인 서평이 적혀 있다. 좀 늦었지만, 사과하고 싶다.

12

문학은 상품이 아니다

노란 불빛의 서점을 서성이던 수많은 밤들. 그간의 발자국이 노란 불빛 속에 탐스럽게 쌓인 어느 차가운 겨울날. 올 날은 반드시 온다. 밤은 깊고 의식은 시작됐다. 바람은 허공을 휘갈기는데, 영혼은 낮게 낮게 고요하다. 서점에 들어선다. 탐욕과 무지의 더께를 거두고 맑은 영혼의 음성이 안내하는 대로 더듬더듬 불멸의 경전 한 권을 찾아낸다. 행여 아직 남은 불온한 정념의 티끌이 지폐에 묻어 들어갈까 봐, 카운터에서 비밀스럽게 갖는 찰나의 묵상. 이제 지폐와 불멸의 경전이 운명의 주인을 달리한다. 주인의 운명도 달라지리라!

운명의 날

행간을 지나온 말들이 밥처럼 따뜻하다

한 마디 말이 한 그릇 밥이 될 때

마음의 쌀 씻는 소리가 세상을 씻는다

글자들의 숨 쉬는 소리가 피 속을 지날 때

글자들은 제 뼈를 녹여 마음의 단백이 된다.

서서 읽는 사람아

내가 의자가 되어줄게 내 위에 앉아라

우리의 눈이 닿을 때까지 참고 기다린 글자들

말들이 마음의 건반 위를 뛰어다니는 것은

세계의 잠을 깨우는 언어의 발자국 소리다

엽록처럼 살아 있는 예지들이

책 밖으로 뛰어나와 불빛이 된다

글자들은 늘 신생을 꿈꾼다

마음의 쟁반에 담기는 한 알 비타민의 말들

책이라는 말이 세상을 가꾼다.

이기철, 「따뜻한 책」 전문

(이기철, 《가장 따뜻한 책》, 민음사, 2005. 수록)

누군가의 간절한 눈이 닿을 때까지 오랜 세월을 참고 또 참고 기다린다. 신생新生을 꿈꾸고 세상을 가꾸려고 오랜 세월 노란 불빛의 서점 한 귀퉁이 서가에서 운명의 주인을 기다리고 또 기다린다. 책의 운명이란 그런 것이다. 문학이라고 그 운명이 무엇이 다를까? 하지만 그 운명의 주인은 언제나 조금 늦게 온다. 너무 조급하게 오면 그 인고의 세월을 행여 감득感得하지 못할까봐. 조금 망설이다 온다. 서서 읽지 말라고 의자로 내어주는 따뜻한 문학의 굳센 등에 함부로 앉는 게 행여 불경스러울까봐.

오직 서점에서만 펼쳐지는 세상에서 가장 예의바른 풍경이다. 아랫목 온돌석처럼 따뜻한 풍경이다. 예의바르게 따뜻한 의식은 끝나고, 문학의 성소聖所가 세상을 향해 또 하나의 주사위를 던진다.

이제 한 권의 책과 한 사람의 독자가 새로운 운명의 날을 시작한다.

문인의 초상

여기에 모은 시인들의 사진과 초상은 피천득 선생이 직접 수집해서 소장한 것들을 스캔 받아서 인쇄한 것들이다. 선생은 자신이 흠모하는 시인들의 시를 애송하는 것에 그치지 않고 이들의 초상을 수집하기도 했는데, 이 중에는 현재 구하기 힘든 희귀한 자료도 있다. 선생 자택에 가면 이들의 초상이 액자에 넣어져 서가의 한 면을 장식하고 있다.

(피천득, 《내가 사랑하는 詩》, 샘터, 2005, 8쪽)

피천득 선생의 시모음집 《내가 사랑하는 시》를 펼치면 제일 먼저 수많은 시인들의 초상들이 실려 있다. 결국 선생의 시집을 읽기 위해서는 우선 선생이 생전에 곱게 액자에 담아둔 수많은 시인들의 초상을 보아야 한다. 선생의 시 사랑이야 널리 알려져 있지만, 알고 보니, 선생은 시를 사랑하시기 전에 시인을 더 사랑하셨나 보다. 선생은 그들의 초상을 서가 한 면 가득 채우고서야 그들의 시를 비로소 아끼며 읽고 섬겨 번역하신 것이다.

사진작가 최민식 씨는 후배들에게 인물사진의 위대한 정신적 가치를 발견하라는 충고와 함께 '인물사진을 찍는 이유'를 다음과 같이 기술하고 있다. 사진과 인간, 예술과 삶 등에 대한 압축적인 충고를 읽고 있자니 피천득 선생의 시인 사랑을 새삼 느끼게 된다.

> 우리는 왜 인간을 찍는가. 인물사진은 예술인 동시에 삶 그 자체이다. 그런 의미에서 인물사진은 인간이 걸어온 길의 흔적, 그 의미에 오래 매달려 있는 셈이다. 우리는 진실을 위하여 살고 있으며, 인생의 진실은 여기저기 깔려 있다. 이것을 표현하는 것이 사진이다. 인물사진이란 인생의 참뜻을 표현하는 것이다.
>
> (최민식, 《사진은 사상思想이다》, 눈빛, 2009, 176~177쪽)

단지 인물사진이 좋아 거액을 주고 제법 고급 카메라를 산 후, 서점에서 인물사진 잘 찍는 법을 알려주는 책을 고르다, 아주 깜짝 놀라운 책과 우연히 만났다. 1970년을 전후로 해서 찍은 문인 사진들을 맛깔스러운 글과 함께 펼쳐놓은 육명심 씨의 《문인의 초상》이 바로 그 책이다.

'내가 사랑하는 시'가 아니라 '내가 사랑하는 시인(혹은 문인)'이 테마인 《문인의 초상》을 보고 읽는 동안 때로는 존경하는 문인들의 눈동자를 보며 압도당했고, 때로는 밀려드는 그리움과 안타까움에 한숨지었고, 때로는 결코 잊을 수 없는 시대정신을 읽으며 숙연해졌다. 하지만 한 번 두 번 읽고 보고, 또 읽고 보고 있자니, 저자인 육명심 씨의 서문에 동의하게 되었다. 이 책이 담은 사진의 주인공들은 그저 대중목욕탕에서 우리와 만날 수도 있는, 그저 '한 인간'이었다.

> 몇 년 동안 문인 사진을 작업하다 보니 대상을 보는 눈이 처음과는 크게 달라졌다. 처음에는 시인이면 시인, 소설가면 소설가로만 보였는데 해가 거듭되면서 문인들이 예술가이기에 앞서 한 인간으로 보이기 시작했다. 다시 말해 예술가라는 옷을 벗어버린 원래 타고난 그대로의 모습이 눈에 들어왔다. 그러면서 각각의 몸에서 풍기는 독특한 체취와 숨결을 맡을 수 있게 되었다.
>
> (육명심, 《문인의 초상》, 열음사, 2007, 6~7쪽)

문인들의 진짜 초상

그저 세상 앞에 벌거벗은 우리와 똑같은 '한 인간'이 어떻게 그토록 위대한 문학을 창조했는가? 우리가 젊은 날을 바쳐 경건하게 읽어냈던 문학의 창조자가 어떻게 이토록 평범한, 한 사내요 한 아낙에 불과한가? 하지만 이 불가사의는 슈테판 츠바이크의 《발자크 평전》의 한 대목을 읽으면 아주 통쾌하게 풀리고 만다.

세계 문학사상 알려진 가장 지치지 않는 노동의 인간인 진짜 발자크를, 아무것도 안 하고 빈둥거리는 사람들은 이들 고즐랑, 베르데, 자넹 등은 보지 못했던 것이다. 그들은 '그가 세계에 내줄 수 있는, 하루 중의 단 한 시간' 동안만 그를 보았기 때문이다.

창작에 바쳐진 감추어진 고독의 스물세 시간을 그들은 몰랐다. 그가 사람들 사이로 나가는 것은 감옥 뜰에서 산책해도 좋다고 죄수에게 허락된 반 시간이나 한 시간이었던 것이다. 유령들이 자기들의 시간을 끝내는 마지막 종소리와 함께 땅의 어둠 속으로 사라지듯이 그는 이 짧은 시간 과도한 기분을 낸 뒤 다시 자신의 감옥으로, 자신의 작품으로 돌아가야만 했다. 이들 아무것도 안 하는 아이러니의 졸작자들은 그 위대성을 짐작조차 하지 못했다. (…)

발자크의 달력은 자기 시대의 달력과 같았던 적이 없었다. 다른 사람들에게 낮이었던 시간은 그에게 밤이었고, 다른 사람들에게 밤이었던 시간이 그에게 낮이었다. 일상적인 세계가 아니라 스스로 만들어낸 자신만의 세계에 바로 그의 진짜 존재가 있었다. 진짜 발자크에 대해서는 그의 노동 감옥의 벽 네 개 이외에는 그 누구도 알지도 보지도 엿듣지도 못했다. 그의 동시대 사람 누구도 그의 진짜 전기를 쓸 수가 없었다. 그의 작품이 그를 위해 그 일을 했다.

(슈테판 츠바이크, 《발자크 평전》, 푸른숲, 1998, 234~235쪽)

저자인 육명심 씨가 제아무리 위대한 사진작가일지라도, 절대로 찍을 수 없는 그 무엇이 문인들에게는 있다. 설령 제대로 사진 속에 담아냈다 한들 무슨 소용이겠는가. 우리가 절대로 알아챌 수 없는 문인들의 진짜 초상은 오직 그들의 작품을 읽고 또 읽어야 그 윤곽이나마 어림잡을 수 있을 터인데.

육명심 씨는 그의 다른 책에서 천신만고 끝에 가야산 해인사 백련암의 성철 스님을 만나 뵙고 스님을 카메라 앞에 앉혀 드리는 데까지는 성공했지만, 결국은 스님의 사진을 찍지 못한 사연을 이야기해 주고 있다. 육명심 씨의 작가정신 또한 알아줄 만하여 여기 소개한다. 그러고 보면 육명심 씨가 가장 잘 알고 있을 것 같다. '문인의 초상'이 가지는 한계를 말이다.

나는 스님께 공손히 여쭈었다. "스님. 오늘 저는 사진 안 찍습니다. 아니 못 찍습니다." 의아스러운 눈빛의 스님께 그 까닭을 말씀드렸다. 그때 스님 얼굴이 두 눈두덩 부위가 약간 표가 날까말까하게 부은 듯했다. 그래서 못 찍는다 했다. (…) 고개를 약간 끄덕이던 스님은 해동을 하거들랑 4월 초파일 지나서 다시 오라 했다. 심장이 좋지 않아서 겨울철이면 이런 증상이 가끔씩 있다고 했다.

스님께 하직 인사 올리고 가야산 산길을 내려왔다. 그리고 성철 스님 촬영은 이것으로 영영 끝났다. 그해 4월 초파일이 지나서 나는 가지 아니했다. 그 다음 해도 또 그 다음해에도 스님과의 약속을 지키지 아니했다. 누군가가 그 사이 스님을 찍었다는 소문을 들었다. (…) 누가 찍었든지 일단 찍었으면 되었다. 그 모습은 앞으로 기록으로 남을 테니까. 어떤 점에서 사진은 꼭 카메라로만 찍는 것만이 다가 아니다. 오히려 내 육안의 망막으로 찍는 무집착의 촬영법이 이 선승이 두는 단수 높은 인생의 바둑 한 판의 대국이 될 수도 있으니까 말이다.

(육명심, 《사진으로부터의 자유》, 눈빛, 2005, 15~16쪽)

가지 않은 길

《문인의 초상》에서 카메라에 담은 일흔한 분의 문인들 중 절반 정도는 이제 이 세상 분이 아니시다. 더 이상은 우리의 망막으로조차 찍을 수 없는 분들의 초상을 정성껏 쓰다듬으며 추모와 공경의 염念에 젖다 보니, 문득 로버트 프로스트의 명시, 「가지 않은 길」이 떠올랐다.

노란 숲 속에 두 갈래 길이 있었습니다.
나는 두 길을 다 가지 못하는 것을
안타깝게 생각하면서
오랫동안 서서 한 길이 꺾이어
바라다볼 수 있는 데까지
멀리 바라다보았습니다

그리고, 똑같이 아름다운 다른 길을 택했습니다

그 길에는 풀이 더 있고

사람이 걸은 자취가 적어 아마 더 걸어야 될 길이라고 생각했었던 게지요

그 길을 걸으므로 그 길도

거의 같아질 것이지만

그 날 아침 두 길에는

낙엽을 밟은 자취는 없었습니다

아, 나는 다음 날을 위하여 한 길은 남겨 두었습니다

길은 길과 맞닿아 끝이 없으므로

내가 다시 돌아올 것을 의심하면서

훗날에 훗날에 나는 어디선가

한숨을 쉬며 이야기할 것입니다

숲속에 두 갈래 길이 있었다고

나는 사람이 적게 간 길을 택하였다고

그리고 그것 때문에 모든 것이 달라졌다고

로버트 프로스트, 「가지 않은 길」

피천득, 《내가 사랑하는 詩》, 샘터, 2005, 89~90쪽)

그분들도 그러셨을까? 다음 날을 위하여 남겨두신 길을 택하지 않은 것이 못내 아쉬우셨을까? 자신의 온 생애가 달라져버린 선택을 한숨 쉬며 이야기하셨을까? 알 수 없는 일이다. 하지만 이런 생각도 든다. 그 험난한 20세기를 굳은 심지 잃지 않고 꼿꼿이 펜 한 자루로 살아내신 그분들 뒤를 이어 후배 문인들이 그 '가지 않은 길'을 쓰고, 문학을 사랑하는 우리 독자들이 그 '가지 않은 길'을 읽으면 되지 않을까!

오늘도 노란 불빛의 서점에서는, 한 권의 문학과 한 사람의 독자가 새로운 운명의 날을 시작한다.

[사례 1]

A. 1960대 한 사내의 〈하녀〉 감상

1960년 10월 어느 날, 〈전남매일신문〉에서 김기영 감독의 〈하녀〉가 명보극장에서 12월에 개봉한다는 소식을 접하다. 마침내 12월. 서울 사는 친구와 편지를 교환하며 〈하녀〉를 같이 보기로 하다. 약속 전날, 전남 나주에서 기차 타고 아내의 친정집 광주로 이동하다. 약속 날 아내와 함께 광주에서 호남선 타고 서울로 이동하다. 10시간 만에 명보극장에 도착, 친구와 아내와 함께 〈하녀〉를 보다. 아내는 끼니 걱정에 눈물을 흘리지만, 정작 본인은 황홀함에 어쩔 줄 몰라 하다. 철없는 이 사내를 어찌할거나! 영화 감상 후 친구 집에서 하루 묵다. 다음날 10시간 넘게 기차 타고 귀향하다. 총 경비 = 한 달 봉급의 1/3

B. 2010년 어느 사내의 〈하녀〉 감상

2010년 5월 어느 날 아침 6시 기상하다. 아침 식사 후 갑자기 임상수 감독의 〈하녀〉가 보고 싶어지다. 인터넷 뒤져 가까운 극장에서 〈하녀〉가 오전 8시 15분에 상영함을 확인하다. 서둘러 극장으로 20분 만에 이동하다. 영화 감상 후 오전 10시 반에 집에 도착하다. 총 경비 = 6,000원(동네 식당의 설렁탕 한 그릇 값에 해당)

[사례 2]

A. 1983년의 어느 대학생

1983년 5월 어느 날 시인 김지하 선생의 시집 《타는 목마름으로》를 읽어야 하겠다고 결심하다. 도서관에도 서점에도 헌책방에도 없음을 확인하다(당시 금서였음). 당시 교제하던 여자친구 언니가 이 시집을 가지고 있다는 소리를 들은 적이 있기에, 학보를 보내면서 여자친구에게 이 사연을 전달하다(당시 그녀와의 연락 방법이 그것밖에 없었음). 1주일 후 여자친구로부터, 언니한테서 《타는 목마름으로》를 구했다는 소식과 함께 주말에 돈암동 성신여대 앞 한 커피숍에서 만나기로 약속하는 학보를 받다. 약속한 날 만나 시집을 건네받다. 그날 밤 읽다.

B. 2010년의 어느 대학생

2010년 5월 어느 날 아침, 시인 김지하 선생의 시집 《타는 목마름으로》를 읽어야 하겠다고 결심하다. 인터넷 검색으로 가까운 도서관에 이 책이 열람 가능하다는 사실을 알아내다. 서둘러 그 도서관으로 직행하다. 1시간에 걸쳐 시집을 읽다.

사례 1, 2에서 A와 B의 차이는 엄청난 것이다. 지금은 문학과 예술의 창작자와 향유자 사이의 인연이 더 이상 운명적이지 않다. '간절함'에서 예전과 비교할 수 없는 차이를 보이기 때문이다. 향유자는 창작자의 창작물을 하나의 상품으로 생각하게 되었다. 그래서는 안 된다는 논리를 펴다가는 당장이라도 퇴물 취급을 받는다.

그러나 퇴물 취급을 받더라도, 억지 논리일지라도, '운명'과 '간절함'을 이야기하고 싶은 마음을 어찌할 것인가! 작가란 독자와의 운명을 간절히 기다리는 존재요, 독자 역시 작가와의 운명을 간절히 기다리는 존재라고 역설하고 싶은 마음을 어찌할 것인가?

작가! 이 거룩한 이름의 창조자여! '간절함'이 아니면 감히 범접할 수 없는 그런 창조자로서 영원토록 존재해 주길!

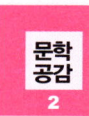

'문학작품과의 운명적 만남', 이런 것은 없어져 버린 지 오래다. 왜? '느림'과 '불편'이 없어져 버렸기 때문이다. '기다림'과 '그리움'이 실종돼 버렸기 때문이다. '빠름'과 '편리'가 문학작품과 독자의 아름다운 운명적 만남을 앗아갔다. 우리가 지금 '즐거움'이라고 부르는 것들은 허구다. '과정'이라고 하는 '실체'가 망각된 시대에 살고 있기 때문이다.

'정말로 내 것'인 것이 없고, 불량한 권위, 헛된 명예, 거품 같은 인기, 교만한 자랑거리, 이런 '가짜의 내 것'만이 있다. 그런 이들은 자신이 '실체'라고 믿었던 것이 사실은 '과정'이 없는 '허상'임을 알게 되는 순간, 그 '자아'마저도 상실한다. "나는 누구인가?" 하고 절규하는 리어왕을 창조한 셰익스피어는 얼마나 위대한가!

우리는 이제 즐거움을 얻기 위해 필사적으로 노력해야 한다. '간절함'으로 인해 스스로 일어나는 즐거움을 상실했기 때문에, 인위적인 노력으로라도 구해야 하는 것이다. 그래서 작가와 독자는 모두 예전보다 더 힘겨운 싸움을 해야 한다. 작가는 "작가는 누구인가?" 하고 더 처절하게 물어야 하고, 독자는 '작가와의 간단하고 간편한 만남'을 철저하게 경계해야 한다.

피천득 선생이 왜 작가의 초상을 서재에 고이고이 간직하고 있었는지, 우리는 깊은 반성의 마음으로 헤아려 보아야 한다. 피천득 선생이 그저 작품만이 아니라, 그 작품의 창조자의 초상을 보며 키우고 또 키웠을 그리움과 간절함을 기억해야 한다.

작가는 읽어내는 사람이기 이전에, 애타게 그리운 그런 사람이어야 한다.

13

문학은 불완전한 작가에 의해
도리어 완전해진다

충분히 완전한 작가라면, 그는 더 이상 문학을 쓰지 말고 문학을 살면 된다. 그리고 그렇게 문학을 살다 살다 때를 만나 아예 한 편의 문학이 되어 버리면 된다. 세계적으로 문명文名을 떨친, 그리하여 독자들의 열렬한 사랑과 존경을 받는 작가일지라도, 그는 언제나 불완전한 사람이요, 자신의 불완전함을 그 누구보다도 잘 아는 사람이다. 문학의 여신은 불완전한 사람만을 자신의 대리자로 삼는다.

작가는 부족하고 불완전한 사람이다

또 다른 말도 많고 많지만

삶이란

나 아닌 그 누구에게

기꺼이 연탄 한 장 되는 것

방구들 선득선득해지는 날부터 이듬해 봄까지

조선팔도 거리에서 제일 아름다운 것은

연탄차 부릉부릉

힘쓰며 언덕길 오르는 거라네

해야 할 일이 무엇인가를 알고 있다는 듯이

연탄은, 일단 제 몸에 불이 옮겨 붙었다 하면

하염없이 뜨거워지는 것

매일 따스한 밥과 국물 퍼먹으면서도 몰랐네

온 몸으로 사랑하고 나면

한 덩이 재로 쓸쓸하게 남는 게 두려워

여태껏 나는 그 누구에게 연탄 한 장도 되지 못하였네

생각하면

삶이란

나를 산산이 으깨는 일

눈 내려 세상이 미끄러운 어느 이른 아침에

나 아닌 그 누가 마음 놓고 걸어갈

그 길을 만들 줄도 몰랐었네, 나는

안도현, 「연탄 한 장」 전문

(안도현·송수권, 《연탄 한 장》, 비앤엠, 2006, 수록)

나 아닌 그 누구에게 기꺼이 연탄 한 장 되는 것이, 또 나를 산산이 으깨는 일이 바로 삶이었음을, 시인은 연탄 한 장의 숭고한 가치를 몰랐기에 도리어 불현듯 알게 되었다. 온 몸으로 사랑하고 나면 한 덩이 재로 쓸쓸하게 남는 게 두려웠던, 또 눈 내려 세상이 미끄러운 어느 이른 아침에 그 누가 마음 놓고 걸어갈 길을 만들 줄도 몰랐던 보잘것없는 자기 자신을, 시인은 연탄 한 장의 숭고한 가치를 몰랐기에 도리어 알게 되었다.

문학의 여신은 불완전한 사람만을 자신의 대리자로 삼는다.

헬렌 켈러가 정말 알게 된 것

우리는 우물을 뒤덮은 인동덩굴 향기에 이끌려 오솔길을 따라 내려갔다. 누군가 물을 끌어올리고 있었고 선생님은 물이 뿜어져 나오는 꼭지 아래 내 손을 갖다 대셨다. 차가운 물줄기가 나의 한쪽 손 위로 쏟아져 흐르는 동안 선생님은 나의 다른 쪽 손에 처음에는 천천히, 두 번째는 빠르게 '물'이라고 쓰셨다. 나는 선생님의 손가락이 움직이는 것에 온 정신을 집중한 채 가만히 서 있었다. 잊고 있던 무언가가 갑자기 희미하게 떠오르는 것을 느꼈다. 생각이 되돌아오는 감격에 전율이 일었다. 언어의 신비가 내 앞에서 베일을 벗는 순간이었다. 그제야 나는 '물'이 내 손 위로 흘러내리는 그 차갑고 놀라운 물질을 뜻한다는 것을 알았다.

(헬렌 켈러, 김명신 옮김, 《헬렌 켈러 자서전》, 문예출판사, 2009, 39쪽)

이 놀랍도록 아름답고 기품 있는 글을 쓴 사람은 우리에게 보지도 듣지도 말하지도 못했던 소녀로 알려진 20세기의 기적 헬렌 켈러다. 설리번 선생을 만나고 처음으로 언어의 신비에 눈뜨게 되는 이 감동적인 글에서 헬렌 켈러가 정말 알게 된 것은 자신의 손 위로 흘러내리는 물질이 물이라는 사실이 아니라, 자신이 무엇이 어떻게 불완전한 존재인가이다. 이후로 그는 언제나 자신의 불완전함을 잊지 않았고, 그랬기에 완전함의 교만이 절대로 닿을 수 없는 것들을 평생토록 보고 듣고 말할 수 있었다.

사흘만 볼 수 있다면

작년에 작고하신 장영희 교수의 한 책(《문학의 숲을 거닐다》, 샘터,

2005)에서 장 교수가 가장 인상 깊게 읽은 수필이 바로 〈사흘만 볼 수 있다면〉이라는 대목을 읽고, 바로 이 수필을 읽었던 기억이 난다. 세계적으로 유명한 잡지인 〈리더스 다이제스트〉가 '20세기 최고의 수필'로 선정한 이 글은 우리가 상상도 할 수 없는 중증 감각 장애인을 훌륭하게 극복해 낸 인간승리의 장본인 헬렌 켈러의 작품이다.

장 교수는 이 수필을 읽고 커다란 충격을 받았다고 고백하고 있었다. 장 교수가 충격을 받았다니 당연히 읽어 봐야 하겠다, 그래서 커다란 충격 한번 받아 봐야 하겠다, 마음먹고 읽었다. 하지만 이상하게 충격이 오지 않았다. 헬렌 켈러의 유명세 때문에 주목받았을 뿐인, 10분에서 15분이면 읽어낼 수 있는 그저 그런 수필 한 편처럼 보였다. 충격이라기보다는 실망감만 느꼈다.

몇 달인지 몇 년인지 세월이 가고, 우연히 다이앤 애커먼의 《감각의 박물관》을 읽게 되었다. 인간의 모든 감각의 미로를 따라가면서 감각의 기원과 진화과정을 추적해 나간 이 책은 저자의 다양한 분야의 박학한 지식과 감성이 돋보이는 책이었다. 그런데 감각의 전문가라 할 수 있는 다이앤 애커먼이 쓴 이 책의 서문에는 아주 놀라운 대목이 있었다.

우리는 삶의 결을 다시 느껴야 한다. 20세기를 산다는 것은 대개 직접적인 삶의 감각을 피해 황량하고, 단순하고, 금욕적이며, 사무적인 일상으로 찌그러지기 위한 노력이었다. 그러한 일상에 부적절한 또는 심미적인 정열 같은 것은 없다. 역사상 가장 감각적 경험을 즐겼던 사람은 클레오파트라, 마릴린 먼로,

프루스트처럼 육체적 쾌락에 빠진 이들이 아니라 삼중의 장애를 지닌 여성이었다. 눈이 보이지 않고, 귀가 들리지 않고, 말을 할 수 없었던 헬렌 켈러는 라디오에 두 손을 올려놓고 음악을 즐길 때면 나머지 감각을 섬세하게 조율하여 관악기와 현악기의 차이를 구분할 수 있었다. 헬렌 켈러는 친구인 마크 트웨인의 입을 통해 미시시피 강 근처의 활기 넘치는 남부 생활에 관한 이야기를 들었다. 그녀는 자신이 탐욕스럽게 탐색했던 생의 압도적 향기, 맛, 촉감, 느낌에 대한 긴 글을 썼다. 그녀는 장애에도 불구하고 동시대의 많은 이들에 비해 훨씬 더 살아 움직이는 삶을 살았다.

(다이앤 애커먼, 백영미 옮김, 《감각의 박물관》, 작가정신, 2004, 11~12쪽)

따지고 보면, 우리는 보아야 될 것만 보는 단순함, 의식을 치르듯 정형화된 성애, 처리해야 할 일을 좇아 돌아다니는 잿빛 도로와 거리, 뭐 이런 일상적이고 전혀 심미적이지 못한 것들 속에서 사는 무감각의 인간이 아닌가. 우리의 감각이 닿아야 하고, 닿을 수 있었던 '생의 압도적 향기, 맛, 촉감, 느낌'이, 숨가쁘게 돌아가는 우리 생에서 얼마나 멀리 떨어져 있었던가.

다시 읽어야 했다. 부질없이 화려한 기교와 교만한 지성이 번들거리는 글이 아니라, 평이한 내용과 자상한 문체가 도리어 빛나는 글, 헬렌 켈러가 때로는 삼중고를 이겨내며, 때로는 삼중고를 소중하게 품으며 눈물겹게 터득했을, 살아 움직이는 삶의 모든 감각들이 자연스럽게 녹아 있는 〈사흘만 볼 수 있다면〉을 다시 읽어야 했다. 헬렌 켈러의 이 위대한 수필의 아래 대목을 읽고, 볼 수 없는 이의 유감에,

그리고 볼 수 있는 우리의 부끄러움에 충격을 받아야 했다. 〈사흘만 볼 수 있다면〉을 제대로 볼 수 없었다는 점에서 이미 감각의 실패자였던 것을 인정해야만 했다.

> 볼 수 있는 눈을 가진 사람들은 그 아름다움을 거의 보지 못하더군요. 세상을 가득 채운 색채와 율동의 파노라마를 그저 당연한 것으로 여기면서 자신이 가진 것에 감사할 줄 모르고 갖지 못한 것만 갈망하는 그런 존재가 아마 인간일 겁니다. 이 빛의 세계에서 '시각'이라는 선물이 삶을 풍성하게 하는 수단이 아닌, 단지 편리한 도구로만 사용되고 있다는 건 너무나 유감스러운 일입니다.

첫째 날

> 첫째 날에는 친절과 겸손과 우정으로 내 삶을 가치 있게 해준 사람들을 보고 싶습니다. 먼저, 어린 시절 내게 다가와 바깥 세상을 활짝 열어 보여주신 사랑하는 앤 설리번 메이시 선생님의 얼굴을 오랫동안 바라보고 싶습니다. 선생님의 얼굴 윤곽만 보고 기억하는 데 그치지 않고 그것을 꼼꼼히 연구해서, 나 같은 사람을 가르치는 참으로 어려운 일을 부드러운 동정심과 인내심으로 극복해낸 생생한 증거를 찾아낼 겁니다.

우리에겐 설리번 같은 선생님이 없다. 아니 설리번 같은 선생님이 없는 것이 아니라, 헬렌 켈러가 설리번 선생님을 대하듯, 온전히 괴

롭히고 온전히 동정 받고 온전히 사랑했던 선생님이 없다고 해야 옳
을 것이다.

우리는 선생님께 마치 엄마에게 하듯 응석부리고 개구쟁이같이 정
겹게 까불어 드리지 못했다. 우리는 선생님께 마치 구원자에게 하듯
철저히 좌절한 채 무릎을 꿇고 동정을 바라는 두 손을 모아 드린 적
이 없다. 우리는 선생님께 마치 연인에게 하듯 예쁜 꽃 한 송이, 정성
스러운 러브레터 한 장 보내 드린 적이 없다. 안 그런가?

우리는, 헬렌 켈러와 너무도 달리, 진짜로 보기 위해 우선 해야 할
일을 한 적이 없다. 볼 수 있는 능력이 태어날 때부터 당연히 주어지
는 능력이라는 생각에, 진짜로 보기 위해 해야 할 일을 한 적이 없는
사람에게, 신은 진짜로 보아야 할 것을 진짜로 볼 수 있는 눈을 절대
로 주지 않는다는 준엄한 사실에 단 한 번도 겁먹은 적이 없다. 안 그
런가?

> 첫째 날 밤, 나는 하루 동안의 기억들로 머릿속이 가득 차서 도무지 잠을 이
> 룰 수가 없을 겁니다.

우리는 벅찬 감동에 충만해 잠 못 드는, 그래서 밤새 잠을 설쳐도
아침에 상쾌하게 일어날 수 있는, 그런 감격과 축복의 밤을 지새본
적이 없다. 대신 매너리즘에 빠진 비효율적인 학업과 업무에 늘어지
고, 컴퓨터 게임, 음주가무, 충동적인 섹스 등 말초적인 쾌락에 심신
이 지쳐서, 단잠을 잃어버린 불면의 밤만을 가졌다. 지난 하루에 감

사하고, 내일 떠오를 태양이 비춰주는 또 하나의 하루를 기다리는, 그런 값진 밤을 잃어버렸다. 안 그런가?

우리는 하루 동안의 보람찬 기억들이 머릿속에 가득 차서, 불필요하고 해로운 기억들을 밀어내고 뇌세포를 편안히 해 주지 않는 사람에게, 신은 지난 하루를 가치 있는 하루로 마무리하는 지혜를 절대로 주지 않는다는 준엄한 사실에 단 한 번도 겁먹은 적이 없다. 안 그런가?

둘째 날

> 앞을 볼 수 있게 된 둘째 날, 나는 새벽같이 일어나 밤이 낮으로 바뀌는 그 전율어린 기적을 바라보겠습니다. 태양이 잠든 대지를 깨우는 장엄한 빛의 장관은 얼마나 경외로울까요.

내일 태양이 언제나처럼 떠오르기만 하면, 그래서 삼라만상을 물리적으로 비춰 주기만 하면, 세상의 모든 가치 있는 사람들과 가치 있는 사물들이 우리 눈에 보이는 것은 아니다. 우리는 생물학적으로 생존해 있기만 하면, 그래서 시신경이 제대로 작동하기만 하면, 내일은 어제보다 더 빛나는 태양이 뜨고, 세상은 우리에게 어제보다 더 나은 활기찬 모습으로 우리에게 보일 것이라고 생각했다. 안 그런가?

어제에 감사하고 또 다시 주어지는 축복의 하루인 내일을 소풍 기다리듯 설레는 마음으로 기다릴 줄 모르는 사람에게, 신은 절대로 내일의 진짜 세상을 보여주지 않는다는 준엄한 사실에 우리는 단 한 번도 겁먹은 적이 없다. 안 그런가?

나는 예술을 통해 인간의 영혼을 탐색하는 일에 둘째 날을 바치고 싶습니다. (…) 예술가들은 진정으로 예술을 깊이 감상하려면 보는 눈을 길러야만 한다고 말합니다. 선과 구성과 형태와 색의 장점을 이해하려면 경험이 필요하다고 말입니다. 만약 내가 볼 수 있어 그런 환상적인 공부에 뛰어들 수 있다면 얼마나 기쁠까요! 그렇지만 내 주위의 볼 수 있는 사람들은 예술의 세계를 그저 캄캄한 밤처럼, 빛이 없는 미지의 세계처럼 이야기들 하더군요. 아름다움은 그렇게 방치되어 있는데, 그 열쇠를 간직하고 있는 메트로폴리탄 미술관을 떠나야 한다는 것이 매우 섭섭하리라 생각합니다. 그러나 볼 수 있는 사람이라면 아름다움으로 들어가는 열쇠를 찾기 위해 굳이 메트로폴리탄까지 찾아갈 필요가 있을까요? 똑같은 열쇠가 그보다 더 작은 미술관이나 또는 도서관의 서가에 꽂힌 책들 속에도 있는걸요.

헬렌 켈러의 사흘 계획표에는 예술작품을 볼 기회가 단 하루 주어졌다. 헬렌 켈러가 사흘 중 하루를 바친 예술품 감상에, 우리는 수십 년 중에 도대체 얼마나 바치는가? 우리는 미술관을 즐겨 찾기는커녕 TV 앞에 늘어져 앉거나 누워, 막장 드라마를 보고, 걸 그룹들의 유치한 댄스와 삼류개그에 참을 수 없이 가벼운 시간을 죽이며, 그것을 영혼의 휴식으로 착각한다. 또한 예술 관련 교양서, 그것도 아주 양서에 해당하는 값진 책에, 소모적으로 지출하는 용돈의 1/10도 할애하지 않는다. 예술을 통해 인간의 영혼을 탐색하는 일의 가치를 생각하기에 우리의 눈은 너무도 쓸데없는 것을 많이 본다. 안 그런가?

예술의 세계를 그저 캄캄한 밤처럼, 빛이 없는 미지의 세계처럼 이야기하는 사람에게, 신은 정말 가치 있는 세상의 정말 가치 있는 모습을 볼 수 있는 해맑고 창조적인 눈을 절대로 주지 않는다는 준엄한 사실에 우리는 단 한 번도 겁먹은 적이 없다. 안 그런가?

마지막 셋째 날

오늘은 현실세계에서 사람들이 일하며 살아가는 모습을 구경하며 보낼까 합니다. (…) 내 눈은 언제나 행복과 불행 모두에 주목합니다. 말하자면 사람들이 일하며 살아가는 방법을 더 깊이 탐구하고 이해하기 위해서 언제나 행복과 불행 양쪽으로 활짝 열려 있습니다. 내 마음속은 사람들과 물건들의 이미지로 가득합니다. 또한 내 눈은 아무리 사소한 것이라도 가볍게 지나치지 않습니다. 눈길이 머무는 것마다 놓치지 않고 붙잡기 위해 나는 애를 씁니다. 나를 즐겁고 행복하게 해주는 광경들도 있지만, 불행하고 비참하게 만드는 광경들도 있습니다. 그렇다고 해서 불행하고 비참한 광경에 눈을 감고 외면하지는 않겠습니다. 그것도 삶의 일부이기 때문입니다. 그것에 눈감는 것은 마음과 정신에 눈감는 것이니까요.

우리는 불행하고 비참한 광경에 눈을 감고 외면하는 세상에 살고 있다. 함께 가는 세상이 아니라 남을 밟고 가는 고독한 발걸음을 성공의 발걸음이라고 착각하는 각박한 세상에 살고 있는 것이다. 성공이 곧 행복이요 낙오가 곧 불행인, 그래서 반칙을 해서라도 성공한 사람들이 살아가는 모습에서 헛되이 자신의 행복을 꿈꾸는 사람이 되었다. 다른 한편으로 우리는 타인에게서 내면에 숨겨진 진심이나 순수한 마음의 양식이 아니라 경제력이나 그럴듯한 직업과 외모만을 보는 탁한 눈을 가진 사람이 되었다. 안 그런가?

우리는 행복과 불행을 함께 볼 줄 아는 사람에게만, 신이 가치 있는 행복을 발견할 수 있는 지혜로운 눈을 주고, 타인의 내면과 외적 면모를 균형 있게 볼 줄 아는 사람에게만, 신이 정말로 나를 사랑해 주고 내가 사랑할 가치가 있는 친구와 배우자를 준다는 준엄한 사실에 단 한 번도 겁먹어 본 적이 없다. 안 그런가?

자정이 되어 암흑으로부터의 유예 기간인 사흘이 마침내 끝나면, 나에겐 다시 영원한 밤이 이어지겠지요. 물론 그 짧은 사흘 동안 내가 보고 싶었던 모든 것을 다 볼 순 없습니다. 어둠이 다시 내린 후에야 얼마나 많은 것들을 빠뜨리고 보지 못했는지 비로소 깨닫게 될 겁니다. 하지만 내 마음은 멋진 기억들로 가득 차 있어서 빠뜨린 것에 대해 아쉬워할 겨를도 없으리라 생각합니다. 이후부터는 만지는 것마다 사흘의 기적이 가져온 멋진 기억들이 따라와서 그 물건의 모습을 떠올려줄 테니까요.

헬렌 켈러에게 주어진 사흘이 마침내 끝났다. 하지만 그는 아쉬워할 겨를이 없다. 그것은 정상인의 눈을 가질 수 있었던 사흘 동안 충분히 많은 것들을 봐서가 아니다. 다시 시각 장애인으로 돌아가더라도, 지난 사흘 동안의 기적이 가져온 멋진 기억들이, 사흘 전의 자신보다 더 나은 자신으로 만들어줄 것이 너무 기대돼서다. 자신만의 보는 방식이 더 고유해져, 더 고유한 자신의 가치를 깨달을 수 있게 돼서다. 우리는 다르다. 우리는 우리에게 더 고유한 가치를 부여해 주는 기적의 사흘이 없다. 아니 단 하루도 그런 기적의 날은 없다. 오직 욕심내는 것을 소유하는 것에서만 우리 자신의 가치를 느끼는, 그래서 너도 나도 의사나 변호사가 되는 것에서만 인생의 기적을 보는, 서로서로의 고유함을 존중할 줄 모르는 사람이 되었다. 안 그런가?

우리는 더 고유한 자신을 깨닫게 되는 기적의 사흘이 없는 사람에게, 신은 소중한 것들을 빠뜨리지 않고 볼 수 있는 눈, 날마다 날마다 더 발전하고 더 지혜로워지는 자신을 볼 수 있는 눈을 주지 않는다는 준엄한 사실에 단 한 번도 겁먹어 본 적이 없다. 안 그런가?

헬렌 켈러의 충고

나는 장님이기 때문에, 앞이 잘 보이는 사람들에게 한 가지 힌트 ─ 시각이란 선물을 받은 사람들에게 그것을 가장 잘 사용하는 방법을 알려드릴 수 있답니다. 내일 갑자기 장님이 될 사람처럼 여러분의 눈을 사용하십시오. 다른 감각기관에도 똑같은 방법을 적용할 수 있습니다. 내일 귀가 안 들리게 될 사람처럼 음악 소리와 새의 지저귐과 오케스트라의 강렬한 연주를 들어보십시오. 내일이면 촉각이 모두 마비될 사람처럼 그렇게 만지고 싶은 것들을 만지십시오. 내일이면 후각도 미각도 잃을 사람처럼 꽃 향기를 맡고, 맛있는 음식을 음미해 보십시오. 모든 감각을 최대한 활용하세요. 자연이 제공한 여러 가지 접촉방법을 통해 세상이 당신에게 주는 모든 즐거움과 아름다움에 영광을 돌리세요. 그렇지만 단언하건대 모든 감각 중에서도 시각이야말로 가장 즐거운 축복입니다.

〈사흘만 볼 수 있다면〉을 새롭게 읽으며, 헬렌 켈러야말로 진정한 문학인의 표상이라는 생각이 든다. 그는 자신이 부족하고 불완전한 존재임을 잘 알고 있었다. 그리고 잘 알고 있는 사람만이 가질 수 있는 지혜와 겸손을 가지고 있었다. 그는 자신의 불우한 조건들을 이겨낸 사람이 아니라 도리어 그 조건들을 소중하게 품었던 사람이었다.

헬렌 켈러는 전 생애 동안 불완전했던 사람이다. 그러나 신은 이 불완전한 사람을 자신의 대리자로 삼아, 아름다운 수필 한 편을 주었다. 이 대리자의 부족하고 불완전한 점을 통해, 부족하고 불완전하면서도 스스로를 충분하고 완전한 존재로 착각하고 사는 사람들에게 다정한 교훈을 주었다.

확실히 문학의 여신은 불완전한 사람만을 자신의 대리자로 삼는다.

독일과 오스트리아에서 활동 중인 저술가 미하엘 코르트의 《광기에 관한 잡학사전》
(권세훈 옮김, 을유문화사, 2009)을 보고 있으면, 작가들 치고 정신과 육체 모두 성한
사람이 없는 듯하다.

호메로스는 장님이었고, 이솝은 노예였다. 단테는 조국으로부터 추방당한 유랑자였
고, 세르반테스는 세비야 감옥에서 《돈키호테》를 구상했다. 괴테는 파렴치한 바람둥이
로 수많은 여인들의 영혼에 상처를 줬고, 스탕달은 살아 있는 동안 그 어떤 성공도 거
두지 못한 채 심장발작으로 객사客死했다. 도스토예프스키는 도박꾼이었고, 톨스토이는
귀족으로서 민중의 정신을 이야기하는 일에 한없는 좌절감에 시달렸다. 보들레르는 평
생토록 마약중독자였고, 랭보는 성년이 되기 전에 최고 시인의 반열에 올랐지만 남들
이 습작을 시작할 나이인 19세에 시작詩作을 그만두고 광기로 살다 매독으로 죽었다.
프루스트는 파리 한복판 자신의 침실에서 짙은 커튼으로 햇빛을 완전히 차단한 채 은
둔자로 살았고, 니체는 편두통, 약시, 구토증, 불면증 등으로 고생하다 생애 마지막 11
년 동안은 심한 정신착란증에서 벗어나지 못한 채 비참하게 죽었다……

하지만 이들의 일면일 뿐인 이러한 불완전성은 작품을 통해서는 완전성으로 뒤바뀌
었다. 그들은 다양한 방식으로 불완전했기에, 다양한 명작들을 쏟아내 세계문학사를 찬
란하게 만들었다.

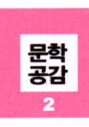

불완전한 존재의 완전을 향한 투혼! 이는 작가가 갖고 있는 원죄이자 명예다. 불완전함은 분명 결함이다. 하지만 그 결함의 존재가 완전을 향해 투혼하는 의지를 막을 수 없을 때, 문학의 신은 그를 자신의 대리자로 삼았다.

그러나 결코 간과하지 말아야 할 것은, 그들이 단지 불완전했기 때문에 완전에 이를 수 있었던 것은 아니라는 점이다. 그들의 불완전함은 죽는 날까지 불완전했다. 그들이 진정 위대한 점은 그 불완전한 운명을 품고 살았다는 사실이다. 그들은 자신에게 주어진 그 불행한 운명을 소중히 보듬고 가는 끈기의 인간이었다.

헬렌 켈러의 삼중고 극복을 우리는 흔히 '20세기의 기적'이라고 부른다. 하지만 그녀에게 기적이란 없었다. 그녀의 작품 제목처럼 '사흘만 볼 수 있다면'이라는 가정은 평생토록 가정으로 그쳤다. 그녀는 단 하루도 보지 못하고 생을 마쳤다. 헛되이 가정에 집착하지 않고, 자신의 불완전함이라는 짐을 묵묵히 지고 갔다.

지금도 문학의 신이 대리자로 삼은 수많은 불완전한 존재들이 묵묵히 짐 지고 간다. 그들이 지고 있는 짐, 그들이 짐 지고 가는 길, 문학의 비밀은 바로 그 짐과 그 길에 있는 것이다.

14

문학은 천년습작의 몸부림이다

문학은 수심이 깊은 바다와 같다. 아무런 경외감도 없는, 아무런 두려움도 없는, 아무런 가르침도 받지 않은, 그저 향기 나는 한 송이 꽃잎을 향해 날아드는 나비처럼 가벼운 독자의 날갯짓을 문학의 바다는 반기지 않는다. 아무런 준비도 없는, 돛도 상앗대도 없는, 해도海圖 한 장 손에 들지 않은, 그저 파도에 출렁이는 거룻배처럼 위태로운 독자의 상상력을 문학의 바다는 반기지 않는다. 독자의 성마른 유희의 대상이기엔 문학은 깊이를 알 수 없는 인간 영혼의 위대한 심연深淵이다. 문학이 언제부터 그리도 만만했던가?

문학이 어디 그렇게 만만한 일인가?

아무도 그에게 수심水深을 일러 준 일이 없기에
흰 나비는 도무지 바다가 무섭지 않다.

청靑무밭인가 해서 너려갔다가는
어린 날개가 물결에 절어서
공주公主처럼 지쳐서 돌아온다.

삼월三月달 바다가 꽃이 피지 않아서 서글픈
나비 허리에 새파란 초승달이 시리다.

김기림, 「바다와 나비」 전문

(김기림, 《바다와 나비》, 신문화 연구소, 1946, 수록)

도무지 문학이 무섭지 않은가? 그 누군가 문학이란 바다의 수심을 일러줬으면 하는 바람이 없는가? 그리하여 섣불리 문학의 바다에 내려갔다가는 지쳐서 돌아오고 싶은가? 바다가 꽃 피는 꽃인 줄 알았다가 속절없이 시린 초승달만 허리에 매달 것인가? 이 글을 쓰면서는 김기림의 이 상징적인 시가 이렇게도 읽힌다.

문학이 어디 그렇게 만만한 일인가?

천년습작

앞에서 시인 안도현 교수의 《가슴으로도 쓰고 손끝으로도 써라》로 시인이 어떤 사람이고 어떤 창작 과정을 거쳐 한 편의 시가 나오는지 공부했으니, 이번엔 소설 공부도 좀 하자. 소설가란 어떤 사람이고 어떤 창작 과정을 거쳐 한 편의 소설이 탄생하는지 공부하자. 소설가 김탁환 교수의 《천년습작》의 내용을 저자인 김탁환 교수와의 10문10답 형식으로 재구성해 보았다. 소설가는 아득한 시공時空을 바라보는 구도자求道者이면서 손가락에 굳은살이 배긴 막노동꾼이었다.

Q1 : "도대체 작가는 어떤 사람입니까?" 제가 성미가 좀 급해 단도직입적으로 이 질문부터 드립니다.

아, 첫 질문부터 저를 아찔하게 간드십니다. 수많은 대답이 가능하겠지만, 그중에서 저는 제가 읽은 책들이, 또 그 책들을 질투하여 베껴 쓴 시간들이 저를 작가로 만들었다고 생각합니다. 누구나 저마다의 방식으로 글을 쓰고 이야기를 단들지요. 하지만 적어도 진심을 가지고 글쓰기에 몰두한 이들을 엿보는 일은, 또 때론 그들의 목소리에 귀 기울이는 순간은, 초발심을 잃지 않고 열정을 지닌 습작에 매진하는 나날에 작지만 흔들림 없는 깃발이 될 수는 있으리라고 봅니다. 제가 지금껏 읽었던 책들에 그어놓은 밑줄이 제 가슴을 훑고 지나갔습니다. 그 밑줄들이 만든 긴 흐름의 끝에 제가 서 있는 것이겠지요.

작가란 이렇듯 항상 밑줄 긋는 자이면서 밑줄 긋는 문장을 만들기 위해 몰두하는 족속일 겁니다. 그러고 보니 작가가 어떤 사람인지보다 어찌어찌 하다 작가가 되는지를 이야기한 것 같습니다.

Q2 : 지금까지 엿보았던 '진심을 가지고 글쓰기에 몰두한 이들' 중 가장 소중하게 생각하는 한 명을 꼽는다면요?

당연히 발자크입니다. 슈테판 츠바이크의 《발자크 평전》이 번역되어 출간되지 않았더라면, 또 하필 제가 이 책의 편집을 맡았던 분으로부터 이 책을 권유받지 않았더라면, 그래서 읽지 않았더라면, 제 삶은 얼마간 달라졌을지도 모릅니다. 이 책을 읽고, 저는 얇은 귀와 바쁜 교통편과 글 쓰는 데 전혀 도움이 안 되는 술자리들로부터 자발적으로 멀어지리라 결심했습니다.

Q3 : 《발자크 평전》을 통해 발자크의 작가적 면모를 알지 못했다면, 작가가 안 될 수도 있었다는 얘기처럼 들리는데, 발자크의 어떤 점에 매력을 느끼셨는지요?

발자크는 20년 동안 수많은 희곡, 단편 소설, 기고문 말고도 거의 모두 극히 중요한 74개의 소설들을 썼고, 이 74개의 소설들 안에서 수많은 풍경들, 집들, 거리들과 2천 명의 인물들을 가진, 자신만의 세계를 창조해냈습니다. 하지만 그는 자신의 방과 책상, 그리고 자신의 글쓰기 작업을 떠나면 진정한 의미에서 자신의 중심에서 벗어나는 소설 노동자였어요. 그런 발자크를, 당시 사교계의 작가들은 우스꽝스러운 허풍선이, 엉터리 신비주의자, 허랑방탕한 낭비가라고 비웃었습니다. 그들은 발자크의 진짜 모습을 볼 줄 몰랐던 것입니다.

《발자크 평전》의 주요 대목들을 보며, 저만의 세계를 창조하는 장편소설가로서 살아갈 미래를 꿈꾸었던 것 같습니다. 평생 5만 잔의 커피를 마시며 치열하게 글을 썼던 집념과 그 집념의 산실인 그만의 작업실, 그 작업실에서 밤 12시에서 아침 8시까지 수도복을 입고 '집필'이라고 하는 거룩한 의식을 매일매일 거행했던 소설 노동자 발자크는 지금도 저의 멘토나 다름없습니다.

Q4 : 평생 5만 잔의 커피를 마시다 결국 그 커피 때문에 얻은 심장병으로 죽어간 소설 노동자 발자크에게서 그토록 매력을 느끼셨나요? 불경스러운 말씀 같지만 혹시 '광기의 인간'이 되고 싶으신 것입니까?

물론 그렇다면 그렇죠. 하지만 그 광기를 저는 '매혹'이라고 부르고 싶습니다. 제가 보내는 메일의 꼬리말에는 아래와 같은 모리스 블랑쇼의 문장이 붙어 다닙니다. "글을 쓴다는 것은 시간의 부재, 그 매혹에 몸을 맡기는 것이다." 문학청년 시절, 재능에 확신이 없어 불안하던, 그렇지만 글을 쓰지 않고는 견딜 수 없던 그때, 저는 이 문장을 발견하고 제가 왜 그토록 글쓰기에 매달리는지 단번에 알아차렸습니다. 그것은 제가 무엇인가에 '매혹' 되어 있다는 것이겠지요.

보통은 매혹당할 때 완전히 무장해제 상태에 놓입니다. 소위 넋을 놓고 바라보는 것이지요. 그런데 글을 쓴다는 것은 '매혹 아래에서 언어를 사용하는 일' 이기도 합니다. 이 특수한 상태를 소설가의 광기라 할 수도 있겠습니다.

Q5 : 시간의 부재니, 매혹이니, 이런 추상적인 말씀에 이번엔 제가 아찔해집니다. 그렇게 아찔한 말씀을 하셨지만, 그래도 일반인들도 쉽게 이해할 수 있는, 즉 현실적인 시간 안에서의 노력이 선행되지 않으면 작가로서 살아가지 못하겠죠?

당연하죠. 인간은 누구나 '백년학생百年學生' 이고, 글쓰기에 뜻을 둔 이라면 이 책의 제목인 '천년습작千年習作' 을 각오해야 합니다.

Q6 : 이번엔 화제를 좀 바꿔서 소설 창작 그 자체에 대한 질문을 좀 드리죠. 상식적으로 생각해도 소설 작가에게 가장 중요한 작업은 주인공의 캐릭터를 창조하는 것이 아닐까 하는데요. 그에 대한 생각을 듣고 싶습니다.

소설 작가의 한 사람으로서, 독자나 작가 지망생분들이 작가가 '인물' 을 얼마나 소중히 여기는지 꼭 알아 주셨으면 합니다. 인물이 기쁠 때 작가도 기쁘고, 인물이 슬플 때 작가도 슬프며, 인물이 고통스러울 때 작가도 고통스럽다는 사실도 꼭 이해해 주셨으면 합니다.

어떤 이야기가 매혹적인가에 대해서는 다양한 의견이 나올 수 있습니다. 등장인물이 멋진 이야기, 배경이 상상을 초월하는 이야기, 대화가 맛깔스런 이야기, 묘사가 풍부한 이야기 등등. 그러나 뭐니 뭐니 해도 이야기의 주인공이 매력적인 이야기가 좋은 이야기로 꼽힐 가능성이 높습니다. 독자는 주인공의 등에 올라타고 이야기 속 세상을 바라봅니다. 주인공이 매력적이지 않다면 올라타고 싶겠습니까?

우선 비극적인 주인공의 경우는 '고뇌'에 중점을 두고 창조됩니다. 이 주인공들의 핵심은 '슬픔'이 아닙니다. 그들은 자신이 지닌 욕망의 폭과 깊이에 충실한 자들이지요. 그 욕망이 너무 크고 깊고 넓어서 시대의 상식이나 한계를 뛰어넘게 됩니다. 그리하여 그들은 홀로 길을 가는 자가 되며, 자신의 문제를 홀로 고민하는 영광스런 자리에 오르게 됩니다. 이야기는 그 주인공들의 고뇌를 다룹니다. 그들이 처한 상황들을 짊어나가는 것도 결국 그 고뇌의 독자성과 무게를 부각시키기 위함이죠.

다음으로 희극적인 주인공들의 경우는 고뇌와 흔들림이 없습니다. 자신에게 주어지는 상황에 두려움 없이 부딪히고 또 설령 패배하더라도 반성하거나 삶의 태도를 바꾸는 법이 없지요. 이렇듯 완고하고 어찌 보면 멍청하기까지 한 주인공과 세상 사이의 괴리가 웃음을 불러일으킵니다. 주인공이 벌이는 실천들은 모조리 실수투성이지요. 그런데 이렇듯 실수만 하는 인물이 왜 사랑스러울까요. 실수하지 않으려고 아등바등하는 우리들 마음 깊은 곳에 사실은 실수를 해버리는 것이 속 시원하겠다는 바람이 있기 때문이 아닐까요. 나는 실수를 범하진 않지만 저렇게 단순한 삶—눈치 보지 않는 삶—의 가치를 은연중에 인정하기 때문이 아닐까요.

하지만 이걸 알아야 합니다. 비극적인 주인공처럼 고뇌를 드러내지는 않지만, 희극적인 주인공 역시 고독합니다. 다만 그들은 그 고독을 내면으로부터 후벼파지 않고 행동으로 간명하게 드러낼 따름이죠. 고독을 견디지 못하면 비극적인 삶도 희극적인 삶도 불가능합니다. 철저한 고독은 철저한 불일치와 놀라운 비약을 낳고 돌이킬 수 없는 삶과 죽음을 만듭니다. 그것들의 가치를 읽어내는 것이 작가의 임무겠지요.

Q7 : 박지원, 혜초, 리심 등, 주로 역사상 실존했던 인물이 주인공인 작품을 많이 쓰셨던 것으로 압니다. 그렇다면 당연히 그 주인공을 매력적으로 창조하려면 '답사'를 많이 다니셔야 할 것 같은데.

'답사'라는 단어보다는 좀 더 유연성 있는 '여행'이라는 단어가 더 적합하겠네요. 여행과 글쓰기는 닮았습니다. 물론 여행을 떠나기 전에, 혹은 글쓰기를 시작하기 전에, 시간과 돈과 노력에 관한 예상을 하지만, 여행 혹은 글을 시작하고 어느 순간이 오면 그 예상을 뛰어넘게 됩니다. 순간순간 떨리고 순간순간 아득합니다. 반복을 혐오하고 최초를 지나치게 아끼는 예술가일수록 이 막막하고 먹먹한 날들에 이끌리지요. 그날들을 박지원처럼 펼쳐 보이느냐 혜초처럼 발바닥에 숨기느냐는 다음 문제입니다. 여행과 글쓰기가 각각 이러하다면, 여행하는 글쓰기 혹은 글 쓰는 여행은 더욱 부딪힘이 격렬하고 감정의 골도 깊을 겁니다.

도서관에 틀어박혀 이십 대와 삼십 대 초반을 보내고, 어느날 문득 정신을 차려보니, 저는 길 위를 걷고 있었으며, 여행에 매료된 이들의 삶을 쓰기 위해 여행 중이었습니다. 일본과 프랑스를 거쳐 조선 여인 최초로 아프리카 땅을 밟고 조선으로 되돌아와서 자살한 비운의 여인 리심과 실학자 박지원과 신라 밀교승 혜초를 쓴다는 핑계로 5년 남짓 싸돌아다니다 보니, 작가란 떠돌 팔자라는 생각도 드네요.

Q8 : 팔자 도망 못한다고, 그런 팔자로 떠돌다 뭔가 아이디어가 떠오르면 소설을 바로 쓰시게 되나요?

아닙니다. 절대로 그렇지 않습니다. 세상에서 가장 한심한 작가는 아이디어가 떠오르자마자 바로 초고 집필에 들어가는 작가입니다. 아이디어가 하나의 완전한 이야기로 구상될 때까지, 작가는 생각하고 또 생각해야 합니다. 이 아이디어를 가지고 어디까지 얼마나 뻗어갈 수 있는가를 충분히 짚고 가늠한 다음, 그 한계를 넓히기 위해 혼신의 노력을 다한 다음, 비로소 작가는 이야기의 첫 문장을 시작할 수 있는 것입니다.

Q9 : 그렇다면 아이디어가 떠오른 다음 초고를 집필할 때까지 주로 어떤 작업을 하십니까?

작품을 만들기 위해선, 그 작품을 에워싸고 있는 중요한 키워드들을 먼저 정돈할 필요가 있습니다. 이 키워드는 작가와 작품을 잇는 하나의 가는 실 같은 것입니다. 이 작은 실들이 점점 복잡해져서, 마치 누에고치처럼 무엇인가를 감싸며, 그렇게 감싸진 무엇인가를 뚫고 작품은 불현듯 완성됩니다. 소설 《혜초》를 준비하면서 끼적거린 메모들을 키워드로 불러낸 몇 가지 예를 보여 드리죠.

젊음 : 20세. 집을 떠나기. 객지에서 혼자 살기. 친구와의 만남. 내게 닥친 작은 문제들을 세계보편적인 문제로 과장해서 고민하기. 상처주고 상처받기. 무모하게 도전하기. 실패하기.

여행 : 좋은 쪽과 나쁜 쪽. 즐거움과 공포. 왜 떠날 수밖에 없는가에 대한 자문자답. 여행을 떠나기 전에 여행에 대한 생각들—여행 도중에 여행에 대한 생각들—여행을 마치고 나서 여행에 대한 생각들. "돌아오지만 않는다면 여행은 멋진 것이다.(괴테)"라는 말이 정말일까?

여행기 : 여행하는 것과 쓰는 것의 차이. 물 같은 여행기(《열하일기》)와 돌 같은 여행기(《왕오천축국전》). '무엇을 쓸 것인가' 보다 '무엇을 쓰지 않을 것인가' 가 더 중요하다.

가지 않은 길(들) : 순간순간 만나는 갈림길들. 그곳을 갔지만 내가 간 길은 수억 가지 길 중 하나에 지나지 않는다. 다른 길을 간 이들과 만나서 아쉬워하기, 부러워하기, 그리하여 가지 않은 길들을 상상하며 책 읽고 글쓰기.

하나의 이야기를 완성하기 위해서는 자신이 쓰고자 하는 것에 대하여 생각하고 생각하고 또 생각해야 합니다. 선에 드는 불제자들에게 화두가 주어지듯, 생각을 시작하고 이어가는 키워드들이 필요합니다. 어떤 작가는 단 하나의 키워드를 붙들고 이야기의 처음부터 끝까지 매진합니다만 저는 열 개 정도 키워드를 붙들고 이리저리 굴리면서 감싸기도 하고 부딪히기도 하고 평행을 달리면서 주고받기도 합니다. 그리고 새로운 생각들이 떠오를 때마다 쉼 없이 메모하지요. 이렇게 한두 달 키워드들과 놀다 보면, 어느새 '구상 노트'엔 낯선 단어들과 문장들이 그득합니다. 소설을 구상하기 시작할 때는 절대로 떠오르지 않았던 참신한 생각들이 노트 하나에 모인 것입니다. 이 구상 노트를 들고 초고 집필에 들어가야 지치지 않고 갈 수 있습니다.

Q10 : "작가는 어떤 사람입니까?"로 질문을 시작했었는데, "앞으로 어떤 작가로 살아가고 싶으십니까?"로 질문을 마치고 싶습니다.

라이너 마리아 릴케의 《젊은 시인에게 보내는 편지》의 한 대목으로 답변을 대신하고 싶습니다.

예술가는 나무처럼 성장해가는 존재입니다. 수액(樹液)을 재촉하지도 않고 봄 폭풍의 한가운데에 의연하게 서서 혹시 여름이 오지 않으면 어쩌나 하고 걱정하는 일도 없는 나무처럼 말입니다. 걱정하지 않아도 여름은 오니까요. 그러나 여름은 마치 자신들 앞에 영원의 시간이 놓여 있는 듯 아무 걱정도 없이 조용히 그리고 여유 있게 기다리는 참을성 있는 사람들에게만 찾아오는 것입니다. 저는 그것을 날마다 배우고 있습니다. 나는 오히려 내게 고맙기만 한 고통 속에서 그것을 배우고 있습니다. 인내가 모든 것이라고!

이루어지기 힘든 소망

소설가 김탁환 교수는 자신의 작품 《혜초》의 〈작가의 말〉에서 "혜초 스님은 걸음걸음 목숨을 거셨다. 그처럼 거룩하게 쓰고 싶다." 하고 자신의 소망을 이야기했었다. 한 대학에서 학생들에게 '스토리 디자인'을 가르치는 김탁환 교수는 《천년습작》을 마무리하면서는 "좋은 글 한 편 품고 문 두드릴 그날까지 맛난 술 익히며 기다리겠습니다." 하고 자신의 또 다른 소망을 이야기하고 있다. 이 두 소망을 곱씹어 생각해 본다. 혜초 스님의 걸음걸음처럼 거룩하게 쓰는 것도 앞으로 두고두고 험난할 것이요, 좋은 글을 들고 오는 후배를 위해 술 익혀두고 기다릴 세월도 기약이 없을 것 같다.

문학이 어디 그렇게 만만한 일인가?

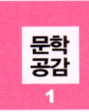

소설가 생활 : 40년

써낸 소설 : 대하소설 3편 포함, 70여 권

판매부수 : 약 1400만 부

판매된 책을 쌓아올리면 : 2800km, 서울과 부산을 4번 왕복하는 거리

대하소설 3편 원고 : 5만 매 이상

5만 매를 쌓아 올린 높이 : 550cm

아들, 며느리에게 하루 10매씩 필사시키면 걸리는 시간 : 4년

대하소설 《태백산맥》, 《아리랑》, 《한강》의 작가 조정래 선생의 삶과 문학을 이야기하면서, 사람들은 이렇게 수량화하기를 좋아한다. 하지만 조 선생 스스로 '글 감옥'이라 말하는 창살 없는 교도소에서 수십 년 동안 감내한 징역살이의 고통은 수량화할 수도 없고, 수량화할 대상도 아니다. 그러니 작가의 고된 '글 감옥' 징역살이는, 도달하기 힘들어서 특별하고 경이로운 수數를 상징하는 '천千'을 써서, '천년의 징역살이' 쯤으로 점잖게 말하는 편이 더 나을 듯하다.

그런데 이 '천년의 징역살이'를 기꺼이 감내하기 위해서 작가가 준비해야 할 또 하나의 '천년'이 있다. 바로 '습작'이다. 베끼고 또 베끼는 그야말로 필사必死적인 필사筆寫, 다듬고 또 다듬는 지긋지긋한 퇴고推敲, 낡은 작가 수첩에 적고 또 적는 수많은 메모, 모으고 또 모으는 자료 수집, 걷고 또 걷는 고행의 답사, 새고 또 새는 불면의 사색, 이러한 '천년 습작'이 필요한 것이다.

'글 감옥' 징역살이 천년을 꿈꾸며, 오늘도 수많은 작가 지망생들이 기꺼이 필사하고, 퇴고하고, 메모하고, 답사하고, 사색하며, '천년 습작'의 고된 길을 걷고 있다. 참으로 불가해한 일이다. 하지만 곰곰이 생각해 보면, 참으로 감사할 일이다. 역사상 그 어느 때고 빠짐없이, 이들 불가해한 정신의 죄수들이 천년에 또 천년을 보냈기에, 지구라고 불리는 이 불행한 행성이 조금은 더 정의롭고 풍요로워졌음에.

문학과 예술이 점차 대중화되고 있다. '대중'을 싸잡아 낮추어 보자는 뜻은 없지만, 대중화가 '고통 없이 쉽게 받아들일 수 있는' 그런 방향으로 이루어지고 있다는 의심을 지울 수 없다. 엄마가 되어 보아야만 엄마의 마음을 알고, 노인이 되어 봐야 노인의 마음을 알 수 있듯, 정신의 노동이 전하는 거룩한 메시지를 듣기 위해서는 산고産苦를 겪고, 나이가 들어야 한다. '산고'와 '나이듦'이 상징하는 고통과 풍파와 맞장을 떠 봐야 한다.

매우 안타깝게도, 우리는 알 수 있는 만큼만, 즉 소극적으로 문학을 읽고 있다. 알아야 할 만큼, 그리고 알아내야만 직성이 풀릴 만큼, 즉 적극적인 의미에서는 문학을 읽지 못하고 있다. 작가의 '천년 습작'과 '천년의 징역살이'를 그저 스치는 바람처럼 무심히 지나치고 있는 것이다.

15

문학은 진리가 요구하는
정의를 증언한다

문학은 흥미로운 역사에 대해서는 지어내지만, 고귀한 역사에 대해서는
증언한다. 고귀한 역사는 그 자체로서 예술로 승화하고 그 자체로서 문학
의 완전성을 확보하기에, 갖은 수사修辭를 동원하는 작가의 알량한 필설로
덧칠할 필요가 없는 것이다. 인간의 역사 중 가장 고귀한 역사는 갖가지
'차별'에 굴복당하지 않은 평범한 인간들의 질박한 '정의'로 만들어졌다.
그들의 질박한 '정의'가 세상을 자유케 한 그 고귀한 역사를 무엇 때문에
꾸며서 지어내고, 수사를 동원해 치장하겠는가?

진리가 요구하는 '정의'

난 유대인이오.

하지만 유대인은 눈이 없소?

유대인은 손도 없고, 오장육부도 없고,

사지와 감각도, 욕구와 감정도 없단 말이오?

우리 유대인도 당신네 기독교인들처럼

같은 음식을 먹고, 같은 무기에 상처를 입고,

같은 병은 같은 약으로 치료되고,

당신들처럼 여름이면 덥고

겨울이면 같은 추위를 느끼죠.

유대인은 당신들이 찔러도

피가 나지 않는 것으로 아시오?

당신들이 간질여도

우리 유대인들은 웃지도 않고,

독약을 먹어도 죽지 않을 것으로 아시오?

당신들이 우리에게 부당한 짓을 해도

우리가 복수하지 않을 것으로 생각하오?

다른 일에 있어서 우리가 당신들과 같을진대

이 일에 있어서도 우린 당신들과 닮았소.

유대인이 기독교인을 모욕한다면

기독교인들이 베풀 수 있는 관용이 대체 무엇이겠소?

복수뿐일 것이오!

기독교인이 유대인을 모욕한다면

우리가 기독교인을 본받아 베풀 인내가 대체 뭣이겠소?

복수뿐일 것이오!

난 당신들이 내게 가르쳐 준 악행을 실행할 것이고,

어떤 어려운 일이 있어도

내가 배운 이상으로 잘 해내겠소.

셰익스피어, 《베니스의 상인》 중 샤일록의 대사

(셰익스피어, 김종환 역주, 《베니스의 상인》, 계명대학교 출판부, 2006, 94~96)

엘리자베스 1세의 전의典醫였던 유대인 로페즈는 여왕 시해 사건에 연루되었다고 추정되어 교수형에 처해졌고, 그의 시체는 사지가 찢긴 채 거리에 끌려 다녔다. 당시 영국 전체를 뒤흔들었던 이 사건은 엘리자베스 1세 시대의 반유대 감정을 더욱 증폭시키는 계기로 작용했으며, 그 이후 20세기 초반에 이르기까지 유대인들은 영국은 물론 유럽 전체에서 지속적으로 박해와 멸시를 받게 된다.

셰익스피어가 《베니스의 상인》을 집필한 것은 1597년경으로 추정되고 있는데, 많은 평자들은 당시 유대인 배척 감정이 고조되었던 역사적 상황이 셰익스피어가 악덕한 유대인 고리대금업자 샤일록이란 인물을 창조하는 데 영향을 미쳤다고 간주한다.(앞의 책, 200~201쪽)

하지만 셰익스피어는 그러한 시대의 요구를 교묘한 방식으로 거부했다. 《베니스의 상인》은 분명 기독교인 앤토니오를 위기에서 구제하고, 유대인 샤일록을 몰락시키면서 막을 내린다. 하지만 위에서 인용한 샤일록의 절규를 들어 보라. 이 인물이 악마인가? 희생자인가?

실제로 《베니스의 상인》을 완역본으로 읽어본다면, 독자들은 샤일록이 기독교 사회의 희생자임을 대번에 알 수 있다. 셰익스피어는 반유대의 시대가 요구하는 정의를 세계문학사에 전무후무한 수사를 동원해 한 편의 희곡으로 형상화해 냈지만, 그 수사를 걷어내고 나면, 남는 것은 샤일록의 몰락이 의미하는 '차별의 부당성'이다.

남장 명판관으로 나선 포셔가 꼼짝없이 살 1파운드를 베이게 된 앤토니오를 위해 샤일록에게 자비를 호소하는 대사에서, 셰익스피어는 기독교인의 자비가 갖고 있는 비열한 속성을 확실히 하고 있다.

> 자비는 그 성질상 강요할 수 있는 게 아니오.
> 자비란 하늘에서 땅으로 내리는 부드러운 비와 같소.
> 자비는 이중의 축복을 내려 줄 수 있으니,
> 자비를 베푸는 자와 받는 자를
> 동시에 축복해 줍니다.
> 자비는 강력한 힘을 가진 이에게 더욱 큰 미덕이요,
> 왕좌보다 더 멋진 미덕이지요.
> 왕의 홀은 현세에서의 권력을 나타내 줄 뿐,
> 그것은 경외와 위엄의 상징으로
> 군왕을 두려움과 공포의 대상을 보게 합니다.

그러나 자비는

이 위력을 훨씬 능가하는 것이오.

자비는 왕들의 가슴속에 자리 잡고 앉아

하나님 자신을 드러내는 덕성이라 할 수 있소.

지상의 권세는

자비로서 엄한 정의를 완화시킬 때

비로소 신의 권세와 가장 비슷한 도습을 보여줄 것이오.

그러니 유대인,

그대가 요구하는 것이 정의이지만,

정의만을 고집하면

그 어느 누구도 구원받을 수 없음을 명심하오.

우린 자비를 베풀어달라고 기도하그,

하나님은 우리 모두 서로에게

자비를 베풀라고 가르치고 있소.

셰익스피어, 《베니스의 상인》 중 포셔의 대사

(앞의 책, 148~149쪽)

수세기 동안, 유럽의 기독교인들은 유대인들에게 왜 그렇게 하지 못했는가? 왕좌보다도 더 멋진 미덕을 왜 베풀지 못했는가? 주거와 직업 선택의 자유를 빼앗고, 가장 천시하는 고리대금업자로만 생계를 유지할 수 있게 만들고, 그 어떤 사회적·정치적 기본권도 주지 않았으면서, 왜 지금 이 순간에는 기독교인에 대한 유대인의 자비를 구걸하는가?

누구라도 인정하듯이, 셰익스피어만큼 위대한 수사를 구사한 작가는 세계문학사에 없었다. 하지만 그가 구사한 수사 이면에서는, 어처구니없는 '차별'의 아이러니가 사실적으로 증언되고 있다. 셰익스피어는 괜히 셰익스피어가 아니다. 셰익스피어를 수사의 대가로만 숭상하는 평자들은, 그의 문학의 정신적 위대함을 한참 저평가하는 것이다. 심한 차별의 시대에, 천하의 셰익스피어도 불의를 정의로 꾸며낼 수는 없었다. 정의는 수사하지도 덧칠하지도 않은 질박한 글 속에서만 빛난다.

문학은 차별의 시대에, 그 시대가 요구하는 국가나 민족 혹은 종교의 정의를 수사로 치장하지 않고, 오직 진리가 요구하는 인간의 정의를 질박하게 증언한다.

또 하나의 세계사적 차별인 흑백 인종 차별

유대인 차별과 함께 세계사에 커다란 오점을 남긴 차별은 흑백 인종차별이다. 흑백 인종차별의 현장을 실감하는 데는, 길고 긴 역사를 거슬러 올라갈 필요가 없다. 지금으로부터 불과 55년 전인 1955년, 인종분리법은 미국 남부 전체에 유효한 법이었다. 이 법에 따라 학교 · 공원 · 식당 · 극장 · 공동묘지 등에서는 흑인과 백인은 분리되어야 했다. 미국 남부의 시민들은 '흑인과 백인으로 분리된 병원'에서 태어나는 순간부터 '흑인과 백인으로 분리된 묘지'에 묻히는 그 날까지 인종에 따라 분리되어 살았던 것이다.

버스에서 고귀한 역사가 시작되었다. 1949년 흑인만 다니던 앨라배마 주립대학 교수였던 조앤 로빈슨은 백인만 탈 수 있는 10개의 앞자리에 앉았다가 봉변을 당했다. 당시 인종분리법에 의하면 백인 승객이 하나도 없을지라도 10개의 앞자리에는 흑인이 앉을 수 없었다. 더욱 가혹한 것은 만약 백인 승객이 10명을 넘을 경우에는 뒤에 앉은 흑인은 백인에게 자리를 양보해야만 했다.

이 일이 있은 후 조앤 로빈슨은 '여성정치위원회'에 가입하고, 6년 동안 인종분리법과 싸웠고, 그 세월 동안 수많은 흑인들이 버스에서 제 자리에 타지 않았다는 이유 하나만으로 체포되고, 유죄 판결을 받았다.

1955년 12월 5일, 버스안타기 운동이 시작되다

1955년 12월 2일 금요일 이른 아침, 조앤 로빈슨과 그의 제자들, 그리고 다른 '여성정치위원회' 회원들은 흑인 초등학교, 중학교, 고등학교에 가서 밤새 만든 전단지를 학생들에게 나눠주었다. 전단지는 학교뿐 아니라 교회, 상점, 선술집, 이발소를 비롯해 흑인들이 많이 이용하는 곳이면 어디든 뿌려졌다. 전단지는 흑인 지역사회에 촉구하였다. "다음 주 월요일에는 일터에 가든, 시내에 가든, 학교에 가든, 어디를 가든지 간에 버스를 타지 마세요."

시내의 모든 거리에서 흑인들은 택시를 기다리며 서 있었다. 몽고메리에 있는 18개 흑인 소유의 택시 회사들은 사람들이 버스를 탈때 내는 요금과 똑같이 1인당 10센트를 받고 택시를 태워주기로 뜻을 모았다. 당시 택시를 탈 때는 최소한 45센트를 내야 했는데도 말이다. 택시마다 일하러 나가는 사람들로 붐볐다. 어떤 사람들은 추운 날씨에 대비해 옷을 잔뜩 껴입고, 또 어떤 사람들은 그날 하루 일터에 갔다 오느라 30킬로미터 이상을 걸어야 했다. 버스안타기 운동은 첫날부터 성공적으로 끝났다. 버스는 백인 몇 명만 싣고 허망하게 몽고메리 시내를 돌았다.

주급이 5달러 정도밖에 안 되는 보잘것없는 4만여 명의 흑인 시민들이 그저 버스를 타지 않고 걸어가는 일이란 결코 영웅적인 모습은 아니다. 하지만 이것만은 분명했다. 흑인 시민들의 발은 불편했지만 영혼은 편안했다.

그날 밤 버스안타기 운동을 돕기 위한 새로운 조직인 '몽고메리개선협회' 의 지도자로 뽑힌 마틴 루터 킹 목사는 홀트 스트리트 침례교회에서 열린 대중집회에서 다음과 같이 호소했다.

나는 간디가 사용한 비폭력이라는 방법을 통해 그리스도의 사랑의 교리가 작용하도록 하는 것이야말로 우리 흑인들이 자유를 향한 투쟁에서 쓸 수 있는 가장 강력한 무기 가운데 하나라는 걸 일찌감치 깨달았습니다. (…) 여러분이 용기 있게 싸워나간다면, 그러면서도 위엄과 그리스도인의 사랑으로 싸운다면 역사가들은 미래 세대의 역사책에서 이렇게 말할 것입니다. '위대한 흑인들이 살았다. 그들은 문명이라는 혈관 속으로 새로운 의미와 존엄의 피를 주입하였다.' 이것은 우리의 도전 과제이자- 반드시 해내야 할 우리의 책임입니다.

〈몽고메리 에드버타이저〉 지의 조 아즈벨 기자는 당시 대중집회를 다음과 같이 떠올렸다. "설교자가 일어나 말했어요. '자유를 원하십니까?' 그러자 사람들이 대답했죠. '네, 자유를 원합니다!' 나는 그렇게 큰 울림을 들어본 적이 없었어요. 그들은 자유를 향해 불타고 있었어요. 다시는 아무도 체포할 수 없는 '정신'이 그곳에 있었던 거죠. 그것은 너무나 강력했답니다."

버스안타기 운동이 1주일째 계속되는 가운데, 보다 장기적인 운동의 실현을 위해 카풀을 정교하고 효과적으로 실시하게 되었다. '몽고메리개선협회'는 수송담당위원회를 결성한 다음, 몽고메리 시내의 도로 상황을 잘 알고 있는 우편 직원 몇 명을 모아, 48군데의 출발 지점과 42군데의 승차 지점을 서로 잘 맞물리도록 시스템을 짰다. 약 300대 가량의 흑인 소유차량들이 수천 명의 버스안타기 운동 참가자들을 날마다 실어 나르는 카풀 제도를 실시하기 위해서였다.

카풀 승객들은 함께 차를 탈 때 직접 요금을 내지 않았다. 만약 카풀을 하면서 요금을 낸다면 그것은 도시의 택시 운행 규정에 어긋나는 것이었다. 대신 카풀 승객들은 요금을 안 내는 대신, 그 만큼을 버스안타기 운동을 이끄는 '몽고메리개선협회'에 기부했다.

조 아즈벨 기자는 당시를 돌이키며 이렇게 말했다. "이 운동은 그야말로 평범한 흑인들이 함께 하고 있었어요. 그들 가운데는 1주일에 채 5달러도 못 버는 사람들도 있었습니다. 그런데도 그들은 버스안타기 운동을 지원하기 위해 그 돈에서 1달러를 기부했답니다."

백인 자유주의자 줄리엣 모건도 〈몽고메리 에드버타이저〉지에 기고한 글에서 이렇게 썼다. "버스 타기를 거부하는 과정에서 흑인들이 보여준 조용한 위엄과 절제, 그리고 헌신을 보면서 감동받지 않는다면 그것은 죽은 영혼이요, 굳은 마음이요, 눈멀고 속 좁은 시각이라고 말하지 않을 수 없다. 요즘 몽고메리에서 새로운 역사가 만들어지고 있음을 사람들은 느끼고 있다."

1956년 1월, 버스 회사 쪽은 파산 직전 상태가 되었다. 시내 상점들 역시 손님이 줄어 심각한 적자로 고생하게 되자, 몽고메리의 백인 판사는 도시의 인종 사태를 불러일으킨 버스안타기 운동을 수사하기 위해 백인 17명과 흑인 1명으로 구성된 특별 대 배심원단을 꾸렸다. 곧 버스안타기 운동 지도자들은 체포될 참이었다. 하지만 운동 지도자들은 경찰이 잡으러 올 때까지 기다리지 않았다. "당신들은 나를 찾고 있죠? 내가 바로 그 사람이오." 하며 스스로 체포되었다.

감옥 밖에는 수백 명의 지지자들이 모여 들었는데, 버스안타기 운동 지도자들이 조사를 받기 위해 자진해서 안으로 걸어 들어갈 때마다 박수를 치고 환호성을 지르며 응원했다. 체포되는 것, 그것은 오랜 세월 동안 흑인들에게 있어 두려운 것이었지만 이제 영광의 뱃지가 되었다. 자유를 위해 체포되는 것을 자랑스러워하게 되었던 것이다.

그 즈음, 미국 전역과 유럽 그리고 훨씬 멀리 떨어진 일본, 인도, 호주에서 수십 명의 신문과 텔레비전 기자들이 몽고메리로 몰려들었다. 이제 온 세계가 몽고메리의 상황이 어떻게 진행되는지 눈여겨보고 있었다.

1956년 12월 21일, 버스안타기 운동이 마침내 승리하다

버스안타기 운동은 계속되었다. 몽고메리의 흑인 시민들은 이미 6개월 동안 걸어 다녔고, 카풀을 실시했다. 그 동안 사기를 잃지 않도록 하기 위해 50회 정도의 대규모 집회를 열었으며, 폭탄 테러도 12번이나 있었고, 수백 명이 체포되었다. 하지만 몽고메리 시의 백인 인종주의자들이 갖가지 법률적·폭력적 수단을 강구했음에도 불구하고 몽고메리 흑인 시민들의 비폭력 저항을 이기지는 못했다.

그리하여 마침내 1956년 12월 20일, 대법원에서 보낸 버스 안에서의 인종분리법 폐지 명령이 몽고메리의 시 담당관에게 전해졌다.

게일 시장은 이렇게 말했다. "우리는 이것을 지켜야 할 것입니다. 왜냐하면 이것은 법이기 때문입니다." 그리고 다음날인 1956년 12월 21일, 버스안타기 운동이 시작된 지 381일이 된 그날, 몽고메리 시는 버스 안에서의 인종분리를 폐지했다.

평범한 흑인 시민들의 위대한 승리가 결정된 그날 저녁, 수천 명의 사람들이 홀트 스트리트 침례교회에 모였다. 1년 전 바로 이곳에서 군중들을 전율케 하는 연설로 버스안타기 운동의 바람을 일으켰던 킹 목사가 연설했다.

> 우리는 이것을 승리로 여겨서는 안 되며 오로지 위엄 있게 행동해야 합니다. 우리가 다시 버스를 타게 될 때, 조용한 자부심을 가지고 타십시오. 밀치지 마십시오. 그냥 빈자리에 가서 앉으십시오. 누군가 여러분을 밀어도 여러분은 밀지 마십시오. 우리는 폭력을 물리칠 수 있는 용기를 가져야 합니다. 우리는 인종차별에 맞서 비폭력적으로 계속 싸워나가야 합니다.

훗날 조앤 로빈슨은 이렇게 말했다. "버스안타기 운동을 통해 난 용기를 배웠어요. 버스안타기 운동을 한 수천 명의 사람들은 추우나 더우나, 비가 오나 눈이 오나 13개월 동안 걸어 다녔는데, 그들을 보면서 그야말로 겸손해질 수밖에 없었어요. 나한테 부당하게 주어지는 것들을 그냥 받아들이지 말고 거부할 수 있도록 바로 그들이 깨우쳐 준 거죠."

또한 평생을 몽고메리에서 철도원으로 그리고 시민운동의 정신적

지도자로 살았던 닉슨도 그날을 이렇게 회고했다. "몽고메리의 버스 안타기 운동은 수많은 사람들의 삶에 있어 엄청난 사건이었습니다. 이 운동을 위해 수많은 사람들이 스고하였습니다. 우리 뒤에 살아갈 아이들은 이것을 알아야 합니다. 진리가 여러분을 자유롭게 할 것입니다."

문학의 사명

이상 러셀 프리드먼의 《그들은 자유를 위해 버스를 타지 않았다》에 증언된 '몽고메리 버스 보이콧 이야기'를 살펴보았다. 《그들은 자유를 위해 버스를 타지 않았다》에는 너새니얼 호손의 섬세한 묘사도, 톨스토이의 장대한 서사도, 오 헨리의 마지막 반전도, 허먼 멜빌의 세련된 상징도 없다. 하지만 4만여 명의 평범한 흑인 시민들의 힘찬 발자국 소리가 들리고, 폭력에 비폭력으로 맞서는 불복종의 의지가 고동치며, 주급으로 받은 5달러 중 1달러를 기부하는 위대한 손과 장장 381일 동안 힘겨운 여정을 함께 했던 눈물겨운 우정이 눈시울에 뜨겁게 차오른다.

몽고메리의 비폭력 평화운동의 승리는 단지 미국 남부의 한 도시가 이루어낸 승리에 그치지 않는다. 진리가 요구하는 인간의 정의가 가혹한 차별에 맞서 어떻게 승리할 수 있는지 그 롤 모델을 보여줌으로써, 차별과 싸우는 세계 모든 시민들의 승리로 도약한다. 러셀 프

리드먼은 바로 그 승리의 역사를 지어내지 않고 증언했다. 그리하여
다음과 같이 문학의 사명을 선언했다.

　문학은 차별의 시대에, 그 시대가 요구하는 국가나 민족 혹은 종교
의 정의를 수사로 치장하지 않고, 오직 진리가 요구하는 인간의 정의
를 질박하게 증언한다.

나에게는 꿈이 있습니다.

언젠가 이 나라가 일어나, '우리 모두가 틀림없이 알고 있는 진리, 곧 모든 인간은 평등하게 태어났다'는 신조의 참된 뜻을 실현하게 되는 날이 오리라는 꿈입니다.

나에게는 꿈이 있습니다.

언젠가 조지아의 붉은 언덕 위에 예전에 노예였던 사람들의 후손들과 노예 주인이었던 사람들의 후손들이 형제처럼 한 상에 함께 둘러앉게 되리라는 꿈입니다.

나에게는 꿈이 있습니다.

언젠가 불의와 억압의 열기에 신음하는 저 황폐한 미시시피 주마저도 자유와 정의의 오아시스로 바뀌게 되리라는 꿈입니다.

나에게는 꿈이 있습니다.

언젠가 나의 네 자녀들이 피부색이 아니라 인격에 따라 평가받는 그런 나라에서 살게 되리라는 꿈입니다.

지금 나에게는 꿈이 있습니다.

지독한 인종차별주의자들과 주지사가 연방정부의 조처나 판결에 대해 간섭이니 무효니 하는 말을 떠벌리고 있는 바로 이곳 앨라배마 주에서, 언젠가 흑인 소년 소녀들이 백인 소년 소녀들과 형제자매처럼 손을 맞잡을 수 있게 되리라는 꿈입니다.

지금 나에게는 꿈이 있습니다.

언젠가 모든 골짜기가 돋우어지고, 모든 언덕과 산은 낮아지며, 고르지 않은 곳은 평탄케 되고, 굽은 곳은 곧게 펴지며, 하느님의 영광이 나타나 모든 사람이 함께 그것을 보게 되리라는 꿈입니다.

— 노예해방 100주년 해인 1963년 8월 28일 링컨기념관 앞에서 마틴 루터 킹이 했던 연설 〈나에게는 꿈이 있습니다 I have a dream〉 중에서.

러셀 프리드먼의 《그들은 자유를 위해 버스를 타지 않았다》의 마지막에는 마틴 루터 킹 목사의 연설 〈나에게는 꿈이 있습니다〉 중 일부가 실려 있다. 비록 아직은 그 꿈이 이루어지는 날이 요원해도, 그 꿈을 꾸는 사람들은 갈수록 늘어나고 있다.

"작가는 누구인가?" 물론 이 장의 제목처럼 "진리가 요구하는 정의를 증언하는" 사람이다. 하지만 그런 거창한 말보다는 마틴 루터 킹 목사의 연설 제목이 "작가는 누구인가?" 하는 질문에 더 적당한 답변인 것 같다.

작가는 꿈을 꾸는 사람이다. 그리고 그 꿈을 실현하기 위해, 그 꿈을 방해하는 역사의 현장에서, 평범한 시민들과 손잡고 묵묵히 걸어가는 사람이다.

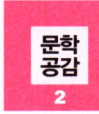

《그들은 자유를 위해 버스를 타지 않았다》의 표지에는 두 장의 사진이 있다. 위쪽에는 텅 빈 버스에 단 한 명의 백인 여자가 타고 있는 사진이, 아래쪽에는 집회에서 수많은 흑인들이 박수를 치고 있는 사진이 있다.

버스에 앉은 백인 여자는 거리를 걷고 있는 흑인들의 행렬을 왠지 멸시와 증오에 찬 눈으로 노려보고 있다. 하지만 집회에서 박수를 치고 있는 수많은 흑인의 사랑스러운 눈망울에는 자신을 체포하고, 죽이고, 무시한 백인들에 대한 증오심이 전혀 보이지 않는다. 이 책의 표지에 실린 두 사진을 보며 이런 생각을 해 본다. 이 책의 제목이 좀 바뀌어도 좋았을 것이라고.

그들은 '사랑'을 위해 버스를 타지 않았다.

제4부

문학이
가야할
길

시대를

불문하고, 문학은 그 시대의 소명을 받들며 자신의 길을 걸어왔고, 지금도 걷고 있고, 앞으로도 걸어갈 것이다. 그 길은 문학이 가고 싶은 길이라기보다는 가야만 할 길이고, 그 길이 비록 험하고 먼 길일지언정 문학은 자신의 소명에 눈을 감지 않는다.

부조리한 시대일수록 문학은 그 부조리에 대해 "이제 그만"이라고 저항하고, 승자의 개선가만을 부르는 역사의 견제자로서 문학은 언제나 패자의 편에 서서 패자의 뜨거운 외침에 귀 기울인다. 또한 도덕이 권위적인 이데올로기의 그늘 아래 죽은 가르침으로 전락할 때 문학은 진정한 도덕 교과서로서 책무를 이행함으로써 결코 잊어서는 안 될 도덕률의 버팀목이 된다.

한편 문학은 그 정신의 뿌리를 인간적인 양심에 둔다. 그리하여 양심이 의식 차원에서 사라지고 무의식의 어둠 속에 갇혀 버릴 때, 문학은 그 무의식 속에 잠든 양심을 의식의 수면 위로 끌어올린다. '현실비판'의 외침이 문학의 역사에서 사라진 적이 없었고, '이상사회의 열망'이라는 희망의 메시지가 메아리치지 않는 문학의 미래는 없다.

이제 바야흐로 문학이 '생태적'인 의미에서 '인간적'인 길을 모색할 때이다. '창백한 도시인'의 독백에서 벗어나 '녹색 인간'의 참 모습을 희구하는 문학의 길이 새로 열린 것이다. 생태주의의 관점에서 보면, 이제까지 문학이 '인간적'이라고 한 것들 대부분이 '인간적'이지 않았다. 따라서 '인간적'에 대해 새로운 정의를 내리고, 그 '인간적'인 정의를 지구별 곳곳에서 실천해야 하는 새로운 소명을 문학은 천천히, 하지만 철저히 자각해 나가고 있다. 우리는 믿는다. 이제까지와 마찬가지로 문학은 자신이 가야할 길을 제대로 갈 것이라고.

16

문학은 패자의 기록이다

세계 역사상 수많은 궁정의 음모, 치열한 전쟁과 무역의 결과는 언제나 승자의 몫이었다. 그리그 그 승자를 기려 개선문이 세워지고 역사가 씌어졌다. 하지만 그렇지 않다고 웅변한 사람들이 있었다. 패자를 상례喪禮 치러 주는 사람들이 있었다. 그리하여 패자의 몫이 여기 있다고 책을 내미는 사람들이 있었다. 바로 그런 이유로, 패자의 몫도 있다고 펜을 들었다는 단 하나의 이유로 핍박 받았던 수많은 즈가들이 있었다. 진정한 문학은 그들이 쌓은 거대한 성채다. 그리고 그 거대한 성채가 승자의 역사에 맞서 세계사의 균형을 이루었다. 문학이 때로는 탐미적인 감각으로, 때로는 거친 이데올로기, 때로는 전대미문의 형스과 문체로 무엇인가를 웅변했다면, 그것은 바로 패자의 양심, 혹은 양심의 패자다.

여기 언 땅에 깊이 묻은 나의 뜨거운 노래

고독은 욕되지 않으다
견디는 이의 값진 영광.

겨울의 숲으로 오니
그렇게 요조窈窕턴 빛깔도
설레이던 몸짓들도
깡그리 거두어 간 기술사奇術師의 모자帽子.
앙상한 공허만이
먼 한천寒天 끝까지 잇닿아 있어
차라리 마음 고독한 자의 거닐기에 좋아라.

진실로 참되고 옳음이
죽어지고 숨어야 하는 이 계절엔
나의 뜨거운 노래는
여기 언 땅에 깊이 묻으리.

아아, 나의 이름은 나의 노래.
목숨보다 귀하고 높은 것.

마침내 비굴한 목숨은

눈을 에이고, 땅바닥 옥에

무쇠 연자를 돌릴지라도

나의 노래는

비도非道를 치레하기에 앗기지는 않으리.

들어 보라.

이 거짓의 거리에서 숨결쳐 오는

뭇 구호와 빈 찬양의 헛한 울림을.

모두가 영혼을 팔아 예복을 입고

소리 맞춰 목청 뽑을지라도

여기 진실은 고독히

뜨거운 노래는 땅에 묻는다.

유치한, 「뜨거운 노래는 땅에 묻는다」 전문

(유치환, 《깃발 나부끼는 그리움》, 교보문고, 2008, 수록)

　시인이 어느 시대에 어느 압제로부터 자유롭지 못한 영혼의 노래
를 땅에 묻었는지는 중요하지 않다. 진실로 참되고 옳음이 죽어지고
패자처럼 숨어야 하는 시대는 언제고 있었다. 문제는 그 꽁꽁 언 압
제의 시대에 땅에 묻힌 패자의 그 고독하고 뜨거운 노래가 언젠가는
싹트고 굵은 줄기와 춤추는 잎사귀들로 자라서 마침내 찬란한 부활

의 꽃을 피운다는 사실이다.

승패는 정치적 · 종교적일 때와 정신적일 때 그 정의가 달라진다. 진실로 참되고 옳음이 죽어지고 숨어야 하는 시대엔 패자야말로, 그리고 그 패자가 언 땅에 깊이 묻었던 뜨거운 노래야말로 도리어 정신적인 승자요 승리이며, 훗날 찬란하게 부활한다. 정신의 인간은 패자로 죽어 승자로 기억된다는 바로 그 이유 때문에, 어느 시대에나 불행했지만 사랑 받았다.

문학에게 단 하나의 '정신적 사명'이 있다면, 그것은 패자의 편에 서서, 패자가 언 땅에 깊이 묻었던 그 뜨거운 노래를 복원하는 것이다.

칼뱅의 권력 장악

16세기 유럽. 종교개혁의 파벌화가 심각해지기 시작하자, 새로운 교리의 정신적인 요체를 한 권의 책, 하나의 도식, 하나의 프로그램으로 집약할 필요성을 느낀 젊은 신학자 칼뱅은 《기독교강요》(1535)를 내놓아 최초로 개신교 교리의 탄탄한 기반을 닦았다. 이 책으로 교황 정교 대신 개신교 정교가 생겨났고, 이는 종교개혁의 종식을 의미했다.

가톨릭의 이단아로 박해 받던, 칼뱅은 우여곡절 끝에 1541년 제네바에 운명적으로 입성했다. 그리고 권위주의적 신정국가神政國家 건설이라는 혁명을 완수해 가기 시작했다. 하지만 혁명을 통해 통치권을 얻은 사람은 언제나 훗날 새로운 사상을 가장 참지 못하는 사람이 된다. 제네바를 엄격한 신앙 공동체로 만들기 위해 가혹하게 개성의 권리를 빼앗고, 개체성을 파괴적으로 약탈한 칼뱅은 그 유명한 〈교회계율〉을 도입했다. 이는 칼뱅 자신이 신의 대리자로서 제네바 시민에게 강요한 가혹한 종교적 훈령이자 도덕적 테러였다. 칼뱅은 또한 이 훈령이 제대로 시행되고 있는지 감시할 조직체를 만들었는데, '종교국'이 그것이다.

칼뱅이 하나님의 이름으로 25년 동안 지배하던 시기보다 더 많은 사형집행과 형벌, 고문, 추방 등을 제네바는 겪은 적이 없었다. 프랑스 작가 발자크는, 칼뱅의 종교적 테러가 프랑스 혁명의 피의 축제보다 오히려 더욱 잔혹했다고 올바르게 지적했다.

불관용의 비극, 세르베투스의 화형

에스파냐 출신의 신학자이자 의사인 미겔 세르베투스는 칼뱅과 나이가 비슷했고, 파리의 대학 시절 서로 만난 적이 있었다. 하지만 그 후로 여러 해가 지났고, 칼뱅은 이미 제네바의 통치자가 되어 있었고, 세르베투스는 프랑스 비엔 대주교의 의사에 불과했다. 프랑스 리옹의 어떤 서적상의 중개로 두 사람 사이에 편지 교류가 시작되었다.

하지만 당시로서는 상당히 급진적 신학자였던 세르베투스는, 삼위일체론을 부정하고, 교회와 국가의 철저한 분리를 주장했으며, 성서와 콘스탄티노플 이전 교부들의 저서에 비추어 입증 가능한 신학 진술만 사용함으로써 교회를 원상태로 회복할 수 있다는 신념을 갖고 있었다. 이는 칼뱅의 신학에 정면으로 맞서는 것들이었다.

게다가 세르베투스는 칼뱅의 책 《기독교강요》 한 권을 신정국가 제네바의 독재자, 즉 바로 《기독교강요》의 저자에게 보냈는데, 그는 학생이 잘못 쓴 부분을 선생이 고쳐주듯이, 이 책에서 잘못된 부분을 일일이 난외에 표시했다. 칼뱅의 분노는 거의 살의殺意에 이를 정도였다(그리고 훗날 칼뱅은 기어코 그 살의를 실행했다).

삼위일체론을 부정하는 이단적 언행으로, 이름까지 바꿔가며 유럽의 이곳저곳을 떠돌던 세르베투스는 1553년 드디어 정체가 탄로 나서 남프랑스 가톨릭 종교재판소의 명령으로 체포당했다. 세르베투스의 소재지를 밀고한 자는 바로 칼뱅의 하수인이었다. 세르베투스는 종교재판에서 처형이 선고되고 옥중에서 처형의 날을 기다리던 중, 탈옥에 성공했다. 감옥에서 도망친 세르베투스는 몇 달 동안 흔적도 없이 사라졌다가, 8월 어느 날 나귀를 타고 제네바에 나타났다. 그가 제네바에 나타나기만 하면 죽여 버리겠다고 작정하고 있는 칼뱅이 통치자로 있는 제네바로 말이다. 도저히 이해할 수 없는 일이지만 사실이다.

도저히 이해할 수 있는 일은 한 번 더 일어났다. 세르베투스는 자신의 얼굴을 분명히 알고 있는 칼뱅이 설교를 맡고 있는 성 피에르 교회로 갔고, 그곳에서 칼뱅의 수하들에게 체포되었다. 이제 칼뱅의 세르베투스에 대한 살의殺意는 현실이 되었다, 칼뱅은 제네바 시 당국과 공모해 세르베투스에게 사형을 선고했고, 마침내 1553년 10월 27일 그는 성문밖에 마련된 말뚝에 묶여 산 채로 반 시간에 걸쳐 불타 죽어갔다. 칼뱅과 다른 신학적 견해를 가졌다는 단 하나의 이유로, 세르베투스는 화형 중에서도 가장 참혹한 방식의 화형에 처해졌던 것이다.

세르베투스 사후 칼뱅은 〈세르베투스의 두려운 오류에 맞서서 올바른 신앙과 삼위일체설을 옹호함〉이라고 하는 궁색한 해명서를 썼는데, 이는 카스텔리오의 말을 빌리면 "손에 아직 세르베투스의 피를 묻힌 상태에서" 씌어졌고, 그의 가장 보잘것없는 작품들 중 하나가 되었다. 칼뱅 자신은 관용을 베풀 마음이 있었는데, 특별히 잔인한 방식으로 사형선고를 강제한 쪽은 제네바 시 당국이었다며 발뺌했지만, 한 손으로는 세르베투스의 고문에 대한 책임을 이렇게 자기에게서 밀어내면서, 다른 손으로는 그 판결을 내린 '당국'을 위해 온갖 변명을 다하고 있었다.

카스텔리오, 관용의 펜을 들다

관용의 신학자이자 성서번역자였던 카스텔리오는 자신의 예술적·학문적 작업을 옆으로 밀어두고, 자신의 세기에 대한 '고발'을 쓰기 시작했다. 미겔 세르베투스에게 종교적 살인을 행한 죄목으로 장 칼뱅을 고발하기로 마음먹은 것이다. 그리고 이 공개적인 고발장 〈칼뱅의 글에 반대함〉은 비록 한 사람을 상대로 한 것이지만, 그 도덕적인 힘으로 인해, 법으로 말을 유린하고, 교리로 생각을 짓밟고, 영원히 천박한 폭력으로 영원히 자유로운 양심을 짓밟으려는 모든 시도에 반대하는 글이 되었다. 이 글의 주요 구절들이 얼마나 근엄하고 논리적인 고발이었는지, 몇몇 대목을 적어 본다.

> 그(칼뱅)는 진정 과도한 갱신에 헌신했을 뿐만 아니라 모든 사람에게 그것을 매우 강력하게 주장하여, 자신의 이론에 반대하는 것은 매우 위험한 일이라고 강조했다. 그는 사실상 10년 동안에 가톨릭 교회가 600년 동안 한 것보다 더 많은 갱신을 했다. 그러므로 칼뱅은 가장 대담한 개혁가로서, 개신교 안에서 새로운 해석을 하는 것을 범죄라 부르고 처형할 권리가 그에게는 없다.

> 칼뱅은 모든 것이 혼란스럽다고 확인하고, 사람들이 자신을 의심하지 않도록 하기 위해 서둘러 다른 사람들을 고발했다. 그러나 이 모든 혼란을 불러온 것은 다름 아닌 그 자신의 태도, 박해자로서의 태도였다. 그가 세르베투스를 판결했다는 오직 그 한 가지 사실이 제네바뿐 아니라 온 유럽에 분노를 일으키

고, 모든 나라들을 불안하게 만들었다. 지금 그는 자기 자신이 저지른 죄를 다른 사람에게 덮어씌우려 하고 있다. 그러나 칼뱅 자신이 박해당하던 시절에는 다른 말을 했다. 당시에 그는 그와 같은 박해에 반대하는 긴 글을 썼다. 그리고 누구든 이 사실을 의심하지 않도록, 나는 여기서 그의 저서 《기독교강요》의 한 페이지를 그대로 인용한다. (놀랍게도 그 페이지에는 "이단자를 죽이는 것은 범죄행위이다. 쇠와 불로 그들을 파멸시키는 것은 인문주의의 모든 원칙을 부인하는 행위이다."라고 씌어 있다.)

한 인간을 죽이는 것은 절대로 교리를 옹호하는 것이 아니다. 그것은 그냥 한 인간을 죽이는 것을 뜻할 뿐이다. 제네바 사람들이 세르베투스를 죽였을 때, 그들은 교리를 지킨 것이 아니라 한 인간을 희생시킨 것이다. 인간이 다른 사람을 불태워서 자기 신앙을 고백할 수는 없다. 단지 신앙을 위해 불에 타 죽음으로써 자기 신앙을 고백하는 것이다.

당신의 책과 당신의 행동이 어떤 방향을 취하는지 보지 못하는가? 하나님의 명예를 보호한다고 주장하는 사람들이 아주 많다. 이제 그들이 어떤 인간을 처형하고 싶으면 그저 당신의 증언을 인용하기만 하면 된다. 당신의 불운한 길을 좇아 그들도 당신처럼 피로 자신을 더럽힐 것이다. 당신처럼 그들도 모두 자기와 의견이 다른 사람들을 처형하게 될 것이다.

관용이 불관용의 폭력에 무릎을 꿇다

그러나 카스텔리오의 고발에도 불구하고 제네바에서는 아무 일도 일어나지 않았다. 카스텔리오의 빛나는 논쟁 문서와 관용에 대한 호소는 현실 세계에서는 극히 미미한 작용조차 할 수 없었다. 그것도 가장 간단하고 가장 잔인한 이유 때문이었다. 카스텔리오의 〈칼뱅의 글에 반대함〉은 인쇄조차 되지 못했다. 이 글이 유럽의 양심을 뒤흔들어놓기 전에 칼뱅의 명령에 따라 검열이 이루어졌기 때문이다.

세르베투스가 장작더미 위에서 입을 다물었듯이, 카스텔리오는 검열에 의해 입을 다물 수밖에 없었다. 카스텔리오는 이제 들고 싸울 창을 빼앗겼다. 문인이 글을 쓸 수 없게 된 것이다. 칼뱅과 그의 졸개들은 거기서 멈추지 않았다. 온갖 추악한 중상과 야비한 모함으로 카스텔리오를 고약한 이단의 괴수이며 보호자로 둔갑시켜 종교재판에 넘기려 했다. 카스텔리오는 자신의 운명을 분명히 내다볼 수 있었다. 벌써 그에 대한 재판이 준비되었다. 세르베투스를 옹호한 사람에게 세르베투스의 운명이 준비된 것이다.

그러나 선량한 손길이 그의 박해자들에게 눈에 보이는 승리를 허락하지 않았다. 신정주의神政主義 독재의 철천지원수인 카스텔리오가 감옥에 갇히거나, 망명길에 오르거나, 화형대에 선 모습을 그들은 볼 수 없었다. 갑작스러운 죽음이 마지막 순간에 카스텔리오를 재판에서, 그리고 적들의 치명적인 공격에서 구출한 것이다.

카스텔리오의 부활

칼뱅주의 체계는 극히 이상한 방식으로 변해 정치적 자유의 이념이 되었다. 칼뱅주의가 가장 큰 영향을 미친 네덜란드, 영국, 그리고 미국은 가장 너그럽게 자유주의적이고 민주주의적인 국가 이념을 받아들였다. 칼뱅의 교리대로라면, 가장 강하게 불관용의 정신을 지켜야 할 나라들이 놀랍게도 유럽에서 가장 먼저 관용의 땅이 된 것이다.

그 옛날 칼뱅이 신학상의 의견 차이라는 이유만으로 세르베투스를 화형시킨 곳 제네바로 '하나님의 적'이며 자기 시대의 대표적인 반기독교도인 볼테르가 도망쳐 들어왔다. 그러나 보라! 칼뱅의 직책상의 후계자들인 교회 목사들이 하나님을 무시하는 이 철학자와 가장 인간적으로 철학적인 담론을 나눌 생각으로 친절하게 그를 방문했다. 그리고 데카르트는 1629년부터 네덜란드에 은거하며 《방법서설》등 그의 대표적인 저술들을 썼다. 유대교를 버린 유대인 범신론자로서 종교적 정체성을 상실한 스피노자 역시 네덜란드인이었다. 그 책들은 교회사상과 모든 전통의 억압으로부터 인간 정신을 해방시키는 책들이었다. 바로 이 가장 엄격한 신학의 그림자 속으로 모든 나라의 신앙과 사상으로 인해 억압받는 자들이 자신의 몸과 정신을 의탁했던 것이다.

그리고 칼뱅주의를 가장 격렬하게 받아들였던 네덜란드에서 1603년부터 카스텔리오의 저술들은 하나씩 인쇄되어 갔고, 마침내 그가 죽은 지 50주년 되는 해에 그는 감히 꿈도 꾸지 못했던 일이지만, 그의 작품과 저술 전집이 출간되었다(1612년 고우다 출판사). 그것으로 카스텔리오는 싸움 한가운데에서 다시 승리하면서 부활했고, 처음으로 추종자들에 둘러싸이게 되었다.

모든 폭력 통치는 극히 짧은 시간에 낡아버리거나 차갑게 식어버리고, 모든 이데올로기와 그 일시적인 승리는 그 시대와 더불어 종말을 고한다. 오로지 모든 이념 중의 이념, 절대로 패하지 않는 이념인 정신적 자유의 이념만이 영원히 되살아나온다. 그것은 정신처럼 영원한 것이기 때문이다.

일시적으로 이 이념이 말을 못하게 막으면, 그것은 모든 억압이 미치지 못하는 가장 깊은 양심의 공간 속으로 도망쳐 들어간다. 그래서 권력자들이 자유정신의 입을 틀어막고서 자신이 이겼다고 생각해도 아무 소용이 없다. 새로운 인간이 태어나는 것과 더불어 새로운 양심이 태어나기 때문이다. 그리고 언제나 누군가는 인류와 인간성의 양도할 수 없는 권리를 위한 싸움을 떠맡아야 한다는 정신적인 의무를 생각하게 되고, 모든 칼뱅에 맞서 어떤 카스텔리오가 다시 나타나서 폭력의 모든 폭행에 맞서 사상의 독자성을 옹호하게 되는 것이다.

문학에게 단 하나의 '사명'이 있다면, 그것은 패자의 편에 서는 것이다

이상 칼뱅의 독재에 맞서 "No!"라고 외쳤던 양심의 신학자 카스텔리오의 전기, 《다른 의견을 가질 권리》를 정리해 보았다. 이 전기의 작가인 슈테판 츠바이크는 《다른 의견을 가질 권리》 서문 말미에서, 그 어떤 작가보다도 분명히 '문학의 단 하나의 사명'에 대해 썼다. 어쩌면 《다른 의견을 가질 권리》의 본문은 서문의 이 대목에 대한 부연에 불과한지도 모르겠다.

> 역사는 냉정한 연대기 기록자로서 결과만을 헤아릴 뿐, 도덕적인 척도를 사용하는 경우는 드물다. 역사는 오직 승자만을 응시하며 패배자들은 어둠 속에 남겨둔다. (…) 그러나 사실은 순수한 마음에서 감행되었던 어떤 노력도 헛된 것이라고 할 수는 없다. (…) 영원한 이상理想을 위해 너무 일찍 나타났던 사람들, 그래서 패배한 사람들도 패배함으로써 자신들의 의미를 실현했다. (…) 언제나 승리자들의 기념비만을 바라보는 세상을 향해서, 수백만의 존재를 망가뜨리고 그 무덤 위에 자신들의 허망한 왕국을 세운 사람들이 인류의 진짜 영웅이 아니라, 폭력을 쓰지 않고 폭력을 당한 사람들이 진짜 영웅이라는 사실을 기억하게 해야 한다.

이 위엄 있는 서문의 마지막 대목은 슈테판 츠바이크 개인의 펜으로 씌어졌지만, 그의 작가로서의 사명은 모든 문학의 사명이기도 하다. 문학은 발은 과거에, 눈은 현재에, 이상은 미래에 놓이는 숭고한 예언서다. 과거와 현재에 그렇듯, 압제의 시대는 앞으로도 얼마든지 세계사에 오점을 남길 테지만, 그에 맞서는 문학의 사명을 생각할 때마다, 우리는 츠바이크의 이 서문을 기억하게 될 것이다. 그리고 결코 퇴색하지 않는 위엄 있는 명제를 가슴 속에 새길 것이다.

문학에게 단 하나의 '정신적 사명'이 있다면, 그것은 패자의 편에 서서, 패자가 언 땅에 깊이 묻었던 그 뜨거운 노래를 복원하는 것이다.

시인 원재훈 씨와의 대담에서, 윤후명 선생은 문학의 꿈을 어렵사리 이루었던 고교 시절 이야기를 들려주었다. 그 내용인즉 이렇다. 서울대 법대 출신의 새아버지께 공부를 제법 잘했던 윤후명 선생이 국문과에 진학하겠다고 고백하자, 새아버지는 깜짝 놀라시며 단호히 말씀하셨단다. "법은 승자의 것이고, 문학은 패자의 것이다. 왜 너는 패자의 길을 걸으려고 하느냐? 너의 생부가 살아계셨더라도 법을 원하셨을 것이다." 윤 선생은 이 말씀에 이렇게 불경스럽게 대꾸함으로써 새아버지를 또 한 번 놀라게 해 드렸단다. "법은 인간을 구속하지만, 문학은 인간을 자유롭게 합니다."

시인 원재훈 씨는 이때 황석영 선생이 독일에서 겪은 에피소드를 떠올린다. 그 내용인즉 이렇다. 한 독일 기자가 황 선생에게 이런 질문을 던졌단다. "당신은 분단된 나라에 살고 있는 작가다. 그리고 북한을 다녀와 옥고를 치른 매우 독특한 경험이 있다. 그래서 이런 질문을 하고 싶다. 당신은 작가로서 어느 편인가? 남한인가? 북한인가?" 황 선생은 좀 불편해 직답을 피하다가, 계속 답변을 요구받자 천천히 그러나 또렷하게 말했다고 한다. "나는 작가로서 남한도 북한도 아닌 패배한 자, 쓰러진 자의 편이다."(원재훈, 《나는 오직 글 쓰고 책 읽는 동안만 행복했다》, 예담, 2009, 211~212쪽)

윤후명 선생, 황석영 선생, 이 두 분의 이야기가 문학이 가야할 길을 분명히 말해준다. 사실 작가에게 두 가지 이데올로기 중 어느 편이냐는 질문은 우문愚問이다. 작가는 언제나 패자의 편이며, 오직 쓰러진 자를 일으키는 사람이다.

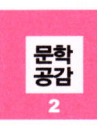

다른 작품을 정리할 때는 나름대로 해설하려고 했지만, 슈테판 츠바이크의 《다른 의견을 가질 권리》를 정리할 때는 결코 그렇게 할 수 없었다. 이 작품은 역사적 사실을 증언하고 있을 뿐 아니라, 그에 대한 해설도 완벽하게 수행했기 때문이다. 문학의 사명은 패자의 기록이지만 결코 패자의 넋두리가 아니라, 패자의 부활을 선언하는 것임을 이 작품은 완벽하게 보여주었다.

세상에 완벽은 없다 배웠는데, 그렇지도 않은가 보다. 이는 작가 츠바이크나 그의 이 작품이 완벽하기 때문이 아니라, 문학의 사명이 패자를 기록하고, 패자의 부활을 선언하는 일이라는 명제 자체가 완벽해서일 것이다.

문학이 가야할 길이 분명히 우리 앞에 놓여 있다. 그 길을 가면 된다. 비록 가시덩굴이 많아 보이지만……

17

문학은 훌륭한 도덕 교과서다

종교의 율법서만 있다면, 시민사회에 적합한 도덕 교과서만 있다면, 인생의 바른 길이 훤히 보일까? 사회가 복잡해지고 종교의 사회적 역할이 변하면서 의무교육이 일반화된 데는 나름대로 음험한 역사적 배경이 있으며, 교육되는 도덕률은 오직 그 음험한 역사의 권력자들이 시민들을 효율적으로 관리하는 도구에 불과했다. 율법서나 교과서에 묘비명처럼 적힌 도덕률들은 그야말로 죽은 가르침이다. 인생의 가장 깊은 본질은 교육되지도 않으며 교육되어서도 안 된다. 그 본질은 오직 신에 의해서만 두려움 없이 저 홀로 발현한다. 니체의 선언과 달리 신은 죽지 않았다. 다만 율법서와 도덕 교과서를 교만하게 해석하는 자들이 시민들의 머리 위에 군림하며 신의 사랑과 자비를 희롱하고 있을 뿐이다. 사태가 심각해지면서 우리의 신은 장고長考 끝에 사랑과 자비를 담은 진정한 도덕의 전령을 보냈다. 시민들이 평생토록 인생의 반려로 삼을 만한 그 도덕의 전령은 바로 문학이었다.

높은 관과 큰 띠, 베옷과 짚신

내가 귀할 때 남이 나를 받드는 것은
이 높은 관과 큰 띠를 받드는 것이고,
내가 천할 때 남이 나를 업신여기는 것은
이 베옷과 짚신을 업신여기는 것이다.
그렇다면 본디 나를 받드는 것이 아니니 내 어찌 기뻐할 일이며,
본디 나를 업신여긴 것이 아니니 내 어찌 성낼 일이랴.

홍자성, 《채근담》의 한 구절

(홍자성, 조지훈 역주, 《채근담》, 현암사, 1996, 296쪽)

《채근담》의 그야말로 나물뿌리처럼 소박한 언어가 우리 마음 속 허공을 울리며 한 편의 시가 된다. 명문이란 이렇듯 시대와 지역, 그리고 계급을 뛰어넘어 세세토록 위대한 덕성의 향기를 온 천지에 뿌리는가 보다. 덕성을 말하되 향기를 잃지 않고 말이다.

문득 영화 〈아바타〉에서 주인공 제이크와 나비족 여전사 네이티리의 첫만남 장면이 떠오른다. 네이티리는 제이크에게 "하늘의 사람(인간)은 볼 줄 모른다."고 한다. 이는 정말 보아야 할 것, 즉 보는 대상의 본성이나 본질, 영혼이나 덕성을 볼 줄 모른다는 의미이다. 인간은 kg 당 2천만 달러의 금전적 가치를 가진 언옵타늄은 눈을 부라리고

보면서, 판도라 행성을 조화와 섭리로 이끄는 '영혼의 나무'는 보지 못한다. 언옵타늄을 채굴하기 위해서라면 '영혼의 나무'쯤은 그저 땔감나무 베어내듯 하기를 서슴지 않는 인간에게 보이는 것은 높은 관과 큰 띠, 베옷과 짚신뿐인 것이다.

헛것을 받들고 헛것을 업신여기는 것, 머나먼 미래의 인간에게도 어김없이 적용되지 않는가! 영화 마지막에 그 대단한 미군 해병이 나비족에게 굴복하는 것은 그들의 군사력이 열세여서가 아니라 '보는 법'을 모르기 때문이다. 진정한 힘과 진정한 영혼을 갖지 못해서다. 위대한 판도라의 유산이 언옵타늄이 아니라 '영혼의 나무'가 조화와 섭리로 나비족의 영혼에 심어준 덕성임을 알지 못해서다.

벼슬 없는 재상과 벼슬 있는 거지

평민이라도 기꺼이 덕을 심고 은혜를 베풀면
문득 벼슬 없는 재상이 되고
사대부라도 헛되이 권세를 탐내고 총애를 팔면
마침내 벼슬 있는 거지가 된다.

홍자성, 《채근담》의 한 구절

(앞의 책, 293쪽)

서슴지 않고 '벼슬 없는 재상'이 아니라 '벼슬 있는 거지'가 되는 일은 홍자성이 살던 명나라와 지구 반대편에 위치한 영국 런던에서도 넘쳐났다. 찰스 디킨스의 《위대한 유산》은 익명의 후원자로부터 런던에서의 신사 수업에 필요한 후원금을 지급 받고, 보잘것없는 시골 대장장이인 매부 조의 도제에서 일약 런던의 신사로 탈바꿈한 핍의 자아 각성 과정을 보여주는 명작이다. 물론 찰스 디킨스는 사랑스런 주인공 핍을 '벼슬 있는 거지'에 머물지 않게 함으로써 '벼슬 없는 재상', 즉 '신사'의 참 모습을 조명하고 있다.

찰스 디킨스의 시대, 즉 산업혁명과 제국주의 팽창의 절정기에 다다른 영국의 귀족층은 중산계급(주로 상인계급)과 타협하며 자신들의 정치적 · 경제적 지위를 확고히 하려 했다. 대부분 정당하지 못한 방식으로 지위를 얻은 경박한 중산계급은 전통적인 귀족층이 오랜 세월 누려온 교양을 갖지 못했기에, 금전적 지위에 걸맞은 품위도 갖지 못했다. 당연히 그들은 귀족들의 우아한 가치관을 모방할 수밖에 없었고, 이 과정에서 중산계급의 이상적 인간형으로 자리 잡게 된 것이 바로 '신사(gentleman)'라는 개념이었다.

하지만 신사가 되는 것에 있어서 돈의 중요성이 커짐에 따라 신사가 갖추어야 할 내면적 덕성은 물질적 외면성의 부각으로 인해 그 비중을 잃어갔다. 따라서 돈이 신사를 만들었고 외적 조건이 얼마나 신사다운가에 의해 인간의 가치가 평가됨으로써 신사 개념의 속물화가 이루어지기 시작했다. 한마디로 그들은 헛되이 권세를 탐내고 총애를 파는 '벼슬 있는 거지'가 되었던 것이다. 우리의 주인공 핍 역시 그러한 어리석은 신사 수업을 받으며 속물이 되어갔다.(당시 영국 신사 계급의 속물화 과정은 차은정, "《위대한 유산》과 새로운 신사의 이상", 숙명여자대학교 대학원 석사논문, 1999.를 참고하여 정리했다.)

런던에서 신사 수업을 받기 시작한 지 얼마 지나지 않아, 핍은 훗날 조의 아내가 될 비디의 편지로부터 조의 방문 소식을 듣는다. 이제 더 이상 자신과 격에 맞지 않는 조의 방문이 핍은 탐탁지 않다. 마침내 정해진 날, 촌스러운 양복을 걸치고 헐렁한 정장용 구두를 신은 조가 친구 허버트와 함께 기거하고 있는 런던의 여관을 방문했을 때, 핍은 조를 몹시 부끄러워한다. 단지 그의 신사답지 못한 옷차림 때문이다. 하지만 핍과 헤어지며 전하는 조의 인사말에서 우리는 '벼슬 없는 재상'의 풍모를 느낄 수 있다.

오늘 잘못된 뭔가가 조금이라도 있다면 그건 다 내 탓이다. 너와 난 런던에서는 함께 만나지 말아야 할 사람들이야. 사적이고 익숙하며, 친구들 사이에 잘 알려져 있는 그런 곳 외의 다른 어떤 곳에서도 우린 만나지 말아야 할 사람들이야. 앞으로 넌 이런 옷차림을 하고 있는 날 다시는 만날 일이 없을 텐데, 그건 내가 자존심이 강해서가 아니라 그저 올바른 자리에 있고 싶어서라고 해야 할 거야. 난 이런 옷차림과는 전혀 어울리지 않아. 난 대장간과 우리 집 부엌과 늪지를 벗어나면 전혀 어울리지 않아. 대장장이 옷을 입고 손에 망치, 또는 담배 파이프라도 들고 있는 내 모습을 생각하면 너는 나한테서 지금 이런 차림의 반만큼도 흠을 발견하지 못할 거야. 혹시라도 네가 날 다시 만나고 싶은 일이 생긴다면, 그땐 대장간에 와서 창문으로 머리를 들이밀고, 대장장이 이 조가 거기서 낡은 모루를 앞에 두고 불에 그슬린 낡은 앞치마를 두른 채 예전부터 해 오던 일을 열심히 하고 있는 모습을 바라보도록 하거라. 그러면 넌 나한테서 지금 이런 차림의 반만큼도 흠을 발견하지 못할 거야. 난 끔찍이도 우둔한 사람이지만, 오늘 이 일에서는 마침내 어느 정도 올바른 결론을 뽑아냈다고 생각한다. 그럼 이보게, 하느님의 축복을 빌겠네. 사랑하는 내 친구, 핍, 하느님의 축복을 비네!

이 얼마나 위엄 있는 말인가? 조의 이 작별 인사의 위엄에 어색한 그의 옷차림은 아무 걸림돌도 될 수 없다. 핍의 이마를 부드럽게 한 번 만져 주고는 사라져 가는 조의 발걸음은 또 얼마나 '벼슬 없는 재상'처럼 위풍당당한가?

하지만 핍의 내면에도 절대로 속물이 될 수 없는 덕성이 자리 잡고 있었으니, 그 덕성은 바로 매부 조와의 아름답고 진실했던 어린 시절 때문이었다. 비디로부터 글을 막 배우고 난 핍이 철자법을 틀려가며 쓴 조에 대한 애정의 편지를 보자. 그런 핍이라면, 결코 속절없이 '벼슬 있는 거지'가 될 수는 없을 것이라는 믿음을 독자들은 결코 저버리지 않게 된다.

치내하는 조 난 당시니아조 자알 지네고 이끼를 비러요 난 내가 빨리 조 당시늘 가르쳐줄 쑤 이끼를 비러요 그럼 우린 매우 기뿔 거예요 그리고 내가 조 당시느 도재가 되믄 얼마나 신날가요 날 미더요 사랑 하는 핍이.

잃어 버려야 찾을 수 있는 것

막연하게 결정적인 유산 상속 시기만을 기다리며 점점 빚에 쪼들려 가는 가련한 신사 핍에게 어느 날 매그위치란 이름의 노인이 찾아온다. 그리고 놀랍게도 그 노인은 핍이 어린 시절 탈옥을 도와 준 죄수 매그위치였으며, 더 놀라운 사실은 이 매그위치가 바로 자신의 익명의 후원자라는 점이었다. 매그위치는 온갖 고생을 다해 재산을 모아 자신을 구해준 핍을 런던의 신사로 만들고 싶어했다. 호주로 추방된 그는 런던으로 돌아와 경찰에 잡히게 되는 날이면 중형을 면하기 어려운 죄수다. 하지만 자신이 반듯한 신사로 성장시킨 핍을 보기 위해 목숨을 걸고 런던에 나타난 것이다.

핍이 그토록 바라던 '위대한 유산'이 욕된 유산이 될 판이었다. 자신은 스스로 벌지 않은 후원금으로 신사 수업을 받으며 런던에서 타락해 갔지만, 그런 자신에게 후원금을 지급해 준 매그위치는 비록 호주로 추방된 죄수지만, 스스로 노동해서 번 돈으로, 즉 정당한 노동의 대가로 자신을 신사로 만들어 주었다는 사실을, 핍은 견딜 수 없다.

소설 말미에서 핍은 매그위치를 안전하게 도피시키기 위해 최선을 다하지만 결국 매그위치는 체포되고, 재판을 받고, 체포 과정에서 입은 부상으로 감옥에서 죽음을 맞는다. 그리고 매그위치의 재산은 몰수되고 핍이 그토록 바라던 '위대한 유산'은 물거품이 되고 만다.

결코 '벼슬 있는 거지'로 완전히 타락해 버리지 않는 우리의 주인공 핍은 매그위치의 후원의 가치를 인정한다. 비록 거칠고 험한 인생 역정을 거쳐 온 매그위치지만, 그는 자신에게 은혜를 베풀어준 핍에게 자신의 모든 재산을 바치고, 핍을 신사로 만들고 싶어 했다. 핍은 매그위치의 그런 마음을 선하고 은혜로운 자비로 인정한다.

비록 그토록 기다려온 유산은 잃어버렸지만, 핍은 도리어 그 유산을 잃어버림으로써 '위대한 유산'을 되찾는다. 그 '위대한 유산'이 무엇인지는 핍이 고향 대장간으로 돌아와 이제 막 결혼한 조와 비디에게 하는 말로 대신할 수 있을 것이다.

> 그리고 이제, 두 사람의 친절한 마음에서 이미 늘 그래 왔다는 걸 내가 잘 알고 있지만, 제발 두 사람 모두 나에게 말해 줘요. 나를 용서한다고 말이에요! 제발 두 사람이 그렇게 말하는 걸 내 귀로 직접 듣게 해 줘요. 내가 그 소리를 가슴에 품고 갈 수 있도록 말이에요. 그러면 나는, 두 사람이 앞으로 언젠가 나를 신뢰하며 나를 더 좋게 생각할 수 있는 때가 오리라고 믿을 수 있을 거예요!

깊은 참회의 마음으로 용서를 구하고, 기꺼이 용서하는 것, 분노하지 않고 언제까지라도 믿고 기다리며 기도하는 것, 그런 마음을 주고받을 수 있는 우정, 바로 이 위대한 유산이 조에게는 있었다.

이제 핍은 조와 헤어진다. 그 후 11년 동안 허버트와 함께 스스로 노력하여 재산을 일구고 굳이 신사라고 하면 신사라 할 사람으로 성장한다. 하지만 '베옷과 짚신'을 입고 신은 이들을 경멸하는 거짓 신사는 결코 아니다. '벼슬 있는 거지'도 아니다. 그가 영원토록 잃어버리지 않을 '위대한 유산'인 조와의 우정을 가슴 속에 새긴 명예로운 신사가 된 것이다.

《위대한 유산》은 요약이 불가능하다

지금까지 주인공 핍이 익명의 후원자로부터 금전적 도움을 받아 런던에서 신사 수업을 받고, 타락하고, 매그위치를 만나 막대한 유산을 잃어버리면서 도리어 조와의 우정을 되찾는 과정을 중심으로 《위대한 유산》을 정리해 보았다. 하지만 이러한 정리는 거의 무의미하다. 《위대한 유산》은 부유한 독신녀 해비샴과의 만남, 그리고 소설 마지막에 매그위치의 딸로 밝혀지는 에스텔러와의 만남, 허버트와의 우정, 재거스 변호사와 그의 조수 웨믹과의 교제 등 핍을 둘러싼 수 없이 많은 에피소드들이 촘촘한 그물처럼 엮인 치밀한 장편소설이기 때문이다.

촌철살인의 금언이나, 도덕적 명제들이 직설하는 '도덕성'과 달리 스토리와 구성, 솔직하고도 섬세한 심리묘사 등이 어우러진 작품을 읽을 때 우리의 상상력이 팽창하면서 받게 되는 감동은 그 어떤 도덕 교과서도 능가하는 힘을 갖는다. 그 힘을 머리가 아닌 가슴으로 느끼기 위해서는 《위대한 유산》을 잘 정리해 놓은 해설의 글을 읽는 것으로는 턱없이 부족하다.

훌륭한 도덕 교과서

작가의 천재성과 대중의 열망이 서로 충돌하지 않았던 적이 영국 근대문학사에 단 한 번 있었다면, 그 주인공은 바로 디킨스다. 디킨스는 참으로 많은 독자를 거느린 위대한 작가였다. 작가의 상식과 상상력이 독자들의 그것과 함께 작동하는 일은 당연한 것처럼 보이지만 실은 작가의 천재성에 의해서만 가능하다. 디킨스는, 평범하고 보편적인 일상에 매몰되는 일을 경멸하고, 자신의 작가적 이상이 상식 이상의 경지로 도약할 때만 창조자로서의 쾌락을 경험하는 그런 작가가 아니었다. 그는 언제나 가장 귀중한 보물은 일상 속에서 반짝이고 있고, 창조의 시선이 머물러야 할 곳도 바로 그곳이라는 사실을 정확히 알았던 것이다.

어떻게 생각하면 지극히 단순하고 동화 같은 성장 소설, 《위대한 유산》에서 디킨스는 자신의 천재성을 유감없이 발휘했다. 인간 사회 질서의 조정자였던 신神이 금전과 지위로 완전히 대체되던 시절, 독자들로 하여금 그 새로운 조정자의 권력에 굴복하고 싶지 않게 만들었고, 평범하고 보편적인 상식이 아직은 건강한 심장의 박동처럼 힘차게 쿵쾅거리고 있음을 독자들에게 일깨워 주었다.

디킨스는 《위대한 유산》이 당대에 어떤 사명을 띠고, 독자들에게 다가가야 하는지 잘 알고 있었다. 소박한 삶과 속 깊은 사랑, 그리고 한없는 관용의 마음을 가진 일개 대장장이 조가 당시 영국 사회가 열망하는 지위 개념인 '신사(gentleman)'보다 더 가치 있는 '고결한 인간(gentle man)' 임을 선언했고, 우티의 핍을 내면적으로 성장시켰다. 그리하여 핍으로 하여금 자신과 조의 우정에서 진정한 '위대한 유산' 의 의미를 각성하게 만들었다.

수많은 독자들에게 조처럼 되라고, 그리고 핍처럼 '위대한 유산' 의 의미를 각성하라고, 디킨스는 재미있고 웅장한 스케일의 훌륭한 도덕 교과서 한 권을 세상에 내 놓은 것이다.

위대한 유산

자신이 사물을 부리는 이는
얻었다 하여 기뻐하지 않으며
잃어도 근심하지 않으니
대지가 모두 그의 노니는 곳이라.
사물로써 자신을 부리는 이는
역경을 미워하며 순경順境을 사랑하니
털끝만한 일에도 얽매인다.

홍자성, 《채근담》의 한 구절

(홍자성, 조지훈 역주, 《채근담》, 현암사, 1996, 178쪽)

위대한 유산은 얻었다 하여 기뻐할 일도 아니요, 잃었다 해도 근심

할 일도 아니다. 그것은 오직 있어야 할 자리에 있고, 사라져야 할 자리에서 사라질 뿐이다. 《위대한 유산》 마지막 부분에서 우리의 주인공 핍이 비디에게 하는 말에도 그런 유산의 깊은 뜻이 담긴 듯하여, 여기 적으며 글을 맺는다.

사랑하는 비디, 일찍이 내 인생에서 중요한 자리를 차지했던 것을 나는 그 어떤 것도 잊지 않았어. 그리고 일찍이 내 인생에서 조금이라도 자리를 차지했던 것 역시 거의 잊지 않았어. 하지만 내가 한때 가련한 환상이라고 불렀던 그것은 모두 사라졌어, 비디, 그래 모두 사라졌어!

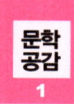

   문학이라는 안경을 써야만 보이는 도덕이 있다. 물론 문학의 가치를 주제니, 도덕이니 하는 것으로 함부로 대체하는 일은 위험하지만 말이다. '문학 도덕'의 가치는 '일반 도덕'과 달리 우리를 도덕적 인간으로 만드는 데보다는 일반 도덕을 제대로 받아들이는 새로운 인간으로 우리를 개조하는 데 있다. 우리는 이제껏 속임수나 간사한 유혹에 빠져 온갖 교훈의 풍조에 밀려 혼돈 속에 있었던 것 같다. 바로 이러한 인간에서 도덕을 진정으로 받아들일 줄 아는 인간으로 개조하는 데 문학 도덕의 진정한 가치가 있다.

   문학 도덕은 '새로운 도덕'이 아니다. 도리어 도덕을 받아들이고 실천하는 '새로운 인간'을 세우는 토대다. 또한 도덕은 속박을 요구하지만 문학은 명예를 준다. 과연 우리가 도덕을 명예로 여길 수 있었는가? 《위대한 유산》은 그런 의미에서 훌륭한 도덕 교과서로서 손색이 없다.

   속박된 마음으로 반드시 그런 인간으로 거듭나야 하겠다는 인위적인 감정을 짜내게 하는 도덕이 아니라, 진정 우리 자신을 명예롭게 하기 위해 말끔히 몸을 씻고 정갈한 옷을 입듯 가치 있는 도덕을 기쁜 마음으로 받아들일 수 있게 만드는 《위대한 유산》은 정말 인류의 '위대한 유산'이다.

   시대가 아무리 변해도 문학이 가야 할 길 중 변하지 않는 것이 있다면, 《위대한 유산》처럼 그 시대가 요구하는 진정한 도덕 교과서로서의 사명을 다하는 것이다.

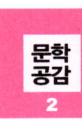

　가짜 부자는 돈으로 할 수 있는 일을 잘 알지만, 진짜 부자는 돈으로 할 수 없는 일을 잘 안다. 그리고 바로 그 일, 돈으로는 절대 할 수 없는 그 일을 통해서만 신사의 행복과 명예가 얻어진다. 따라서 신사가 되는 데에 가난이 가장 큰 장애라고 생각하는 사람은, 설사 부를 쥐게 되어도, 지위로서의 신사가 될 수는 있어도 자격으로서의 신사는 될 수 없다. 그 지위와 자격 사이의 간격은 재물을 벌고 또 벌어서 쌓고 또 쌓아도 좁혀지지 않으니, 하물며 벼락처럼 떨어진 유산으로야 오죽하겠는가?

　유산은 독특한 심술보를 가졌다. 상속인의 맑고 기품 있는 마음이 피상속인에게는 탁하고 속물적인 마음으로 변형돼 전해지기 때문이다. 유산遺産에서 유遺는 '남기다'는 의미도 있지만 '잃다'의 뜻도 있음은 의미심장하다. 유산이 '남겨진 재산'이 될 수도 있지만 '유실된 재산'이 될 수도 있기 때문이다. 무엇을 간직하고 무엇을 잃을 것인가? 이 질문에 현명하게 답할 수 있는 신사가 바로 진정한 자격으로서의 신사다.

　찰스 디킨스의 《위대한 유산》은 맑고 기품 있는 마음을 가진 상속인 조에게서 받은 위대한 유산을 피상속인 핍이 깊이깊이 간직하며 성장해 나가는 모습을 아름답게 그리고 있다. 그리고 그러한 성장은 핍이 잃어야 할 유산을 잃어버림으로써 가능했다. 《위대한 유산》이라는 썩 훌륭한 도덕 교과서 덕분에, 자격으로서의 신사 수업 한번 제대로 받은 것 같다. 감사할 일이다.

18

문학은 인간의 인간에 의한
인간을 위한 복음이다

국민 개개인의 양심이 살아 있을 때에만, 국민 개개인이 반칙하지 않고 편 가르지 않고 상처 주지도 상처받지도 않을 때에만, '국민의 국민에 의한 국민을 위한 정부'라고 하는 링컨의 정치적 이상은 실현된다. 따라서 우리는 양심에 바탕을 둔 '인간의 인간에 의한 인간을 위한' 그 무엇을 먼저 찾아야 한다. 문학은 그 무엇 중 하나가 될 자격이 충분히 있다. 신문이나 뉴스에서 떠들썩하게 소개되는 세상에서는 좀처럼 찾아보기 힘든 그 무엇이 문학에는 널려 있기 때문이다. 문학은 '인간의 인간에 의한 인간을 위한' 복음으로서의 자존심을 스스로 포기한 적 없는 인간 영혼의 위대한 정부였다.

상한 영혼을 위하여

상한 갈대라도 하늘 아래선
한 계절 넉넉히 흔들리거니.
뿌리 깊으면야
밑둥 잘리어도 새순은 돋거니
충분히 흔들리자 상한 영혼이여
충분히 흔들리며 고통에게로 가자.

뿌리 없이 흔들리는 부평초잎이라도
물 고이면 꽃은 피거니.
이 세상 어디서나 개울은 흐르고
이 세상 어디서나 등불은 켜지듯
가자 고통이여 살 맞대고 가자.
외롭기로 작정하면 어딘들 못 가랴.
가기로 목숨 걸면 지는 해가 문제랴.

고통과 설움의 땅 훨훨 지나서
뿌리 깊은 벌판에 서자.
두 팔로 막아도 바람은 불듯
영원한 눈물이란 없느니라.
영원한 비탄이란 없느니라.

캄캄한 밤이라도 하늘 아래선

마주 잡을 손 하나 오고 있거니.

고정희, 「상한 영혼을 위하여」 전문

(고정희, 《이 시대의 아벨》, 문학과지성사, 1983)

성격 : 관조적, 희망적

표현 : 자신을 향한 청유형의 다짐

어조 : 굳은 각오를 느낄 수 있는 의지적 어조

구성 : 점층적

특징 1 : 고통에 다가가고, 고통과 살을 맞대고, 고통을 뚫고 지나가
        는 점층 구조

특징 2 : '갈대'에서 '부평초'로 바뀌는 비유의 점층

출전 : 《이 시대의 아벨》

주제 : 고통을 감내하고 인생의 결실을 이루어 내려는 결심

    한 수능 참고서에 실린 고정희의 「상한 영혼을 위하여」에 대한 핵심 정리다. 별로 흠잡을 데 없이 이 시의 뼈대는 이렇게 추려지고 있다. 하지만 이 시에 대해 뭔가를 더 말해야 할 것이다. 그 뭔가에 이 시의 혼백魂魄이 담겨 있는, 그 혼백의 일렁임에 이 시를 읽는 상한 영혼들이 울고 웃는, 그런 뭔가를 더 말해야 할 것이다. 시인의 가장 깊은 아픔 속에서, 시인의 가장 아픈 상처 속에서, 푸른 깃발처럼 펄

럭이며 들려오는 복음福音을 말해야 할 것이다.

"감감한 밤이라도 하늘 아래선 마주 잡을 손 하나 오고 있거니."

몰락한 명문가의 자제가 소설가가 되다

동세대의 작가, 편집자들이 대학에서 공부하는 동안 나는 갖가지 특별한 계층의 삶을 살아내고 있었다. 이 기간 동안 나는 어떤 문학수업에서도 얻을 수 없는 귀중한 체험을 하였다. 작가로서 내가 가진 희귀한 경력은 아마 앞으로도 내게 큰 용기를 줄 것이다.

한 장편 소설 후기에서 아사다 지로浅田次郎가 밝힌 말이란다. 부유한 명문가의 아들로 태어났지만, 어린 나이에 집안이 몰락했던 아사다 지로는 가와바타 야스타리의 책 중에서 "몰락한 명문가의 자제가 소설가가 되는 경우가 많다"라는 글귀를 발견하고, 소설가가 되려는 꿈을 갖게 되었단다. 불량소년 생활, 육상 자위대 입대, 야쿠자 생활 등, 순탄치 않은 삶을 살면서, 그는 소설가의 꿈을 저버리지 않았고, 끝내는 일본 최고의 이야기꾼이 되었다.(아사다 지로, 양윤옥 옮김, 《철도원》, 문학동네, 1999, 300쪽)

아사다 지로의 출세작인 소설집 《철도원》에는 〈러브레터〉라는 로

맨틱한 제목의 단편이 실려 있다. 하지만 아사다 지로의 삶을 생각하면, 닭살 돋는 러브 스토리를 기대할 수는 없는 일이다. 그렇다면 야쿠자 출신의 이야기꾼의 펜에서는 어떤 러브레터가 '사랑'의 마음을 전할지 궁금하지 않을 수 없다. 그리고 〈러브레터〉를 다 읽고 나면 다시 한 번 인정하게 된다. 아사다 지로는 결코 독자를 실망시키지 않는다는 사실을.

　가와바타 야스나리의 생각처럼, 굳이 '몰락한 명문가의 자제'가 아니어도 훌륭한 소설가는 많다. 하지만 그 어떤 소설가도 아사다 지로의 〈러브레터〉 같은 러브 스토리는 쓰지 못할 것 같다. 일반적인 문학수업만을 받은 소설가가 아무리 치밀한 자료조사나 현지답사를 한다 해도, 아사다 지로처럼 상한 영혼들의 맑고 깨끗한 슬픔과 가슴 뭉클한 감동을 이해하지도 표현하지도 못할 것이기 때문이다.

　문학계가 풍성해지기 위해서는 다양한 이력의 작가가 필요한 것 같다. 대부분의 작가들이 출신 학교, 등단 과정부터 몇몇으로 제한된 우리나라의 문학계가 갑자기 황량하게 느껴진다.

느닷없이 닥친 아내의 부음

　20년이나 가부키쵸(도쿄의 유명한 환락가)의 3류 양아치로 살아온 다카노 고로高野吾郎는 이제 막 석방 처분을 받고 신주쿠 서에서 풀려났다. 불법 포르노 숍 전무짓을 한 것이 탈이었다. 꼬박 열흘을 구류 살고 나온 고로의 등 뒤에서 보안계 형사가 머리를 툭 쳤다. 야쿠자 모대조직의 말단 격인 '사다케 흥업'을 통해, 8개월 전 위장 결혼 해주고 50만 엔을 받았던, 자신의 아내랄 것도 없는 아내가 죽었단다.

다카노 고로는 서에서 풀려나오자마자 치바 현으로 시신을 거두러 가야한다. 본 적도 만난 적도 없지만 호적상으로는 분명히 자기 아내인 파이란의 시신을 말이다. 사다케 사장은 똘마니 사토시를 붙여 주며 강백란康白蘭, 중국말로 캉 파이란의 호적 등본이며 주민등록증이며 필요한 서류들을 담은 봉투를 고로에게 건네주었다. 그리고 그 봉투에는 파이란이 고로에게 보낸 짧은 편지 한 장이 들어 있었다. 고로는 한 대목을 눈여겨봤다.

> 이곳은 모두 친절합니다. 조직 사람도 손님도 모두 친절합니다. 바다도 산도 아름답고 친절합니다. 계속 이곳에서 일하고 싶습니다. 셰셰. 그것뿐입니다. 바닷소리가 들립니다. 고로 씨, 들립니까? 모두 친절합니다. 하지만 고로 씨가 제일 친절합니다. 나와 결혼해주었으니까요.

똘마니 사토시와 함께 고로가 몸을 실은 열차는 도쿄 역 지하 홈을 미끄러져 달리기 시작했다. 고로는 운반책이었던 사토시로부터 파이란에 대한 몇 가지 정보를 듣는다. 비록 호적상 아내이지만, 그래도 자신의 아내인 파이란의 죽음과 이주 노동자들의 비참한 삶을, '사다케 흥업' 운반책인 똘마니 사토시로부터 듣는다. 그리고 고로는 봉투에서 꺼낸 파이란의 사진을 처음으로 본다. 방금 전에 읽은 짧은 편지의 대목이 이상하게 마음에 걸린다.

고로의 무의식이 몸을 일으키다

치바 현에 도착한 둘은 택시를 타고 일단 경찰서로 향했다. 도로를 꺾어들기 전에 고로는 '자기도 모르게' 고개를 돌려 택시 뒤창을 넘어다본다. 파이란이 살았던 집, 하얀 건물이 환영처럼 우두커니 서 있었다. 서에 근무하던 형사는 고로와 농담 같은 이야기를 몇 마디 나눈 후 '간단히' 파이란의 사망 사실을 법적으로 확실하게 정리해 버린다.

중국 깡촌에서 이 먼 곳까지 와 야쿠자들 사이에서 이리저리 팔려 다니다 빚에 옭매여 결국 의사 한 번 못 보고 죽어 버린 파이란. 그 불쌍한 인간의 죽음이 너무도 간단히 법적으로 정리된 것이다. 고로는 다시 '자기도 모르게' 분노한다. 택시를 타고 파이란의 시신이 안장돼 있는 병원으로 향하며 고로가 또 한 번 '자기도 모르게' 분노한다.

말 같지도 않은 소리 하지도 마. 이게 명백한 관리 매춘 아냐? 게다가 불법 취업 아니냐구. 납치 감금 아니냔 말야. 제 발로 찾아오는 그렇고 그런 손님에게 음란 비디오 팔았다고 열흘씩이나 콩밥 신세를 지는 판인데, 어째서 이 일

알지도 못하는 이국 여자의 죽음이 어찌도 이리 슬프단 말인가? 고로는 시신을 바라보며 통곡한다. 그리고 그 슬픔의 원인을 가까스로 짐작해 낸다. 열차 안에서 파이란의 편지를 읽을 때부터 자신이 이상해졌던 것이다. 파이란의 장례식을 무사히 마친 그날 밤, 고로는 꿈을 꾸었다.

오호츠크 넓은 바다에 썰물이 빠지면 앞바다로 여울이 지고, 바닷가 사람들의 양식이 되는 조개와 굴이 풍성하게 넘치는 섬, 오랜 옛날 버리고 온 북녘 고향이었다. 그 아름다운 섬에는 아내 파이란, 그리고 어린 아들 둘, 그리고 자신의 가족을 부러운 듯 바라보는 형이 보인다. 하지만 행복한 장면은 잠깐뿐, 파이란은 고로에게 자신은 이미 죽은 몸이라는 슬픈 사실을 고한다. 지금까지 고생한 거 고향에서 다 갚아주려고 했는데……. 병원에 가서 간에 병든 거 깨끗하게 고쳐주려고 했는데…….

꿈을 꾸는 동안, 고로의 무의식이 몸을 일으키기 시작한다. 50만 엔에 호적을 팔아먹은 가부키쵸의 탕자蕩子 고로. 파이란을 이국 땅 후미진 바닷가에서 술 따르고 몸 팔며 간에 든 병 고치러 병원 한 번 못 가고 죽게 만든 가부키쵸의 3류 양아치 고로. 그 고로의 의식 밑

에서 무의식의 거인, '양심의 인간' 다카노 고로가 드디어 몸을 일으
키기 시작한다.

러브레터

소설 〈러브레터〉는 이제 도쿄로 돌아오는 열차에서 주인공을 바꾼
다. 유골함에서 '호적상의 아내'가 아니라 '진짜 아내'인 파이란의
온기를 느끼고 있는 '양심의 인간' 다카노 고로가 바로 그 주인공이
다. 새로운 주인공이 병상에서 쓴 아내 파이란의 마지막 러브레터를
읽는다.

세상에서 제일 사랑하는 고로 씨에게.

아무도 없는 사이에 살짝 편지 쓰고 있습니다. (…) 나는 분명 죽습니다. (…)

이렇게 죽는 여자 많이 봤으니까 나는 압니다. 순서가 왔을 뿐. (…)

고로 씨에 대해 잘 압니다. 경찰이나 출입국 관리청에 잡혀 갔을 때를 대비

해 주소라든가 나이, 성격, 버릇, 좋아하는 음식 같은 것, 사다케 사장님이 적

어준 것 전부 외웠습니다. 잊어버리지 않게 날마다 읽었습니다. 사진도 갖고

있습니다. (…) 항상 가지고 있습니다. 매일 잊지 않도록 보고 있는 사이에 고

로 씨가 아주 좋아졌습니다. 좋아지면 일하기가 괴로워집니다.

일하러 가기 전에 항상 미안합니다 말합니다. 하는 수 없지만, 미안합니다

입니다. (…) 손님들 모두 친절하지만, 일하면서 고로 씨 잊지 않습니다. 진짜

입니다. 손님을 고로 씨라고 생각합니다. (…)

내가 죽으면 고로 씨 만나러 와줍니까. 만약 만나면 부탁 한 가지만. 나를 고로 씨 묘에 넣어주시겠습니까. 고로 씨의 아내로 죽어도 좋습니까. 무리한 부탁을 해서 미안합니다. 그러나 내가 바라는 것은 이것뿐입니다. (…)

매일 밤 잠들 때 꼭 그랬던 것처럼 고로 씨 사진 보면서 울고 있습니다. 슬픈 거 괴로운 거 아니고 고마워서 눈물 나옵니다. 고로 씨에게 드리는 거 아무것도 없어서 미안합니다. 그래서 말만, 서투른 글씨로, 미안합니다.

진심으로 사랑합니다, 세상 누구보다. 고로 씨 고로 씨 고로 씨 고로 씨 고로 씨 고로 씨 고로 씨.

짜이찌엔再見. 안녕.

러브레터를 다 읽은 고로는 목 놓아 울었다. 파이란이 일으켜 세운 우리의 새 주인공, '양심의 인간' 고로가 목 놓아 울었다. 친절한 고로, 아내로 살게는 해 주지 못했지만 아내로 죽게는 해 줄 것을 약속하며 파이란의 넋에 사죄하는 고로, 아무것도 준 것이 없어 미안해하며 죽어간 파이란이 이 세상 무엇보다 소중한 것을 주었음을 깨닫는 '양심의 인간' 고로. 그가 바로 소설 〈러브레터〉, 아니 우리가 살고 있는 진짜 세상의 진짜 주인공이 된다.

이제 고로는 가부키쵸 양아치 생활 20년을 청산하고 고향으로 돌아갈 것이다. 결국 만나지 못한 동생의 색시를 형은 분명 따뜻하게 맞아줄 것이다. 고로는 파이란이 쓰다 남은 립스틱으로 유골 상자에

'다카노 파이란'이라고 쓴다. 형편없는 한자 글씨에 아내 파이란이 업신여길까 걱정이다. 울면서 웃자니, 마른 뼈들이 무릎 위에서 달그락거리며 우는 소리를 냈다.

문학으로 우리는 무엇을 할 것인가?

인간에게 유용한 것은 대체로 그것이 유용하다는 것 때문에 인간을 억압한다. 유용한 것이 결핍되었을 때의 그 답답함을 생각하기 바란다. 억압된 욕망은 그것이 강력하게 억압되면 억압될수록 더욱 강하게 부정적으로 작용한다. 그러나 문학은 유용한 것이 아니기 때문에 인간을 억압하지 않는다. 억압하지 않는 문학은 억압하는 모든 것이 인간에게 부정적으로 작용하는 것을 보여준다. 인간은 문학을 통하여 억압하는 것과 억압당하는 것의 정체를 파악하고, 그 부정적인 힘을 인지한다. 그 부정적 힘의 인식은 인간으로 하여금 세계를 개조하지 않으면 안 된다는 당위성을 느끼게 한다. 한 편의 아름다운 시는 그것을 향유하는 자에게 그것을 향유하지 못하는 자에 대한 부끄러움을, 한 편의 침통한 시는 읽는 자에게 인간을 억압하고 불행하게 만드는 것에 대한 자각을 불러일으킨다. 소위 감동이라는 말로 우리가 간략하게 요약하고 있는 심리적 반응이다. 감동이나 혼의 울림은 한 인간이 대상을 자신의 온몸으로 직관적으로 파악하는 행위이다. 인간은 문학을 통해, 그것에서 얻은 감동을 통해, 자기와 다른 형태의 인간의 기쁨과 슬픔과 고통을 확인하고 그것이 자기의 것일 수 있다는 것을 느낀다.

(김현, 〈문학은 무엇을 할 수 있는가〉, 《전체에 대한 통찰》, 나남. 1990. / 장석주, 《지금 어디선가 누군가 울고 있다》, 문학의문학, 2009, 50쪽에서 인용)

오래 전 작고하신 김현 교수의 글 〈문학은 무엇을 할 수 있는가〉의 한 대목이다. "인간은 문학을 통해, 그것에서 얻은 감동을 통해, 자기와 다른 형태의 인간의 기쁨과 슬픔과 고통을 확인하고 그것이 자기의 것일 수 있다는 것을 느낀다." 이 구절에 밑줄을 그어 본다.

인간과 인간 사이에서 공감되는 인간들의 양심, 그래서 더 이상 상처받고 멸시받는 인간들이 내팽개쳐지듯 고립되지 않는 양심의 세상, 바로 그 세상을 온몸으로 직관하게 해 주는 감동을 문학은 우리에게 줄 수 있다. 〈러브레터〉의 고로와 파이란을 보듬고, 그들의 기쁨과 슬픔과 고통을 확인하면서, 그들이 바로 우리일 수 있다는 사실을 느끼는 기적은, 신문이나 뉴스에 나오는 험악한 세상에서는 좀처럼 찾아보기 힘들지만, 문학에는 널려 있다.

김현 교수는 "문학은 무엇을 할 수 있는가?" 하고 물었다. 그렇다면 우리는 "문학으로 우리는 무엇을 할 것인가?" 하고 다짐하듯 물어야 한다. 그리하여 우리는 고로가 파이란의 러브레터를 읽듯, 고정희의 「상한 영혼을 위하여」를 다시 읽으며, 문학에 널려 있는 양심의 기적을 실천할 수 있어야 한다. 마주 잡을 손을 잡고, 마주 잡을 손을 내 줘야 한다.

"캄캄한 밤이라도 하늘 아래선 마주 잡을 손 하나 오고 있거니."

사르트르가 "유럽에서 가장 날카로운 지성"이라고 불렀던 오스트리아 출신의 철학자이자 생태주의자였던 앙드레 고르. 그는 1949년 도린과 결혼하여 58년 동안 부부로 함께 살았다. 둘의 사랑에 불행이 찾아왔다. 도린이 허리디스크 수술 중 약 부작용으로 거미막염이라는 불치의 병에 걸린 것이다. 생태주의자답게 고르는 생업을 포기하고 아내와 함께 시골로 내려가 23년을 살았다.

도린의 두통과 전신통증이 인내의 한계를 넘었을 때, 부부의 아름다운 삶에 마지막이 왔다. "당신은 내게 당신의 삶 전부와 당신의 전부를 주었습니다. 우리에게 남은 시간 동안 나도 당신에게 내 전부를 줄 수 있었으면 좋겠습니다." 사랑하는 아내 도린에게 자신의 전부를 다 준 고르는 아내와의 마지막 삶을 '동반 죽음'으로 마무리한다. 그의 마지막 러브레터에는 다음과 같이 적혀 있다.

당신은 이제 막 여든 두 살이 되었습니다. 그래도 당신은 여전히 탐스럽고 우아하고 아름답습니다. 함께 살아온 지 쉰여덟 해가 되었지만, 그 어느 때보다도 더, 나는 당신을 사랑합니다. 요즘 들어 나는 당신과 또다시 사랑에 빠졌습니다. 내 가슴 깊은 곳에 다시금 애타는 빈자리가 생겼습니다. 내 몸을 꼭 안아주는 당신 몸의 온기만이 채울 수 있는 자리입니다. 밤이 되면 가끔 텅 빈 길에서, 황량한 풍경 속으로, 관을 따라 걷고 있는 한 남자의 실루엣을 봅니다. 내가 그 남자입니다. 관 속에 누워 떠나는 것은 당신입니다. 당신을 화장하는 곳에 나는 가고 싶지 않습니다. 당신의 재가 든 납골함을 받아들이지 않을 겁니다. 캐슬린 페리어의 노랫소리가 들려옵니다.

세상은 텅 비었고, 나는 더 살지 않으려네.

그러다 나는 잠에서 깨어납니다. 당신의 숨소리를 살피고, 손으로 당신을 쓰다듬어 봅니다. 우리는 둘 다, 한 사람이 죽고 나서 혼자 남아 살아가는 일이 없기를 바랍니다. 우리는 서로에게 이런 말을 했지요. 혹시라도 다음 생이 있다면, 그때도 둘이 함께하자고.

(앙드레 고르, 임희근 옮김, 《D에게 보낸 편지》, 학고재, 2007, 89∼90쪽)

아사다 지로의 〈러브레터〉에서 파이란의 납골함을 든 사람은 다카노 고로다. 하지만 고로는 이미 죽었다. 20년 동안 가부키쵸의 3류 양아치로 살았던 고로, 파이란을 아내로 살게 해 주지 못한 고로는 파이란의 납골함을 들지 못하고 완전히 죽은 것이다. 지금 파이란의 납골함을 들고 고향 바다로 가고 있는 고로는 죽어야 할 부분이 죽고 살아야 할 자격만이 남아 있는, 양심을 회복한 고로다.

앙드레 고르는 58년 동안 오직 아내를 사랑하는 마음으로 살았기에 '동반 죽음'을 떳떳하게 선택할 수 있었지만 고로는 그럴 자격이 없다. 파이란은 육신의 인간으로는 죽었지만 자신이 고로에게 보냈던 마지막 러브레터와 함께 납골함 속에서 살아 있다. 고로는 그 납골함 속에 살아있는 아내와 함께 진짜 남편으로 오랜 세월을 살아야 한다. 그리하여 언젠가 때에 닿으면, 자신에게 써 준 파이란의 러브레터에 답장을 보내야 한다. 생태학자 고르처럼 확신어 찬 러브레터를 파이란에게 쓰고, 그녀의 납골함 속에 자신의 뼛가루를 보태야 한다.

"세상은 텅 비었고, 나는 더 살지 않으려네."

삶과 죽음 사이에 놓여 있는 단절의 강은 넓고도 깊다. 그리고 산 자와 죽은 자가 소통할 길은 주술적인 차원에서나 가능하다. 하지만 그러한 주술이 비현실적인 것만은 아니다. 죽은 이가 살아 있는 이보다 더 살아 있는 기적이 너무도 많다. 당신은 정말 죽은 자와 달리 살아 있는가? 당신은 죽은 이로부터 위대한 삶의 가르침을 들어본 적이 없는가?

파이란의 러브레터를 읽으며, 혹시 죽은 양심의 인간으로 살아 있지는 않을까, 누군가의 죽음에 떳떳하지 못한 삶을 살고 있는 것은 아닐까 두려워진다. 물론 그 두려움의 터널을 뚫고, 내면 어디엔가 분명히 살아 있을 양심의 자아를 찾아 나설 수 있는 용기와 의지도 가져 본다.

인간에 의해서 만들어지고 인간의 글로 성화聖化되는 복음이 분명히 존재한다는 사실, 그 복음이 양심을 잃어버린 불쌍한 영혼에게 구원이 될 수 있다는 사실, 그리고 그런 위대한 복음이 담겨 있는 작품 〈러브레터〉를 읽을 수 있다는 사실에 감사한다. 문학이 있음에 감사한다.

그리고 우리는 분명히 알게 된다. 문학이 이제껏 온 길, 지금도 가고 있는 길, 앞으로도 가야 할 길을 말이다.

19

문학은 현실 비판과
이상 사회의 열망이다

인문주의는 선과 악, 조화와 부조화, 문명과 야만을 구별하는 기준을 신앙의 영역에서 세속의 영역으로 끌어왔다. 그리하여 인문주의의 세례를 받은 정신의 인간들은 자신이 살고 있는 세계가 오직 하늘나라를 기다리는 대기실에 불과하다는 어리석음에서 벗어났다. 그들은 선하고 조화롭고 문명적인 인간의 나라를 꿈꾸었고, 건설했고, 안타깝게도 무수히 많이 실패했다. 하지만 그들은 결코 포기하지 않았다. 비록 영원히 갈 수 없는 나라일지도 모르지만, 그들은 보다 나은 인간의 나라에 대한 열망을 결코 저버리지 않았다.

바람만이 아는 대답

얼마나 많은 길을 걸어 봐야

우리는 진정한 인생을 깨닫게 될까

흰 비둘기는 얼마나 많은 바다 위를 날아 봐야

비로소 백사장에 편히 잠들 수 있을까

얼마나 많은 전쟁의 포화가 세상을 날아야

지구상에 영원한 평화는 찾아올까

그대 나의 친구여, 부디 묻지를 마오

바람만이 아는 대답을

얼마나 많은 세월이 흘러야

높은 산이 씻겨 내려 바다로 흘러갈까

얼마나 많은 세월이 흘러야

비로소 우리는 진정한 자유를 얻을 수 있을까

과연 언제까지 우리는 고개를 돌려

이 험한 세상을 외면할 텐가

그대 나의 친구여, 부디 묻지를 마오

바람만이 아는 대답을

얼마나 많이 고개 들어 올려다보아야

진짜 하늘을 볼 수 있을까

얼마나 오랜 세월을 어리석게 산 후에야

비로소 나 아닌 사람들의 울음소리를 들을 수 있을까

얼마나 많은 사람이 희생되어야

무고한 사람들이 너무 많이 죽었음을 깨달을까

그대 나의 친구여, 부디 묻지를 마오

바람만이 아는 대답을.

밥 딜런, 「바람만이 아는 대답」

 본디 오고 감이 없고, 깊고 얕음이 없고, 높고 낮음이 없고, 피고 짐이 없고, 얻음과 잃음이 없고, 나고 죽음이 없고, 멀고 가까움이 없고, 밝고 어두움이 없고, 많고 적음이 없고, 크고 작음이 없고, 길고 짧음이 없고, 끝내는 있고 없음이 없는, 그런 바람. 과연 그런 바람만이 알고 있을까? 어쩌면 그럴지도 모른다.

 신화 속의 시시포스처럼 무거운 바위를 안고 산 정상에서 골짜기로 미끄러지고 또 미끄러지는 것이 우리네 인간의 운명일까? 어쩌면 그럴지도 모른다.

 하지만 인간이라는 불굴의 피조물은 포기하지 않을 것이다. 문학을 잃어버리지 않는 한, 묻고 또 물을 것이다. 바람만이 알고 있는 바로 그 대답을. 지상에 단 한 명의 작가라도 남아 있는 한, 잔인한 운명의 바위를 굴려 올리고 또 올릴 것이다. 결코 갈 수 없지만 기어코 가야할 정의로운 세상, 산 정상에 우뚝 솟은 찬란한 유토피아를 향하여!

토머스 모어의《유토피아》와 유토피아 문학

지리상의 발견과 종교개혁, 그리고 인쇄업의 발달로 인해 중세적 질서가 무너지고 바야흐로 새로운 시대가 열리고 있었다. 토머스 모어(1478~1535)의《유토피아》(1516)는 '인문주의' 라고 하는 거대한 물결이 출렁거리던 그 새로운 시대의 산물이었다. 인문주의 시대의 정신사적 의미에 대해서 슈테판 츠바이크만큼 웅장하게 기술한 작가는 보기 드물 것 같아, 그의 글을 여기 소개해 볼까 한다.

이제 모든 주석달기와 논쟁은 끝났으며, 낡은 우상의 권위는 경외가 파괴되면서 무너진다. 교조적 지식의 종이탑이 무너지고 전망은 자유로워진다. 지식과 학문을 향한 정신의 열기는 유럽이라는 유기체에 갑자기 새로운 세계 질료인 혈액이 갑자기 공급됨으로써 발생한다. 리듬이 빨라진다. 여유롭게 진행되던 발전은 이러한 열기에 의해 급격하게 진행되고, 존재하는 모든 것은 마치 대지의 진동에 의한 것인 듯 움직임 속으로 빠져든다. (…)

인간의 모든 질서는 이 엄청난 충격으로 흔들린다. 이 대단한 세기 전환기,

세상이 변화하는 시기에, 보통 때 같으면 시대의 소용돌이 밑에서도 있는 그대로 놓여 있었을 영혼계의 최하층부, 바로 종교적인 것에도 그 영향이 미친다. 지금까지 도그마는 가톨릭 교회의 완고한 형식에 사로잡혀 마치 바위처럼 흔들리지 않고 모든 폭풍을 견뎌 왔다. 이 대단한 종교적 복종은, 말하자면 중세의 상징이었다. 그 권위는 확고하게 윗자리를 지키고 있었고, 밑에서 보면 강요당하고 종교적으로 희생당하는 것이었으나 모든 사람들은 그 거룩한 복음을 향하고 있었다. (…)

지구의 비밀들은 규명 가능해졌는데, 왜 신의 비밀은 그럴 수 없는 것일까? 한 사람 한 사람씩 순종적으로 수그렸던 머리를 들어 올려 의문의 시선을 보낸다. 순종 대신에 새로운 생각의 용기, 질문의 용기가 그들에게 생명을 불어 넣는다. 알지 못하는 바다를 탐험했던 용감한 모험가들인 콜럼버스, 피사로, 마젤란처럼 할 수 없는 것을 하겠다고 단호하게 나서는 정신적인 정복자들이 부활한다. (…)

16세기의 인간은, 새로운 것에 도전할 때마다 항상 승리감을 안겨 주었던 자신감 덕택에 자신이 더 이상 신이 내리는 은총의 이슬에 목말라하는 사소하고 의지력 없는 먼지티끌이 아니라 모든 일의 중심이고 세계의 권력자임을 느낀다. 순종과 어둠은 갑자기 자의식으로 바뀌고 우리는 힘에 대한 그 자의식의 의미심장한 도취감, 그 불멸의 도취감을 르네상스라는 말로 포용한다. 종교의 스승 옆에 정신의 스승이 동등한 권위를 가지고 어깨를 나란히 하며 학문이 교회와 어깨를 겨룬다. (…)

유럽은 전체로서 자신이 변화를 위한 불가해한 명령을 받아 불려나왔음을 강하게 느낀다. 시간은 이미 멋지게 준비돼 있다. 흥분이 여러 나라에서 솟아오르고, 영혼 속에서 살아숨쉬는 불안과 조급함이 부풀어오른다. 이 모든 것 위에 희미하지만 엿듣는 귀가 흔들거리며 떠 있다. 그 귀가 엿듣는 말은 이런 것이다. (…)

'지금 정신에는 세계를 개혁해야 할 의무가 있다'.

(슈테판 츠바이크, 정민영 옮김, 《슈테판 츠바이크의 에라스무스 평전》, 아롬 미디어, 2006, 37~40쪽)

"지금 정신에는 세계를 개혁해야 할 의무가 있다." 이는 인문주의 시대 이후 문학의 모토가 되었다. 그리하여 토머스 모어의 《유토피아》가 첫 발을 내딛은 이후 '반드시 가야 하지만 결코 갈 수 없는 나라', '결코 갈 수 없지만 절대로 포기할 수 없는 나라'에 대한 작가들의 열망은 수많은 '유토피아 문학'을 탄생시켰다.

물론 문학이론가들이 굳이 '유토피아 문학'이라는 장르를 특별히 설정했지만, 실제로 그 어떤 작가도 '유토피아'와 무관하게 작품을 쓰는 일은 없을 듯하다. 유토피아를 실제로 그리거나, 유토피아를 동경하거나, 유토피아를 애써 외면하는 것, 이 셋 이외에 작가가 문학 작품을 쓰는 동기가 과연 존재할 수 있을까?

《유토피아》의 내용과 가치

    토머스 모어는 종교적 소명의식을 느끼고 4년 간 수도원 생활을 하기도 했지만, 결국 성직자의 길을 버리고 결혼하여 법률가, 정치가로 활동하며 명성을 얻었다. 모어는 젊은 시절부터 네덜란드의 인문주의자 에라스무스와 친분을 쌓았다. 그는 당대의 세태를 비판한 에라스무스의 《우신예찬》에 자극을 받아, 수년간 자료를 모아 집필한 끝에 현실의 모순을 꼬집고 이상사회를 그려낸 《유토피아》를 1516년 출간하였다.

    대법관의 자리에까지 오른 그는, 당시 교황청과 결별하고 국왕 자신이 교회의 수장이 되는 종교개혁을 단행한 헨리 8세에게 반대하였다가 반역죄로 런던탑에 구금되었고 결국 1535년 참수형에 처해졌다. 모어의 죽음은 온 유럽을 경악시켰고 에라스무스는 "토머스 모어는 눈보다도 순결한 영혼을 가진 사람이었다. 영국은 과거에도 그리고 이후로도 그와 같은 천재성을 다시 발견할 수 없을 것이다."며 그의 죽음을 애도했다. 그는 사후에 교황 피우스 11세에 의해 성인聖人의 반열에 올려졌다.

    토머스 모어의 정치적 공상소설 《유토피아》는 플랑드르 지방을 방문한 모어가 친구인 페터 힐레스를 만나는 장면에서 시작한다. 그리고 모어는 힐레스와 대화하던 라파엘에게서 이상적인 섬나라인 유토피아의 제도와 문화, 풍속과 가치관에 대한 이야기를 듣게 되는데,

《유토피아》는 바로 그 이야기를 담은 작품이다.

총 2부로 구성된 《유토피아》는 라파엘의 입을 빌어 당시 영국 사회의 혼란상과 모순을 지적하면서 사로운 이상사회인 유토피아를 제시한다. 모어는 이 작품을 통해 결핍과 착취가 없고 정의와 평등, 이성과 합리적 제도가 국가의 토대가 되는 세계를 통해 인간을 행복에 이르게 하는 진정한 공공성의 실현을 보여주고자 했던 것이다.

《유토피아》를 읽고 나면, 우리는 현대적 관점에서 보았을 때도 결코 낡아 보이지 않는 모어의 정치 철학에 놀라지 않을 수 없다. 기나긴 중세의 터널을 갓 벗어난 인문주의자 모어의 혁명적인 주장은 그가 왜 위대한 인문주의자이자 성인聖人으로 추앙받는 그리스도인이며 미래 복지 사회의 예언자인지를 말해주는 데 전혀 부족함이 없다.

유토피아에서는 인간의 탐욕을 부추기는 사유재산이 폐지되고, 노동계급과 유한계급의 분리가 용납되지 않고, 의료복지 체제를 완비하고, 놀랍게도 안락사가 허용된다. 금과 보석들이 사치와 허영과 함께 멸시되고, 백성들은 하루 6시간 이상 노동하지 않고, 정신적인 쾌락을 위한 교육의 가치가 존중되고, 남녀 차별은 사라진 지 오래고, 공직자들의 청렴이 당연시되고, 종교적 관용이 보장된다. 정치적으로나 사회윤리적으로 수백 년을 앞선 주장이 아닐 수 없다.

그리고 가장 중요한 사실은 그러한 유토피아가 인간을 위해, 인간의 지혜와 현명한 경험을 바탕으르 치밀하게 만들어진 세상이라는 점이다. 어원적으로 '이 세상에 없는 곳'을 의미하는 그리스어 '유토피아(Utopia)'가 토머스 모어에 의해 지어진 섬 이름이라는 점도 상기

할 필요가 있다. 유토피아는 결코 세속의 저 너머에 관념으로서만 존재하는 세상이 아니라, 우리네 인간이 지상에서 반드시 건설해야 할 세상인 것이다.

비록 작가적 상상력에 의한 픽션이긴 하나, 모어의 《유토피아》는 현실 사회를 비판하고 이상 사회를 열망하는 작가의 구체적 비전을 담고 있다. 문학이 가야할 길이란 바로 이런 것이라는 듯 말이다.

유토피아에서 디스토피아로

르네상스의 현자 모어는 《유토피아》(1516)로 '기어코 가야하지만, 절대로 갈 수 없는 이상향'을 그려냈다. 유토피아 섬에는 물욕物慾에 감염되지 않은 건강한 정신의 인간들이 정치적 이상을 실현하고 있었다. 시대를 앞선 이상주의자의 일반적인 종말이 그렇듯 모어 역시 몸과 머리가 붙은 온전한 몸으로 관 속에 들어가지 못했다. 하지만 모어의 목을 친 형리의 칼날은 죄의식에 떨었다. 그땐 그랬다. 망나니에서 왕과 귀족까지, 무식 대중에서부터 최고의 현자에 이르기까지 '정의'와 '명예'를 존중하는 순박함을 잃지 않았다.

모어의 《유토피아》가 정치적 이상향을 그렸다면, 베이컨의 《새로운 아틀란티스》(1626)는 과학적 이상향을 그린 작품이다. 이제 유토피아는 '가야하지만, 갈 수 없는' 역설의 땅이 아니었다. 지리상의 발견으로 점차 세계 전체를 장악했던 베이컨의 시대는 그 세계에 대한 실증적 탐구를 요구했다. 맹목적·주술적 개념들은 지구 전체라고 하는 거대한 실험실에서 추방되었다. 그땐 그랬다. 진취적인 과학 정신은 인간의 심성이나 세계에 대한 파괴로 무모하게 치닫지 않았고, 오직 진리 탐구의 순수한 열정에 머물렀다.

그러나 《새로운 아틀란티스》로부터 불과 300년이 지난 후 인류는 '절대 가서는 안 되지만, 갈 수밖에 없는 역逆이상향'인 디스토피아를 그리기 시작했다. 제2차 세계대전 전후에 대중이 전체주의의 선동 대상으로, 과학이 군국주의의 첨병으로 전락하면서 헉슬리의 《멋진 신세계》(1932), 오웰의 《1984년》(1949)으로 대표되는 디스토피아 소설들이 출간되었다. 하지만 헉슬리와 오웰의 디스토피아 소설들은 공산주의 진영에 대한 정치 공세적 성격을 띠었다는 점에서 '역이상향'에 대한 보편적 이해에 도달하지는 못했다.

정말로 섬뜩한 디스토피아의 마왕魔王은 《멋진 신세계》의 무스타파 몬드나 《1984년》의 빅 브라더가 아니었다. 놀랍게도 수십만 년 동안 인류의 자애로운 어머니였던 자연이 직접 디스토피아를 쓰기 시작했다. 인류가 결코 감당할 수 없을 것 같은 이 위협적인 디스토피아를, 천재 과학자가 아니라 선량한 시민이 경건하게 기록했다. 레이첼 카슨의 《침묵의 봄》(1962)에서 제인 구달의 《희망의 이유》(1999)에 이르기까지, 경건한 기록자들은 자연이 픽션이 아니라 논픽션인 디스토피아 그 자체가 되었음을 증언했다.

디스토피아에서 다시 유토피아로

"정치적 문제뿐 아니라 개인적 문제, 그리고 현실의 모순까지 떠맡았던 문학이 언제부터인가 협소한 범위로 한정돼 버렸다"며 문학을 버리고 생태운동으로 돌아섰던 영문학자이자 문학평론가인 김종철 〈녹색평론〉 발행인은 최근 한국작가회의를 찾아 '대지를 떠난 문학'이라는 주제로 강연을 했다. 그의 생태문학에 대한 철학이 담긴 몇 대목을 적어 본다.(2010. 4. 5. 〈경향신문〉, "물새·나루터 사라지는 4대강, 그 현장의 절망 글로 쓰시오"를 참고하여 정리한 것이다.)

- 우리 정신이 추상적으로 존재하는 게 아니라 만물의 관계 속에서 정신이 형성되고, 만물의 근원에 강·바다·산·나무·풀이 있는 것이다.
- 지금 우리가 회복해야 할 것은 무엇보다 말의 힘이다. 작가들이 기층 민중의 언어로 근대화 속에 사라져가는 생태적 삶의 가치를 복원해야 한다.
- 모든 생류들로부터 인간을 분리시키고 인간과 인간을 분리시키는 것이 근대다.
- 근대문학이 망했다면 새로운 차원의 문학은 주술사로서의 말의 힘을 회복시키고 민중과 생류들과 더불어 사는 공동체적 관계망 속에서 시원적 인간 존재를 회복하려는 글쓰기가 돼야 한다.
- 작가는 삶의 근원에 대해 생각해야 하며, 엘리트의 언어가 아니라 기층 민중의 언어로 말해야 한다.

생태문학이 제 소임을 다하여 디스토피아에서 다시 유토피아로 되돌아갈 수 있을까? 그리하여 문학이 다시 '현실 비판과 이상 사회의 열망'이라는 자신의 정체성을 되찾을 수 있을까? 너무 멀리 와 버린 것은 아닐까? 길을 잃어 영영 되돌아갈 수 없는 것은 아닐까? 이 질문에 대한 대답도 밥 딜런의 노래처럼 바람만이 알고 있을까? 어쩌면 그럴지도 모른다.

   하지만 인간이라는 불굴의 피조물은 포기하지 않을 것이다. 지상에 '문학이 가야할 길'을 고민하는 단 한 명의 작가라도 남아 있는 한, 묻고 또 물을 것이다. 바람만이 알고 있는 바로 그 대답을.

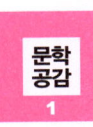
여기에서 다시 생각해 볼 점은 유토피아 역시 더 이상의 진전이 필요 없는 완벽한 세계가 아니라는 사실이다. (…) 유토피아는 최종적으로 완성된 형태가 아니라 지금도 발전중에 있는 사회이다. 현실세계(1부)에서 보면 그곳은 아름다운 곳이지만 역시 불완전하며 그래서 여전히 희망이 필요한 곳이다. 그 말은 유토피아 역시 최종적으로 극복의 대상이 되어야 할 사회라는 의미가 된다.

유토피아는 그 자체로서 우리가 지향해야 할 이상향이 아니라 현실 사회를 비추어줄 거울의 기능을 한다. 모어는 특정한 이상향을 곧바로 제시했다기보다 이상향은 어떠해야 하는지 생각하는 방법을 제시한 것이다.

(토머스 모어, 주경철 옮김, 《유토피아》, 을유문화사, 2007, 176쪽)

《유토피아》를 번역한 주경철 교수는, 토마스 모어의 유토피아 의식이 갖는 의의에 대해 위와 같이 설명했다. 토머스 모어는 역시 위대한 사람이었던 듯싶다. 당시 현실을 날카롭게 비판하고 이상사회를 향한 열망을 피력하면서도, 그 비판과 열망의 한계를 정확하게 알았다. 자신이 생각한 유토피아를 강요하는 독설가가 아니었던 것이다.

설령 그 어떤 천재가 있어 완벽한 유토피아를 생각해 냈다 해도, 그 완벽이란 당대 사회에 비추었을 때의 완벽일 뿐이다. 따라서 진정한 이상사회는 언제나 더 나은 이상사회를 건설하는 데 필요한 반성과 비판에 열린 사회여야 한다.

반성과 비판에 열려 있지 않은 이상사회를 역설하는 국가에서 독버섯처럼 자란 것이 과연 무엇이었던가? 강력한 독재 이데올로기가 아니었던가?

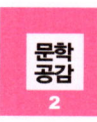

**문학
공감
2**

더 기다리는 우리가 됩시다.

진리의 비석에 영원히 새겨질 정답을 캐묻지 맙시다.

바람만이 아는 대답을 노래하는 밥 딜런처럼, 유보된 정답을 담담히 받아들입시다.

보란듯이 세상을 개혁하고, 보란듯이 유토피아를 건설하고, 보란듯이 유토피아에서

행복하고, 보란듯이 후손에게 유토피아를 자랑과 교만으로 물려주지 맙시다.

언제나 한 걸음 덜 가도록 합시다.

마지막 한 걸음 더 내딛을 수 있어도, 그저 겸양하는 마음으로 한 걸음 뒤에서 멈춥

시다.

갈 수 없지만 기어코 가야하는 나라가 아니라, 갈 수 있지만 한 걸음 덜 가는 나라에

서 양보합시다.

절대로 끝장을 보려고 달려들지 맙시다.

승리가 눈앞에 보일 때일지라도 호흡을 한 번 고르고 끝장까지 승리하지 맙시다.

그래서 우리의 승리로 인해 패한 사람이 굴욕에 찬 마음으로 복수의 칼날을 갈며 절

치부심하도록 하지 맙시다.

진정한 유토피아는 아쉽지만 나룻배 하나만 덩그러니 놓인 강 너머에 있는 법.

천천히, 한 명 한 명, 노 저으며 건너야 하는 법.

노 젓다 해 지면 쉬었다 가고, 노 젓다 달 뜨면 한 잔 술 걸쳤다 가고, 그렇게 천천

히 갑시다.

강을 건넌 사람보다는 자신의 차례를 기다리는 사람들이 백 배 천 배 더 많은, 그런

강을 건너는 마음을 배웁시다.

문학이 가야할 길 •

301

그리하여 우리는 더 기다리는 우리가 됩시다.

거듭거듭 우리는 더 기다리는 우리가 됩시다.

　시인 도종환 씨의 시 「더 기다리는 우리가 됩시다」를 본떠, 유토피아의 열망과 그 열망의 달뜬 감정을 가슴 속에서 삭이며 써 본 글이다. 현실을 비판하고 이상사회를 열망하는 문학이 행여 가질 수 있는 교만을 경계하자는 뜻에서 써 봤다. 문학이 가야할 길이란 열망의 길이 아니라 그 열망 속에 도사리고 있는 교만을 가라앉히고 유보와 관용의 미덕을 지녀야 하는 겸손한 길이다. 이 겸손한 문학의 길을 한시라도 잊어버리지 않기 위해, 거듭거듭 다짐해 본다.

　더 기다리는 우리가 됩시다.

20

문학은 생태적인 의미에서
인간적이다

양식 있는 과학자들이 '인간'을 운위하는 일이 잦아졌다. '인간적'일 때만 인간은 지구 위에서 평화를 누릴 수 있기 때문이다. 과학기술이 '비인간적인 진보'를 위해 초고속으로 성장해 오는 동안, 문학은 '인간적인 진보'를 위해 느린 걸음으로 역사를 걸어왔다. 마치 고향처럼 언제라도 되돌아갈 수 있는 과거를 또렷이 기억하는 것이 문학이다. 불과 수십 년 전의 TV나 자동차는 박물관에 소장되어 있지만, 수십 수백 년 전의 문학작품은 지금도 우리 책상 앞에 놓여 있지 않은가? 문학은 '인간적'이다. 인간이 위대한지는 잘 모르겠지만, 인간적인 문학은 영원히 위대하다.

시애틀 추장의 연설

워싱턴의 대추장이 우리 땅을 사고 싶다는 전갈을 보내왔다. 대추장은 우정과 선의의 말도 함께 보내왔다. 그가 답례로 우리의 우의를 필요로 하지 않는다는 것을 잘 알고 있으므로 이는 그로서는 친절한 일이다. 하지만 우리는 그대들의 제안을 진지하게 고려해볼 것이다. 우리가 땅을 팔지 않으면 백인이 총을 들고 와서 우리 땅을 빼앗을 것임을 우리는 알고 있다.

그대들은 어떻게 저 하늘이나 땅의 온기를 사고 팔 수 있는가? 우리로서는 이상한 생각이다. 공기의 신선함과 반짝이는 물을 우리가 소유하고 있지도 않은데 어떻게 그것들을 팔 수 있다는 말인가? 우리에게는 이 땅의 모든 부분이 거룩하다. 빛나는 솔잎, 모래 기슭, 어두운 숲속 안개, 맑게 노래하는 온갖 벌레들, 이 모두가 우리의 기억과 경험 속에서는 신성한 것들이다. 나무 속에 흐르는 수액은 우리 홍인紅人의 기억을 실어 나른다. 백인은 죽어서 별들 사이를 거닐 적에 그들이 태어난 곳을 망각해 버리지만, 우리가 죽어서도 이 아름다운 땅을 결코 잊지 못하는 것은 이것이 바로 우리 홍인의 어머니이기 때문이다. 우리는 땅의 한 부분이고 땅은 우리의 한 부분이다. 향기로운 꽃은 우리의 자매이다. 사슴, 말, 큰 독수리, 이들은 우리의 형제들이다. 바위산 꼭대기, 풀의 수액, 조랑말과 인간의 체온 모두가 한 가족이다.

워싱턴 대추장이 우리 땅을 사고 싶다는 전갈을 보내온 것은 곧 우리의 거의 모든 것을 달라는 것과 같다. 대추장은 우리만 따로 편히 살 수 있도록 한 장소를 마련해주겠다고 한다. 그는 우리의 아버지가 되고 우리는 그의 자식이 되는 것이다. 그러니 우리 땅을 사겠다는 그대들의 제안을 잘 고려해보겠지만, 우리에게 있어 이 땅은 거룩한 것이기에 그것은 쉬운 일이 아니다. 개울과 강을 흐르는 이 반짝이는 물은 그저 물이 아니라 우리 조상들의 피다. 만약 우리가 이 땅을 팔 경우에는 이 땅이 거룩한 것이라는 걸 기억해 달라. 거룩할 뿐만 아니라, 호수의 맑은 물 속에 비추인 신령스러운 모습들 하나 하나가 우리네 삶의 일들과 기억들을 이야기해 주고 있음을 아이들에게 가르쳐야 한다. 물결의 속삭임은 우리 아버지의 아버지가 내는 목소리이다. 강은 우리의 형제이고 우리의 갈증을 풀어준다. 카누를 날라주고 자식들을 길러준다. 만약 우리가 땅을 팔게 되면 저 강들이 우리와 그대들의 형제임을 잊지 말고 아이들에게 가르쳐야 한다. 그리고 이제부터는 형제에게 하듯 강에게도 친절을 베풀어야 할 것이다. (…)

　백인의 도시에는 조용한 곳이 없다. 봄 잎새 날리는 소리나 벌레들의 날개 부딪치는 소리를 들을 곳이 없다. 홍인이 미개하고 무지하기 때문인지 모르지만, 도시의 소음은 귀를 모욕하는 것만 같다. 쏙독새의 외로운 울음소리나 한밤중 연못가에서 들리는 개구리 소리를 들을 수가 없다면 삶에는 무엇이 남겠는가? 나는 홍인이라서 이해할 수가 없다. 인디언은 연못 위를 쏜살같이 달려가는 부드러운 바람소리와 한낮의 비에 씻긴 바람이 머금은 소나무 내음을 사랑한다. 만물이 숨결을 나누고 있으므로 공기는 홍인에게 소중한 것이다. 짐승들, 나무들, 그리고 인간은 같은 숨결을 나누고 산다. 백인은 자기가 숨 쉬는 공기를 느끼지 못하는 듯하다. 여러 날 동안 죽어가고 있는 사람처럼 그는 악취에 무감각하다. (…)

　우리는 우리 땅을 사겠다는 그대들의 제의를 고려해보겠다. 그러나 제의를 받아들일 경우 한 가지 조건이 있다. 즉 이 땅의 짐승들을 형제처럼 대해야 한다는 것이다. 나는 미개인이니 달리 생각할 길이 없다. 나는 초원에서 썩어가고 있는 수많은 물소를 본 일이 있는데 모두 달리는 기차에서 백인들이 총으로 쏘고는 그대로 내버려둔 것들이었다. 연기를 뿜어대는 철마가 우리가 오직 생존을 위해서 죽이는 물소보다 어째서 더 중요한지를 모르는 것도 우리가 미개인이기 때문인지 모른다. 짐승들이 없는 세상에서 인간이란 무엇인가? 모든 짐승이 사라져버린다면 인간은 영혼의 외로움으로 죽게 될 것이다. 짐승들에게 일어난 일은 인간들에게도 일어나기 마련이다. 만물은 서로 맺어져 있다. (…)

　땅이 인간에게 속하는 것이 아니라 인간이 땅에 속하는 것임을 우리는 알고 있다. 만물은 마치 한 가족을 맺어주는 피와도 같이 맺어져 있음을 우리는 알고 있다. 인간은 생명의 그물을 짜는 것이 아니라 다만 그 그물의 한 가닥에 불과하다. 그가 그 그물에 무슨 짓을 하든 그것은 곧 자신에게 하는 짓이다.

　우리 땅을 사겠다는 그대들의 제의를 고려해보겠다. 우리가 거기에 동의한다면 그대들이 약속한 보호구역을 가질 수 있을 것이다. 아마도 거기에서 우리는 얼마 남지 않은 날들을 마치게 될 것이다. 마지막 홍인이 이 땅에서 사라지고 그가 다만 초원을 가로질러 흐르는 구름의 그림자처럼 희미하게 기억될 때라도, 기슭과 숲들은 여전히 내 백성의 영혼을 간직하고 있을 것이다. 새로 태어난 아이가 어머니의 심장의 고동을 사랑하듯이 그들이 이 땅을 사랑하기 때문이다. 그러므로 우리가 땅을 팔더라도 우리가 사랑했듯이 이 땅을 사랑해 달라. 우리가 돌본 것처럼 이 땅을 돌보아 달라. 당신들이 이 땅을 차지하게 될 때 이 땅의 기억을 지금처럼 마음속에 간직해 달라. 온 힘을 다해서, 온 마음을 다해서 그대들의 아이들을 위해 이 땅을 지키고 사랑해 달라. 하나님이 우리 모두를 사랑하듯이.

　한 가지 우리는 알고 있다. 우리 모두의 하느님은 하나라는 것을. 이 땅은 그에게 소중한 것이다. 백인들도 이 공통된 운명에서 벗어날 수는 없다. 결국 우리는 한 형제임을 알게 되리라.

1854, 시애틀 추장의 연설문

(김종철 엮음, 《녹색평론선집 1》, 1993, 25~29쪽)

　미국 서부지역에 거주하던 두아미쉬–수쿠아미쉬족族의 추장 시애틀이 1854년, 미합중국 대통령 피어스가 인디언 부족이 전통적으로 살아온 땅을 팔 것을 제안한 데 대한 답으로 행한 이 연설문의 아름다움과 진리성은, 본질적으로 우주와 세상을 조화롭고 질서 있는 하나의 전체로서 보는 통합적 비전에서 나온다. 연설문이라기보다는 차라리 한 편의 장엄한 시詩다. 소위 '인간적인 것'에 대하여 이 연설문만큼 정확히 말해주는 시詩를 본 적 있는가!

　시애틀 추장의 연설문은 생태문학이라는 관점에서 몇 가지 중요한 시적 정의(poetic justice)를 지니고 있다. 여기 적어 본다. 그에겐 너무도 당연한 도덕적 법칙이 백인들에겐 비현실적인 주장 혹은 경제적 원칙에 대한 무지의 소산으로밖에는 느껴지지 않았을 테지만 말이다.

　　• 그대들은 어떻게 저 하늘이나 땅의 온기를 사고 팔 수 있는가?
　　• 쏙독새의 외로운 울음소리나 한밤중 연못가에서 들리는 개구리 소리를

문학이 가야할 길 •
307

들을 수가 없다면 삶에는 무엇이 남겠는가?

- 짐승들에게 일어난 일은 인간들에게도 일어나기 마련이다.
- 인간은 생명의 그물을 짜는 것이 아니라 다만 그 그물의 한 가닥에 불과하다.
- 온 힘을 다해서, 온 마음을 다해서 그대들의 아이들을 위해 이 땅을 지키고 사랑해 달라.
- 결국 우리는 한 형제임을 알게 되리라.

이 시적이며, 정치적이며, 경제적이며, 종교적인 절규는 모두 묵살되었고, 그저 추장의 위대한 정신을 기린다는 취지로 그의 이름을 딴 도시 시애틀만이 남았다. 피어스 대통령이 그의 연설문에 감동받아서 그렇게 지었단다. 현재 시애틀 근교에는 시애틀 경제를 이끌고 있는 세계 컴퓨터 소프트웨어의 중심인 마이크로소프트(MicroSoft)의 본사와 세계적인 항공기 제조업체인 보잉(Boeing)사의 항공기 제작공장이 자리하고 있으며, 커피 브랜드 스타벅스(Starbucks)의 본사도 위치하고 있다.

안타깝지만, 미국 서북부의 도시 '시애틀'은 전혀 '시애틀적'이지 않다.

1854년에 일어난 또 하나의 사건

시애틀 추장이 연설했던 1854년에 아주 우연히도 또 하나의 중요한 사건이 일어난다. 헨리 데이빗 소로우의 《월든》이 티크노어앤드필스 출판사에서 출간된 것이다.

1845년 소로우는 자그마한 월든 호숫가의 숲속에 들어가 통나무 집을 짓고 밭을 일구면서 2년 간 자급자족 생활을 했는데, 《월든》은 그런 숲 생활의 산물이다. 하지만 이 책을 숲속에서의 목가적인 생활을 수채화처럼 눈 맑게 그려낸 일종의 체험기쯤으로 생각해서는 안 된다. 자연의 예찬이 곧바로 문명사회에 대한 통렬한 비판으로 이어지는 이 책의 메시지는 '인간적인 것' 이외의 것을 강요하는 일체의 구속에다 대고 외치는 한 자주적인 인간의 독립선언문이기 때문이다. 《월든》의 놀라운 문장들을 살펴보자.

- 돈이 지나치게 많은 부유층은 단지 편안할 정도의 따뜻함이 아니라 부자연스러울 정도의 뜨거움 속에 살고 있다.
- '자발적 빈곤'이라는 이름의 유리한 고지에 오르지 않고서는 인간 생활의 공정하고도 현명한 관찰자가 될 수 없다.
- 왕실의 재단사가 만들어 바친 옷이라도 한 번만 입고 버리는 왕과 왕비 같은 사람들은 몸에 맞는 옷을 입는 기분이 어떤 것인지를 알지 못한다. 그들은 깨끗한 옷을 걸어두는 목마나 다를 것이 없는 존재들이다.
- 우리가 더 많은 낮과 밤들을 우리의 몸과 천체天體들 사이에 아무런 장벽

을 두지 않고 보낸다면 얼마나 좋을 것인가?

• 여러 민족들은 그들이 다듬어서 남긴 석재의 양으로 자신들에 대한 추억을 영구화하려는 광적인 야망에 사로잡혀 있다. 차라리 그만한 노력을 자신의 품행을 가다듬는 데 바쳤다면 어땠을까? 한 조각의 양식은 달까지 솟아오른 기념비보다 더 기릴 만한 것이 아닌가? 제발, 돌들은 제자리에 그냥 놓아두라. 테베의 장관은 천박한 장관일 뿐이다. 인생의 참다운 목적에서 떨어져버린 100개의 대문을 가진 테베의 신전보다 어느 정직한 사람의 밭을 둘러싸고 있는 자그마한 돌담이 더 의미가 있다.

• 많은 사람들이 동서양의 기념비에 대해서 관심을 가지고 그것을 누가 세웠는가 알고 싶어한다. 그러나 내가 알고 싶은 것은 그 시대에 그런 것을 세우지 않은 사람, 즉 그런 사소한 것을 초월한 사람이 누구였는지 하는 것이다.

• 참, 커튼 값으로는 한 푼도 들어가지 않았다는 얘기도 해야겠다. 그것은 해와 달 이외에는 아무도 내 집 창문을 들여다볼 사람이 없었고, 해와 달이 들여다보는 것은 내가 환영하는 바였기 때문이다.

• 아침 바람은 끝없이 불며, 창조의 시는 중단되지 않는다. 그러나 그것을 듣는 귀를 가진 사람은 드물다. 올림포스 산은 속세를 한 발자국만 벗어나면 어디에나 있다.

• 어느 하인이 기계적으로 흔들어서가 아니라 우리 자신의 천재성에 의해 깨워지고, 공장의 종소리 대신 천상의 부드러운 음악을 들으면서 향기가 가득한 가운데 새롭게 얻은 힘과 우리 내부의 열망에 의해 깨워질 때만 전날보다 더 고귀한 삶은 시작될 수 있으며, 어둠은 그 열매를 맺고 빛에 못

지않게 소중한 것임을 입증하게 된다.

• 뉴스가 도대체 무엇인가? 그보다는 시간이 지나도 낡지 않는 것을 아는 일이 얼마나 중요한가!

• 이제 우리 마을에 성인들을 위한 학교를 세워서, 청소년들이 어른이 되려는 시점에서 교육을 중단하는 일이 없도록 할 때가 왔다. 마을 하나하나가 대학이 되며, 나이 많은 주민들은 그 대학의 특별연구원이 되어 남은 평생 여유를 가지고서 교양으로서의 학문을 추구할 때가 온 것이다. 세계가 언제까지 파리 대학 하나, 옥스퍼드 대학 하나로 한정되어야 한단 말인가? 이 마을에 학생들을 기숙시켜 콩코드의 하늘 밑에서 교양 교육을 받게 할 수는 없을까? 아벨라르 같은 뛰어난 학자를 모셔 강의를 들을 수는 없을까?

• 필요하다면 강에 다리 하나를 덜 놓고, 그래서 조금 돌아서 가는 일이 있더라도 그 비용으로 우리를 둘러싸고 있는 보다 어두운 무지의 심연 위에 구름다리 하나라도 놓도록 하자.

• 볼 가치가 있는 것을 그때그때 놓치지 않고 보는 훈련에 비하면 아무리 잘 선택된 역사나 철학이나 시의 공부도, 훌륭한 교제도, 가장 모범적인 생활 습관도 그리 대단한 것은 아니다.

• 이 화차에 실려가는 찢어진 돛들은 재생되어 책으로 인쇄되겠지만, 그보다는 지금 이대로가 읽기도 쉽고 내용도 재미있다. 이 돛들이 겪은 폭풍우의 역사를 이 찢어진 자국들만큼 생생하게 그려낼 사람이 어디 있겠는가?

• 고독은 한 사람과 그의 동료들 사이에 놓인 거리로 잴 수 있는 것이 아니다. 하버드 대학의 혼잡한 교실에서도 정말 공부에 몰두해 있는 학생은 사

막의 수도승만큼이나 홀로인 것이다.

• 농사가 한때는 신성한 예술이었음을 옛 시와 신화는 최소한 암시를 하고 있다. 그러나 지금 우리는 대형 농장과 대량 수확만을 목표로 삼은 나머지 성급하고 생각 없이 농사를 짓고 있다. 농부로 하여금 자기 직업의 신성함을 표현하고, 또 그 직업의 거룩한 기원을 회상하도록 하는 축제나 행사나 의식이 전혀 없다. (…) 농부의 관심은 오직 눈앞의 이익과 때려먹는 잔치에만 있다. 그는 농업의 여신이나 대지의 신에게 제사를 지내지 않고 지옥의 황금신에게 제사를 지내고 있다.

• 과일은 그것을 사 먹는 사람이나 시장에 내다 팔기 위하여 재배하는 사람에게는 결코 그 참다운 맛을 보여주지 않는다.

• 자연을 놓고 천국을 이야기하다니! 그것은 지구를 모독하는 짓이 아니고 무엇이겠는가?

• 참다운 미국은 (…) 노예제도나 전쟁을 국민이 지지하도록 국가가 강요하고, 그런 물건들을 사용하는 데서 직접 간접으로 초래되는 쓸데없는 비용을 국민이 부담하도록 강요하는 일이 없는 나라여야 하는 것이다.

• 우리는 이 작은 집을 떠들썩한 웃음소리로 쩌렁쩌렁 울리게 하기도 하고 장시간의 진지한 이야기로 집 안을 가득 차게 해서 월든 골짜기에 깃들여 온 오랜 침묵에 대한 보상을 했다. 내 집의 분위기에 비하면 브로드웨이 거리는 차라리 조용하고 적적하다고 할 수 있었으리라.

• 진실로 바라건대 당신 내부에 있는 신대륙과 신세계를 발견하는 콜럼버스가 되라. 그리하여 무역을 위해서가 아니라 사상을 위한 새로운 항로를 개척하라.

위의 문장들을 마치 시처럼 암송하다 보면 우리는 느낄 수 있다. 헨리 데이빗 소로우는 작은 호숫가 숲속에서 살고 있었지만, 세계인 이었고 예언자였다. 이는 《월든》이 시대와 장소를 초월해 위대한 고전으로서 살아 숨 쉬게 하는 이유이기도 하다. 위대한 글은 우리의 발성 기관이 참을 수 없게 만든다. 그리하여 소리 내어 읽게 된다.

소리 내어 읽을 수밖에 없는 책이야말로 '인간적인' 책이 아닐까!

《월든》, '인간적인 것' 을 선프하다

'인간적인 것' , 즉 '인간의 본질' 은 플라톤과 아리스토텔레스로부터 칸트와 마르크스를 거쳐 사르트르에 이르기까지 대부분은 정치적 · 경제적 자유와 관련되어 논의되어 왔다. 인간은 다른 동물들보다 우월한 사회적 본성을 가지며, 정치적 · 경제적 자유를 획득하는 과정에서 끊임없이 자신의 정체성을 찾아왔다는 것이다. 문학 역시 그러한 정체성을 기어코 찾은 사람들의 숭고한 정신과 그렇지 못한 사람들의 비참한 패배를 영웅적으로 묘사하면서 '인간적인 것' 의 다양한 스펙트럼을 보여주었다.

하지만 그 어떤 문학도 '창백한 도시인' 의 독백에서 벗어나지 못했다. 시애틀 추장의 위대한 연설문이 보여주는 시적 정의를 실천하는 '녹색 인간' 의 참된 모습을 문학에서 읽기 위해서는, 우리는 《월든》을 읽어야 한다. 《월든》은 서양문학사상 그 유래를 찾아보기 힘든 생태문학의 유일한 성서로서, 진실로 '인간적인 것', '인간적이어야 할 것', '앞으로도 영원히 인간적이 될 것'을 단독으로 선포했다.

문학을 '인간적인 것'의 숭고함을 선포하는 지적 · 감성적 유산이라고 정의하려면, 당연히 수많은 문학작품들을 검토하고 그 작품들 속에서 '인간적인 것'에 대한 보편적 실체를 추출해 내는 일이 선행되어야 할 것이다. 하지만 《월든》은 단독자로서 보편성을 획득해 버린다. 세계문학사상 《월든》과 함께 '인간적인 것'을 겨룰 만한 작품은 없다. 문학을 생태주의의 관점에서 재정의할 때가 왔다면, 소로우의 《월든》이 그 시금석이 될 것이다.

생태주의의 관점에서 보면, 문학이 '인간적'이라고 한 것들 대부분은 '인간적'이지 않았다.

그 어떤 이념이라도 그 이념의 정당성이 그 이념을 담은 시의 문학성을 담보해 주지

는 못한다. 극단적으로 말해서, 생태주의 시라도, 그저 생경한 이념의 독백에 그친다면,

그 시는 나치즘이나 파시즘을 담은 문학적으로 잘 형상화된 시보다 더 시답지 않다.

하지만 그런 우려는 그야말로 기우杞憂에 불과하다. 우리의 시인들이 생태주의라는

이념을 최고 수준의 서정성으로 형상화하고 있기 때문이다. 우리 선조들의 수준 높은

환경 의식을 선천적으로 핏속에 담아둔 탓일 것이다. 여기 두 편의 탁월한 생태시를 소

개해 본다. 생태주의 이론이 발달한 다른 나라의 그 어떤 생태시들과 비교해도 결코 뒤

떨어지지 않을 것이라고 확신한다.

아파트 그늘 아래

떨어져 누운 나비를 본다

아름다운 나비

노란 날개로 푸른 하늘을

가득히 끌어안으려고 했던 꿈

죄 하나 없이 썩어 가는 것을 본다

얼마나 발버둥쳤던가

행여 금빛 날개가 썩을까 봐

너와 나의 사랑이 썩을까 봐

얼마나 괴로워했던가

그러나 사랑하는 나비야

썩는다는 것은 참으로 아름다운 일이다
잘 썩어 흙이 된다는 것은 눈부신 일이다

저 차가운 비닐 조각처럼
슬프고 섬뜩한 플라스틱처럼
영원히 썩지 않는 마술에 걸려
독 묻은 폐기물로 지상을 나뒹구는 것
너무도 두려운 일이 아니냐

따스한 햇살 아래
언젠가는 썩을 수 있는 것으로
생겨난 것은
아무래도 잘한 일이다

잘 가거라, 나비야
살아서는 더운 피로 사랑하다
어느 날 흔적도 없이 사라질 수 있는 것은
아무래도 가슴 벅찬 축복이구나

문정희, 「잘 가거라, 나비야」 전문
(문정희, 《별이 뜨면 슬픔도 향기롭다》, 미학사, 1992. 수록)

우리 마을의 제일 오래된 어른 쓰러지셨다
고집스럽게 생가 지켜주던 이 입적하셨다
단 한 장의 수의, 만장, 서러운 곡哭도 없이

불로 가시고 흙으로 돌아, 가시었다
잘 늙는 일이 결국 비우는 일이라는 것을
내부의 텅 빈 몸으로 보여주시던 당신
당신의 그늘 안에서 나는 하모니카를 불었고
이웃마을 숙이를 기다렸다
당신의 그늘 속으로 아이스께끼장수가 다녀가셨고
방물장수가 다녀갔다 당신의 그늘 속으로
부은 발등이 들어와 오래 머물다 갔다
우리 마을의 제일 두꺼운 그늘이 사라졌다
내 생의 한 토막이 그렇게 부러졌다

이재무, 「팽나무가 쓰러, 지셨다」 전문
(이재무, 《위대한 식사》, 세계사, 2002. 수록)

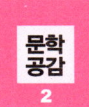

문학
공감
2

    경주 관광을 하고 난 《대지》의 작가 펄 벅에게 무엇이 가장 인상적이더냐고 물은 적
이 있다. 그런데 석굴암이나 다보탑으로 대답할 것이라는 기대는 곧 배신당하고 말았
다. 황혼의 들판길, 지게에 짐을 가득 지고 소달구지를 몰고 가는 늙은 농부의 모습이
평생 잊혀지지 않을 것 같다고 했다. 미국 농부 같으면 짐을 지고 걷기는커녕 소달구지
에 올라타고 소를 몰았을 것이다. 한데 한국 농부가 소의 힘을 덜어주기 위해 짐을 나
누어 지고 걷는 그런 인간적 배려가 그토록 이 작가를 감동시킨 것이었다. (…)

가장 힘을 잘 쓰는 젊은 황소의 하루 작업량을 일곱 장정의 작업량으로 치는 게 상식이었다. 옛 우리 선조들은 이를 기준으로 하여 보다 나이가 든 소나, 보다 나이가 어린 소는 나이에 따라 다섯 장정의 작업량, 세 장정의 작업량으로 조절, 그 이상 일을 시키지 않았으니 이 세상 어느 다른 나라 사람들이 이 같은 배려를 했을까 싶다. (…)

개에게 퍼머를 해 주고 고양이에게 귀걸이를 달아 자신의 눈을 즐기는 그런 자기중심적인 서양 사람들의 동물 어호에 비겨 얼마나 차원 높은 한국인의 사랑인가.

(이규태, 《한국인의 환경문화》, 신원문화사, 2000, 285~286쪽)

이규태 선생의 글이다. 노벨문학상 수상작가인 펄 벅의 문학적 감성에조차 존재하지 않는 우리 선조들의 동물에 대한 아름다운 사랑이다. 동물에 대한 사랑이 이렇게 극진하였으니, 사람에 대한 사랑은 오죽 했겠는가?

우리 민족은 인간과 자연, 인간과 동물 사이에 오가는 사랑이 진정한 사랑임을 잘 알고 있었다. 자연과 동물을 인간의 이기심의 충족대상쯤으로 아는 자기중심적인 서양 사람들에게 자랑스러운 그런 민족이었단 말이다. 생태주의니 생태주의문학이니 하는 것들의 롤 모델을 굳이 멀리서 찾을 필요는 없다. 우리 핏속에 흐르고 있는 우리 선조들의 결 고운 마음씨가 곧 이념이요 이론이요 창작 정신의 고갱이다.

우리 민족의 이런 사랑과 자비의 마음씨라면, 우리는 얼마든지 민족주의자가 되어도 좋다. 그리하여 정말로 '인간적'인, 자연과 더불어 살아가야만 '인간적'이 되는 그런 '인간적'인, 문학의 길을 찾을 수 있을 것이다.

책을 쓰는 내내, 문학은 언제나 즐거움을 줘 왔는데, 우리가 무심했다는 생각이 들었다. 좀 더 많은 작품들을 다뤘어야 했는데, 하는 아쉬움이 남는다. 모든 일이 아쉬움으로 끝나는 것이 인생사이니 어쩔 도리가 없다.

문학은 즐겁지만 힘겹기도 하고, 작가는 고행자다. 그리고 앞으로 가야할 문학의 길도 험난하다. 그래서 더욱 이 책을 쓰는 일에 재미도 나고 용기가 났다. 아직은 편치 않은 일일수록 재미도 나고 용기도 나는, 젊다면 젊은 나이다.

이 책을 다 읽은 독자에게 권하고 싶은 것이 몇 가지 있다. 첫째, 좋은 사람과 만나 문학 이야기를 나누기 바란다. 둘째, 읽고 싶은 문학과 너무 빨리 만나지 말기 바란다. 셋째, 작가들의 목소리에 좀 더 귀 기울이기 바란다.

이제 한 권의 책을 세상에 또 내 놓았으니, 보람이야 있겠지만, 왠지 처량한 생각도 든다. 세상에 내놓는 것이 어찌 이리도 보잘것없단 말인가. 너무 짧은 시간을 투자해서 그렇기도 하고, 너무 노력이 부족해서 그렇기도 한 것 같다.

다음 책을 이미 구상해 놓은 상태다. 이번만큼은 꼭 스스로에게 약속하고 그 약속을 꼭 지키고 싶다. 시간을 두고, 노력을 기울여, 새

책에 도전하겠다. 그래서 조금은 덜 처량한 마음으로 에필로그를 쓰고 싶다.

작품해제

제1부 문학의 즐거움

문학이 우리에게 주는 즐거움에 대해 이야기해 보았다. 하지만 즐거움이라는 것이 그렇듯, 독자들은 각기 다른 방식으로 문학을 즐길 수 있어야 한다. 따라서 〈제1부〉에서 다룬 작품들을 통해서 말하고자 했던 즐거움은 그 수많은 즐거움 중 하나일 뿐이다.

문학과 친해지려면, 일단은 재미있는 작품부터 읽어야 하는 게 상식이다. 하지만 보다 더 확실한 방법은 문학이 왜 즐거울 수 있는지를 잘 암시하고 있는 작품부터 읽는 것이다.

• **《김선우의 사물들》** 김선우, 눌와, 2005.

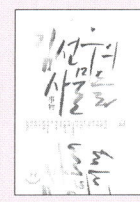

《김선우의 사물들》을 읽고서는 '생활의 재발견'이라는 즐거움을 이야기했다. 문학의 소재는 결코 우리 일상생활에서 먼 곳에 있지 않다. 그리고 그 소재를 통해서 작가의 상상력은 다양하고 재미있는 세계를 펼쳐 보인다. 이런 작가의 상상력을 통해 형상화된 우리의 생활은 그야말로 우리에게 낯익으면서도 낯선 모습으로 비춰지는 것이다. 우리 주위에 널려진 즐거움들에 눈뜨는 계기가 되었기 바란다.

• **〈우동 한 그릇〉** 구리 료헤이, 최영혁 옮김, 《우동 한 그릇》, 청조사, 1989, 수록.

〈우동 한 그릇〉은 대단히 널리 읽혀왔고 앞으로도 읽힐 매우 훌륭한 작품이다. 이 작품을 통해서 이미 많은 사람들이 수정처럼 맑고 순수한 눈물을 되찾았

다. 문학은 때로는 우리를 울리면서 즐거움을 주는 아주 고약한 방법을 잘 알고 있는 듯하다. 하지만 슬픔이라기보다는 삶의 환희에 감동하여 흘리는 눈물이라면, 얼마든지 흘리고 싶지 않은가.

〈우동 한 그릇〉의 원제는 〈一杯のかけそば〉이며 번역하면 〈메밀국수 한 그릇〉이 된다. 그런데 국내에서 번역하는 과정에서 국수라고 하면 밋밋한 느낌이라 우동으로 전격 대치한 것이다. 작품에도 나오지만 일본에는 섣달그믐날 메밀국수를 먹는 풍습이 있다. 정월 초하루에 떡국을 먹는 우리 풍습과 비교가 된다. 원 작품은 1989년 일본의 모 주간지에 발표되어 일본에서 엄청난 감동을 일으켰고 1992년엔 동명의 영화로까지 발표되었다.

• **〈마지막 잎새〉** 오 헨리, 김욱동 옮김, 《오 헨리 단편선》, 이레, 2003, 수록.

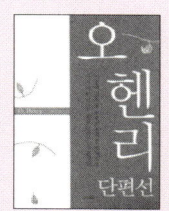

〈마지막 잎새〉는 그 이름값에 걸맞는 즐거움을 우리에게 준다. 단편소설을 '인간화' 시켰다고 평가받는 오 헨리의 명작을 통해, 작가가 우리에게 줄 수 있는 희망의 메시지가 무엇인지 이야기했다. 따지고 보면 문학이야말로 희망을 잃어버린 우리에게 주는 '마지막 잎새' 다. 버먼 영감이 존시를 살리기 위해 팔레트와 램프를 들고 사다리를 타는 모습은 얼마나 즐거운가?

• **〈처음처럼〉** 신영복 글 · 그림, 랜덤하우스, 2007, 수록.

《처음처럼》은 연애하려는 사람에게 필독서다. 이 작품을 분석해 보며, 문학이 왜 연애할 때 읽어야 하는지, 나름대로 재미있게 이야기해 보았다. 문학은 결

코 권위적이지 않다. 그래서 자신이 연애라고 하는 통속적인 목적을 달성하기 위해 수단이 되는 것을 싫어하지 않는다. 아니 진정 반길 것이다. 세상에 사람만큼, 그리고 사람을 사랑하는 것만큼 중요한 일은 없지 않은가?

• 〈메밀꽃 필 무렵〉 이효석, 《메밀꽃 필 무렵》, 문학과지성사, 2007, 수록.

〈메밀꽃 필 무렵〉은 우리 근대문학의 개척자들의 작품 중 가장 서정적인 아름다움을 간직하고 있다. 하지만 이 책에서는 그 서정성보다는, 오히려 그 서정성이 주는 여운에 대해 관심을 가졌다. 문학은 이상하게 끝난다. 물론 그 이상함은, 뭔가 부족함을 느끼게 하는, 그런 이상함이 아니다. 오히려 오묘한 여운을 남기며, 새로운 이야기, 새로운 작품에 대한 기대를 갖게 만드는 것이다.

• 〈모비딕〉 허먼 멜빌, 김석희 옮김, 작가정신, 2010.

《모비딕》은 신비한 모험담이다. 고래에 관한 잡학지식에 질리기도 하지만, 흰 고래 한 마리를 죽이기 위해 오대양을 누비는 선장 에이해브의 광기가 재미있고, 세계 모든 인종들의 집합소인 피쿼드호에서 벌어지는 선원생활도 흥미롭다. 하지만 이 모든 것들이 상징이 되면서 우리는 미지의 세계에 대한 경외감을 갖게 된다. 문학은 이런 방식으로도 즐거움이 되는 것이다.

제2부 문학의 힘겨움

문학은 즐겁자고 하는 것이다. 맞다. 하지만 문학에 오직 즐거움만 있다면, 그 것이 어디 참된 즐거움이 될 것인가? 그런 지루한 즐거움이라면, 굳이 문학을 택할 필요도 없을 것이다. 문학은 힘겨움이기도 하다. 절망의 늪에서 부끄러운 방에서 고독하게 슬프게 읽고 쓰는 것이 문학이다. 물론 그 고독과 슬픔이 우리를 좌절시키지는 못한다. 이것이 ㅂ-로 문학의 힘이다.

문학은 즐거움 못지않게 힘겨움을 지니고 있다. 그 힘겨움에 눈 뜨는 우리가 되도록 하자. 힘겨움에 이르지 못한 자 즐거움에 이르지 못한다.

• 〈우리를 슬프게 하는 것들〉 안톤 슈낙, 차경아 옮김, 《우리를 슬프게 하는 것들》, 문예출 판사, 1974. 수록.

〈우리를 슬프게 하는 것들〉을 읽으면서는, J라는 작가의 성장 과정을 추적해 보았다. 한 작가가 문학이라는 불멸의 경전을 처음 만나고, 그 경전과 헤어지고, 끝내 다시 만나는 지난한 과정을 통해, 문학이 얼마나 큰 슬픔을 보듬어 안고 가는 것인지 느껴주길 바란다. 어떤 작가든지 나름대로 슬픈 사연을 품고 문학의 길을 간다. J도 그런 길을 가는 것일 뿐이다.

• 《지금 어디선가 누군가 울고 있다》 장석주, 문학의문학, 2009.

《지금 어디선가 누군가 울고 있다》는 시인 장석주 교수의 문장예찬이다. 물론 이 '예찬' 이라는 말에도 많은 아픔들이 녹아 있다. 이 책만큼 작가의 슬픔과

아픔을 많이 이야기하는 책도 드물 것이다. 얼마나 작가가 되고 싶으면, 저리도 힘겨운 길을 가는지 쉽게 납득하지 못하는 대목이 많이도 나온다. 그들의 힘겨움을 독자가 느끼며 함께 힘겨워할 줄 안다면 일등 독자가 아닐까 한다.

• 〈눈길〉 이청준, 《눈길》, 열림원, 2005. 수록.

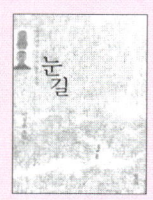

〈눈길〉은 재작년 돌아가신 소설가 이청준 선생의 작품 중 가장 잘 알려진 단편이다. 고등학교 교과서에도 실릴 정도이니, 아마도 이 작품을 모르는 이는 거의 없을 듯하다. 이렇게 널리 알려진 작품을 왜 다시 다루었는가? 이는 이 작품이 우리를 부끄럽게 하기 때문이다. 부끄러워 힘겹게 하기 때문이다. 하지만 그 힘겨움이야말로 우리를 염치 있는 인간으로 만들어주는 문학의 정신이다.

• 《아미엘의 일기》 앙리 프레데릭 아미엘, 김욱 옮김, 바움, 2004.

《아미엘의 일기》를 통해서는 앙리 프레데릭 아미엘이라고 하는 끈기의 인간을 조명해 보았다. 그는 그 어떤 작가보다도 부지런히 자기 자신의 삶을 돌아 볼 줄 알았던 사람이었다. 평생 동안 무려 1만7천 페이지에 이르는 일기를 썼다. 상상하기 힘든 고역이었을 것이다. 그 고역을 읽으며, 우리는 다시 힘겨운 문학의 길에 질리고 만다. 그러나 문학을 더 알고 싶어지고 만다.

제3부 작가는 누구인가

문학의 창작 주체는 어디까지나 작가다. 그리고 독자는 그의 작품을 읽는다. 하지만 이 관계가 꼭 주종관계인 것은 아니다. 내막을 들춰보면 작가야말로 제약된 존재다. 따라서 "작가는 누구인가?"는 독자보다는 작가가 훨씬 더 많이 부딪히는 물음이다. 작가는 끝없이 이 물음에 답하며 고된 삶을 살아간다. 그러기에 우리가 작가를 존경하고 사랑하는 것이 아닐까 한다.

작가가 누구인지에 대해서는 작가가 가장 많이 고민할 것이지만, 우리 독자도 그 고민을 진지하게 들어야 한다. 독자가 이해해야 할 작품의 창작자가 아닌가? 작가를 사랑하고 존경하지 않는 독자에게, 작가는 뭐라 말할 자격이 없지만, 작가의 작품은 단단히 복수한다. 참 모습을 숨겨 버림으로써.

• 《가슴으로도 쓰고 손끝으로도 써라》 안도현, 한겨레출판, 2009.

《가슴으로도 쓰고 손끝으로도 써라》를 읽으면서는 시인이 시를 쓰는 방법을 살펴보았다. 물론 이는 시창작에 국한된 문제는 아니다. 왜냐하면 시인이 시를 쓰는 방법을 엿보지 않고서, 독자가 시를 정확하고도 즐겁게 읽어내기 힘들기 때문이다. 따라서 창작론은 곧 독서론이기도 한 것이다. 시인 안도현 교수의 정감 있는 강의는 참으로 만족스러웠다.

• 《문인의 초상》 육명심 사진·글, 열음사, 2007.

《문인의 초상》은 사진으로 보는 우리 문학사다. 우리나라에도 이렇게 문인들

의 사진집이 있다는 것은 매우 뜻 깊은 일이다. 사진도 찍고 글도 쓴 육명심 작가에게 감사할 일이다. 이 책에 실린 문인 중 절반 정도는 이미 세상을 뜨고 없으니, 이 책의 소중함이 더할 수밖에 없다. 작품을 사랑하기 전에 작가를 그리워하고 사랑하는 마음을 가지는 계기가 됐으면 한다. 작가는 문학 장사꾼이 아니다.

• **〈사흘만 볼 수 있다면〉** 헬렌 켈러, 이창식 · 박에스더 옮김, 《사흘만 볼 수 있다면》, 산해, 2005. 수록.

〈사흘만 볼 수 있다면〉을 통해서는 진정한 작가의 표상인 헬렌 켈러의 아름다운 작가정신을 살펴보았다. 작가란 이상하게도 불행한 운명을 타고난 경우가 많다. 물론 불행한 운명을 타고났기 때문에 작가가 된 것은 아니지만 말이다. 어쨌든 헬렌 켈러야말로 정말 불완전한 존재였다. 하지만 그 불완전함이 도리어 완전함으로 전환되는 기적을 문학은 보여준다. 문학의 또 다른 매력이 아닐 수 없다.

《천년 습작》 김탁환, 살림, 2009.

《천년 습작》은 소설창작론이다. 《가슴으로도 쓰고 손끝으로도 써라》를 통해서 시창작론을 살펴봤으니 소설창작론도 살펴봄이 옳다 해서 이 장을 마련했다. 앞서 얘기한 것과 마찬가지로 소설창작론도 소설가뿐 아니라 독자에게 요긴한 책이다. 작가란 자신의 작업실로 자신의 창작 세계로 독자를 초대하고 싶은 존재이기도 하다. 그럼으로써 작가와 독자가 친구처럼 지낼 수 있기 때문이다.

• 《**그들은 자유를 위해 버스를 타지 않았다**》 러셀 프리드먼, 김기현 옮김, 책으로여

는세상, 2008.

 《그들은 자유를 위해 버스를 타지 않았다》는 몽고메리 버스

보이콧 사건을 다룬 책이다. 문학작품이라기보다는 다큐멘

터리 각본 같다. 하지만 그 다큐멘터리가 주는 감동이 딱 문

학의 감동이니, 놀라운 일이다. 작가란 때로는 역사의 현장

이 갖고 있는 정의로운 메시지를 전달하기 위해 불필요한 문학적 기교를 억제

할 줄 아는 사람이다. 작가 정신에는 이러한 면모도 있는 것이다.

제4부 문학이 가야할 길

문학도 시대적 산물인지라, 문학의 사명 또한 바뀐다. 근본적으로 변하지 않는 문학의 길도 있지만, 새 시대를 열어갈 문학의 길도 있는 것이다. 따라서 〈제4부〉에서 다룬 작품들을 통해서 말하고자 하는 문학이 가야할 길은 지금 현재의 길이다.

사실 문학이 사명을 띠고 세상에 나와야 한다는 것 자체에 반론을 펴는 이들도 있다. 그 반론과 맞설 생각은 없다. 여기서는 분명한 사명이 드러나는 명작들만을 다뤘다.

• 《**다른 의견을 가질 권리**》 슈테판 츠바이크, 안인희 옮김, 바오, 2009.

《다른 의견을 가질 권리》를 통해서는, 역사와 달리 문학은 패한 자들, 쓰러진 자들을 위한 기록임을 분명히 짚고 넘어 갔다. 패배란 때로는 훗날 승리로 부활하기도 하지만, 그렇지 못하고 영원히 역사의 뒤안길로 사라지는 경우도 많다. 문학은 전자의 경우 당당히 승리의 부활을 노래해야 할 것이고, 후자의 경우 그 사라진 패자의 역사를 복원해야 한다.

• 《**위대한 유산**》 찰스 디킨스, 이인규 옮김, 민음사, 2009.

《위대한 유산》은 산업사회와 자본주의 체제가 최고의 모순을 보이기 시작하던 19세기 영국 사회를 조명했다. 그러한 조명의 이유는 올바른 신사 상像을 확립하기 위해서다. 상당히 도덕적인 사명을 띤 작품인 것이다. 도덕은 강제한다. 그리고 속박당하는 불편함을 준다. 하지만 문학은 도덕을 명예롭게 생각할 수 있는 자유로 우리를 감싸준다. 따라서 문학만이 말할 수 있는 도덕이 분명 있는 것이다.

• 〈러브레터〉 아사다 지로, 양윤옥 옮김, 《철도원》, 문학동네, 1999. 수록.

〈러브레터〉는 정말 아름다운 작품이다. 그 아름다움은 인간의 아름다움이기 때문이요, 인간에 의한 아름다움이기 때문이요, 인간을 위한 아름다움이기 때문이다. 그리고 이러한 아름다움은 우리에게 마치 종교적 복음처럼 영혼을 정화시켜준다. 하지만 종교가 신의 복음이라면, 문학은 인간의 복음이기에, 독자들은 압도당하지 않고 편히 그 복음을 들을 수 있다. 죽었던 우리의 양심이 되살아나면서 말이다.

• 〈유토피아〉 토머스 모어, 주경철 옮김, 을유문화사, 2007.

《유토피아》는 르네상스 시대의 휴머니스트 토머스 모어가, 사후 세계가 아니라 이 지구상의 세계에서 천국을 구한 작품이다. 현대적 관점에서 보았을 때도 결코 낡아 보이지 않는 모어의 정치 철학에 놀라지 않을 수 없다. 비록 픽션이기는 하나, 이 작품은 현실 사회를 비판하고 이상 사회를 열망하는 작가의 구체적 비전을 담고 있다. 문학이란 바로 이런 것이고, 또 이래야만 하는 것이라는 듯 말이다.

• 《**월든**》 헨리 데이빗 소로우, 강승영 옮김, 이레, 2004.

《월든》은 생태주의의 경전이라 할 수 있는 고전이다. 이 작품을 이 책의 마지막 제4부 마지막 작품으로 다룬 데는 이유가 있다. 바야흐로 생태주의 문학이 절대적으로 필요한 환경파괴의 시대로 접어들었기 때문이다. 자연을 정복하는 인간이 아니라 자연과 더불어서만 인간일 수 있는, 그런 인간의 참모습을 이제 문학이 다채로운 방식으로 제시해야 할 때가 된 것이다.

문학의 즐거움

2010년 11월 20일 초판 1쇄 인쇄
2010년 11월 25일 초판 1쇄 발행

지은이 정제원
편집기획 이원도
편집주간 이화승
교정 홍미경, 이혜림, 이준표
제작 서동욱, 이경진
영업기획 이동준, 김관호
디자인 이창욱
발행인 윤국진
발행처 베이직북스
E-mail basicbooks@hanmail.net
주소 서울 마포구 동교동 165-8 LG팰리스 1508호
등록번호 제320-2005-58호
전화 02) 2678-0455
팩스 02) 2678-0454
ISBN 978-89-93279-69-6   03800
값 15,000원